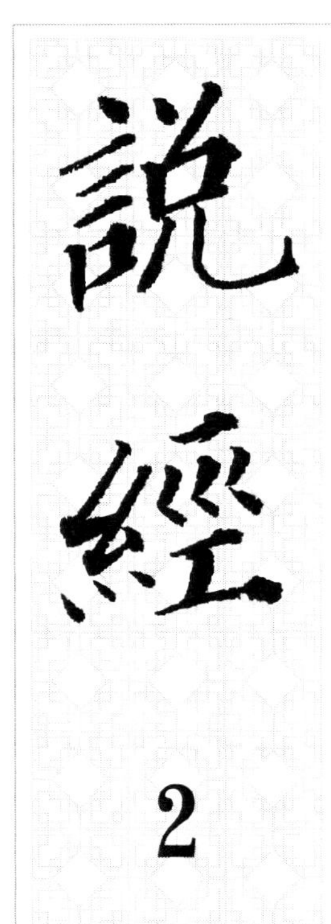

吴秋輝 撰

國家圖書館出版社

第二册目録

庚申秋孟

秋輝氏初藁

侘傺軒說經 卷四

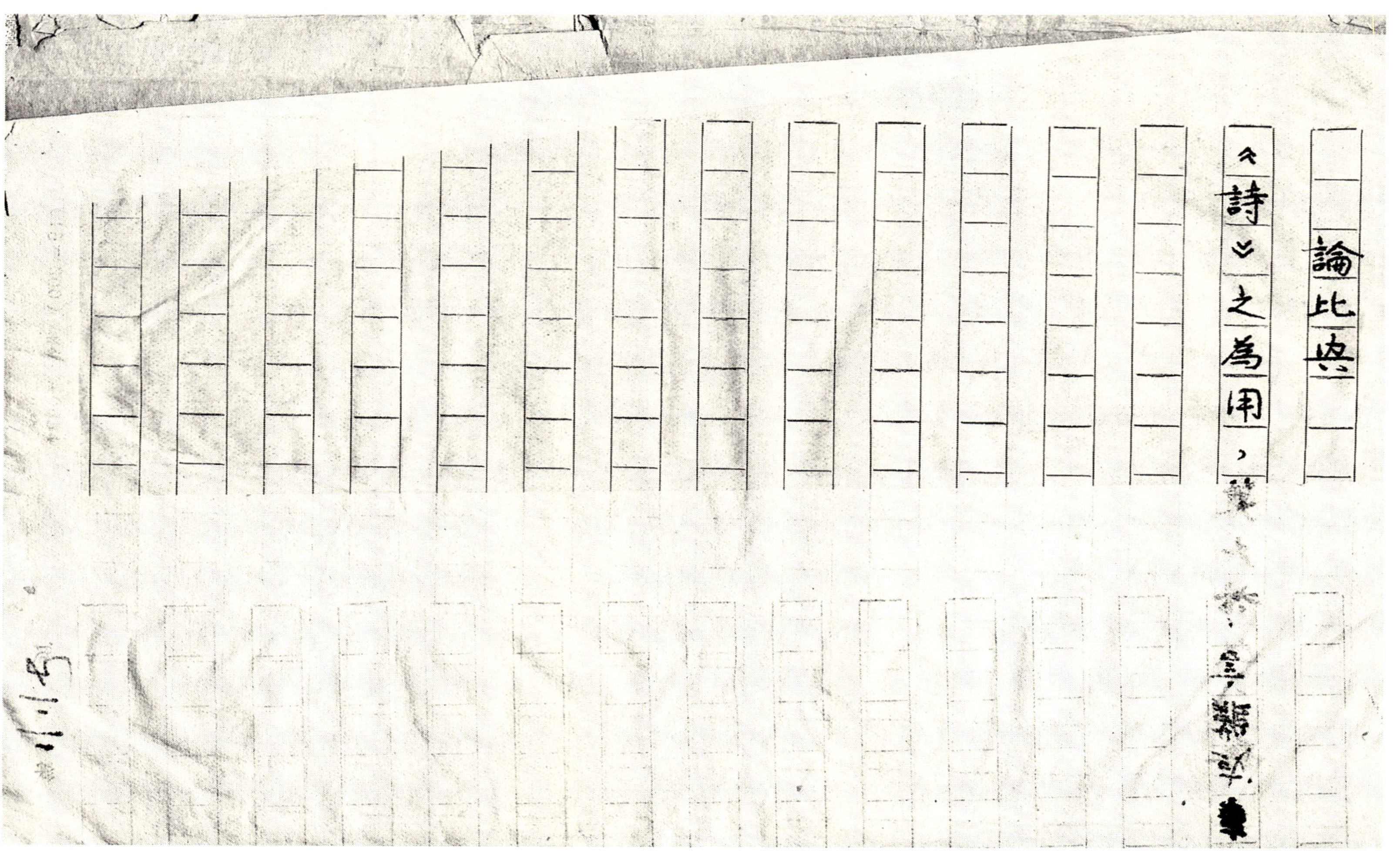

論比兴

《詩》之為用，

侘傺軒說經卷四　一名說詩解頤錄

其心塞淵　秉心塞淵

燕燕、其心塞淵。傳、塞、瘞、淵、深也。正義云。其心誠實
而深遠也。俗本瘞作實。定之方中。秉心塞淵。
鄭箋云。塞、充實也。淵、深也。毛訓塞為瘞。義不甚相遠
固也。但瘞、淵二字不成文理。毋寧瘞之於淵
中。爭說更訓。淵為深。而曰瘞深。尤為不詞。殆
謂其心。埋之深深耶。則天下豈有以此頌人者
耶。箋及正義知其不可通。乃別訓為充實。

訓。實。義。似。猶。近。矣。然。塞。之。渴。訓。為。實。者。乃。動。作。詞。猶。實。玄。黃。于。篚。之。實。和。充。實。語。實。之。實。又。且。訓。滿。為。治。義。亦。不。合。瀏。可。以。喻。深。而。不。渴。訓。滿。即。深。猶。山。可。以。喻。高。而。不。渴。訓。山。即。高。又。況。實。深。二。字。亦。未。有。聯。合。作。一。名。詞。者。耶。今。按。塞、似、又。勝。又。音。讀。如。賽。今。俗。語。猶。用。之。凡。遇。有。兩。物。相。較。而。勝。者。則。曰。塞。似。其。物。俗。書。多。輕。作。賽。賽。弦。因。塞。字。之。義。久。失。當。其。知。寫。又。有。兩。音。世。多。讀。作。思。色。切。也。

与佛言君合故诗所说塞其实塞为根柢之（执音求字）
名称无此义也北土方言多有古义之存者
如此与其一也其心塞渊谓其心腾如渊之平静
也鸟说谓渊为深之孔是渊固可以喻深然
深心深乃根柢皆谓之谓即谓胸有城府
是女文初非美德诗人绝不能以之颂人渊为止
如性至平静故一形以如喻下文温温且惠温
惠之字从心是为此字之形注胜义乃属说则附
训任如大此即知为实如深下知又如温如惠

三紀十二年五年中而那審乎竟屈其並何夢雜君
嫉耶有以知其必不然也

涇以渭濁湜湜其沚

谷風、涇以渭濁湜湜其沚、集注以爲渭清涇濁涇入渭而不入涇然以文義言之則當得其反余於此道素未殫心又未嘗身履其地又不敢懸揣以爲說但涇清爲不誤則是此時作詩者之誤也攷毛傳但曰涇渭相入而清濁異初不言何清何濁亦不言涇入

渭鄭箋云涇水以有渭故見渭濁是

仍以濁故屬渭故云見渭濁至正義始言涇

水以有渭水清故見涇水濁古前儒相承

蓋相傳漢書溝洫志涇水一碩其泥數斗

及潘岳西征賦清渭濁涇之言又引地理

志以為涇小渭大故不言入渭其說正與前

說相反當如集傳之說本其說雖不無

根據實際上亦或有然之說人之意則固與

之大相徑庭又蓋涇以渭濁猶所勉強

訓為涇本濁与渭之清者相形益見其濁
然涇水爲本源其旁出之溪沚又安能獨
清耶且謂涇入渭之不入涇則涇自入渭以
後則豈然原之渭其旁出之溪沚又安得
更原之涇耶此其說不可通者也又歷來說此
詩者皆指為涇渭相形而清濁見故後世更有
欲為涇渭分流之說者然以詩意繹之則初
無此等詩之本義不過謂涇水本濁以有
渭之濁來入之處為濁然涇流雖

為既尊至其旁之沚沚周猶是湜湜然矣

湜湜清貌毛傳以為相似之貌不成語也以此

之徑能被尊猶意有餘地以自處也

反之觀

下父道其言外意若然爾我昏姻不我屑以也

文章極直捷透快自涇渭湜湜之象起或

更以相形見繼之義附飾之詞婦人自愧其

色衰惡不若新昏因相形而益甚若然

其見棄乃豈然之象矣天下安得此情理

之言乎且人皆有自尊之天性又焉有甘以

不論名分而論容貌

渭。自。居。而。北。清。濁。入。九。亭。又。引。之。為。貢。等。渭。
自。鳥。鼠。同。穴。東。會。于。灃。又。東。會。于。涇。則。涇。
屬。渭。之。下。流。渭。大。涇。小。自。當。是。渭。奪。涇。
之。故。道。挾。之。以。同。趨。于。河。凡。大。川。數。合。流。之。
下。流。處。更。故。道。然。其。入。海。之。處。必。奪。一。水。之。故。道。
流。以。並。下。（如。禹。貢。河。先。奪。漯。後。奪。濟。）即。其。例。
蓋。自。其。便。流。言。之。則。曰。入。自。其。支。流。言。之。則。
曰。奪。其。實。一。也。茲。之。所。命。於。涇。渭。特。備。言。
其。奪。其。入。又。入。祁。縣。康。澤。新。如。是。二。

水清濁分古不同之故。或由周至漢上下千餘年，陵谷變遷，中間不無改易。或衛在東河湮，在西河，相去千餘里，作詩者不必親見個當時衛國，如是特借之以描寫己意於宋際，初不必其相符。詩意中（鄭箋以衛多湮絕遠，顧詩者宜採土風，不應遠及於千里之外。）詩為歸人，絕去以後所便見其說近國。詩人取譬以見若其身所經見者，然頗足以助風旨談之。要而曰讀詩者不以

文害詞不以詞害志以意逆志是為得之乃古今來讀詩之無上秘訣吾不意後世來說詩者何多異之為也

不我能慉

谷風不我能畜毛傳慉養也鄭箋慉驕也君子不能以恩驕樂我反憎惡我二說相戾不同案經則從毛說今取毛之說以釋畜為養長弦以慉為畜而訓作畜我不幸之畜按義正蒙通故集注從之但字本作慉不作

齑又和出於假借（凡古人假借字必取其
義之絶不可通者，以防誤會，此條字則不然）
故云，則其義必有相如，玉、鄭箋則因上章
繹述其治家之勤勞，懼其婦人能知此理，
宜加以思（禮），而下文又云，反以和為儀，則此字應
為儀之，反而其意甚善，乃不知儀相亢
訓，儀為驕，此訓為驕，則與禮義又不相
協，因不得不強從韋、杜諸說以興驕樂義
矣。驕樂之字與淫泆諸說以為淫佚有樂

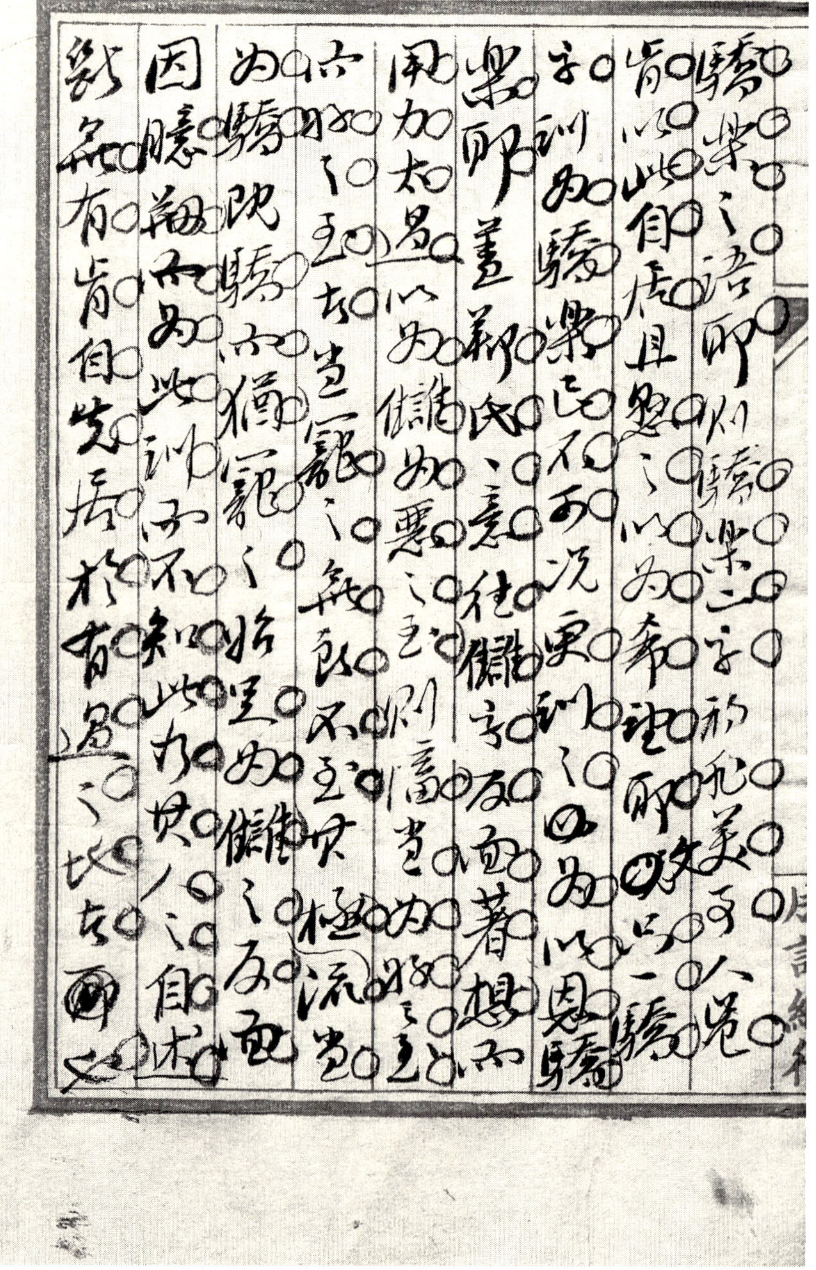

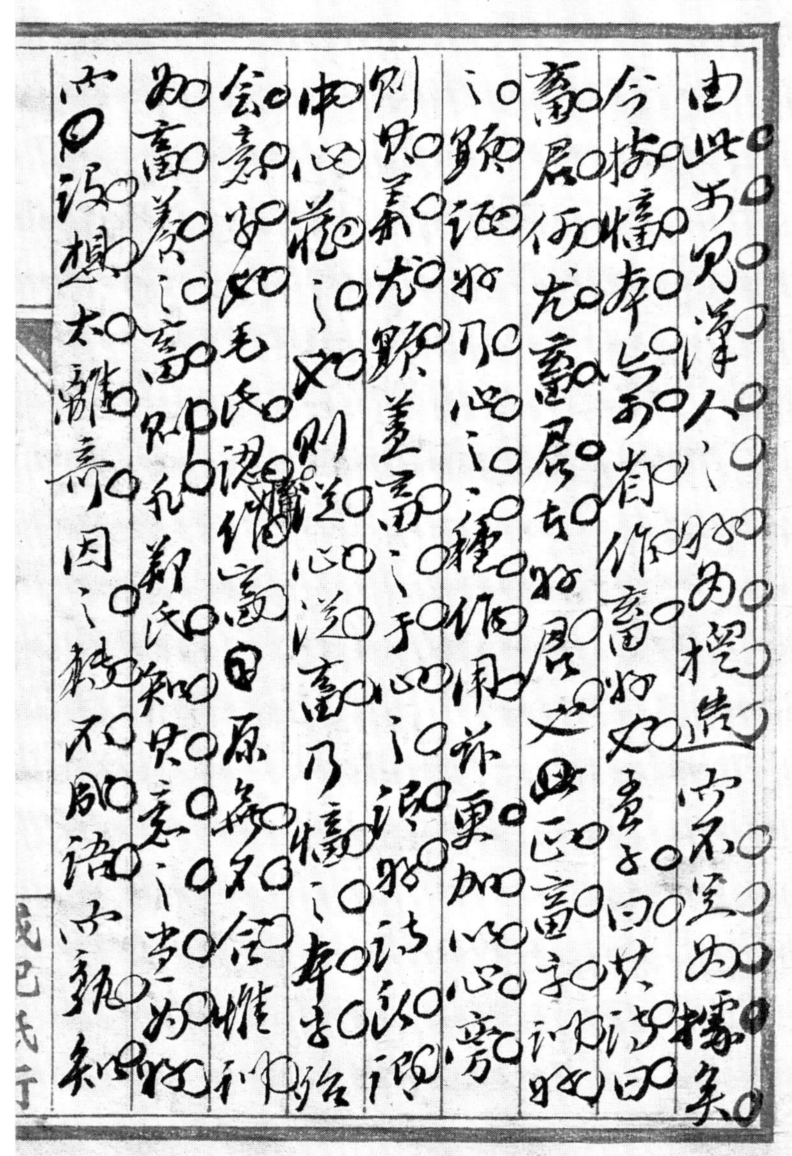

其江脚即在眼前人自熟視若無睹耶無私有意於此乎而則古義之惟有就湮沒而已

昔育恐育鞠及爾顛覆

歷來說此詩者無不將民艾極其艱難曲折謀解釋字爲窮困之以二字意不能說通乃不得不再編寫鑿以附會之就之章之通字之本義恐失其真文義仍後不通此猶如翻巷之此其校以後無論爲何之說而駕驅之無理者

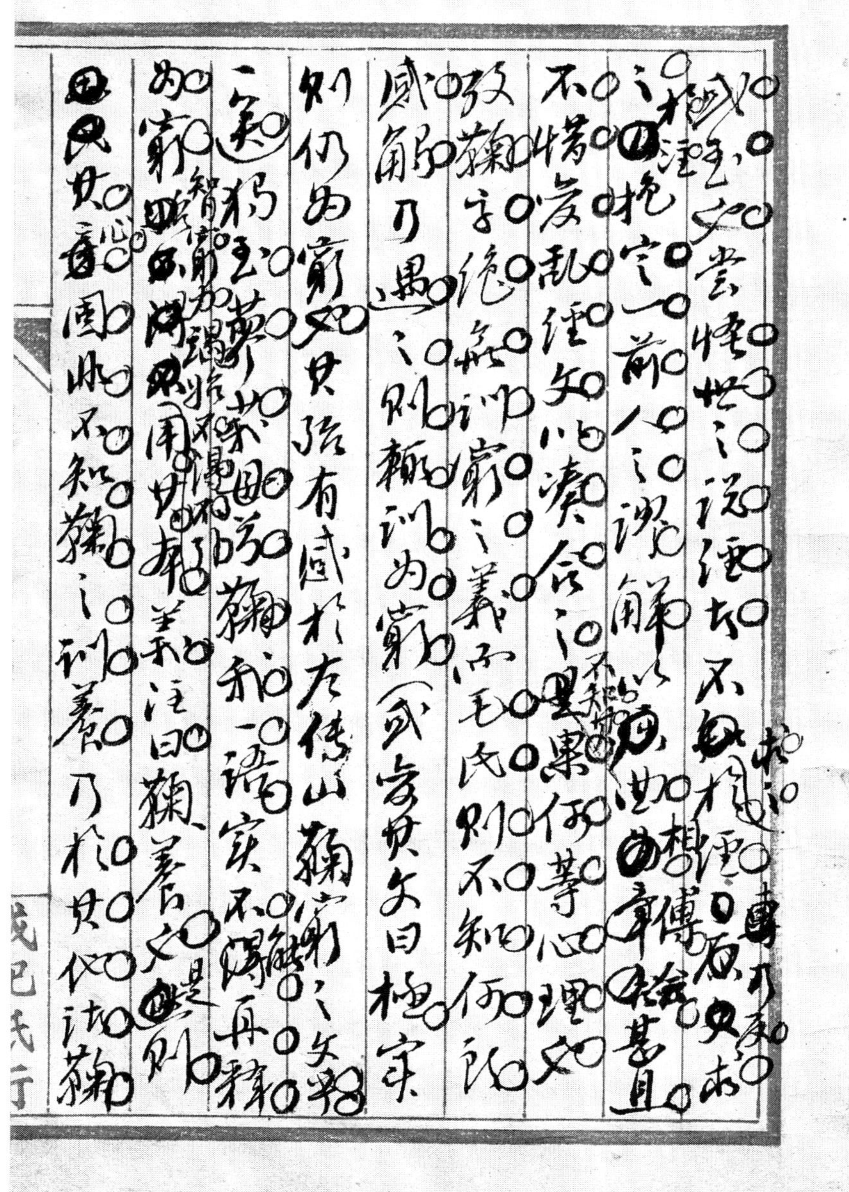

字偏旁訓爲窮雜知不知而通所亟懷斯真不濁

不識之情乎氣柄詩訴新該鞠字條條此鞠

記之鞠字係籀鞫之假借或筆誤外條皆

訓養曷又鞠止即何不養之又鞠爲茂萃即

養同茂萃之文俱極諧適乃棄而不用反支

離近曲別訓爲窮後人亦無從疑之故又何怪字

說便而便反略之此詩鞠字亦作養字解育、

生育之又頤言之即生產母之生長鞠生鞠育5

下文陟生陟育同一句法即同一義而意下知前

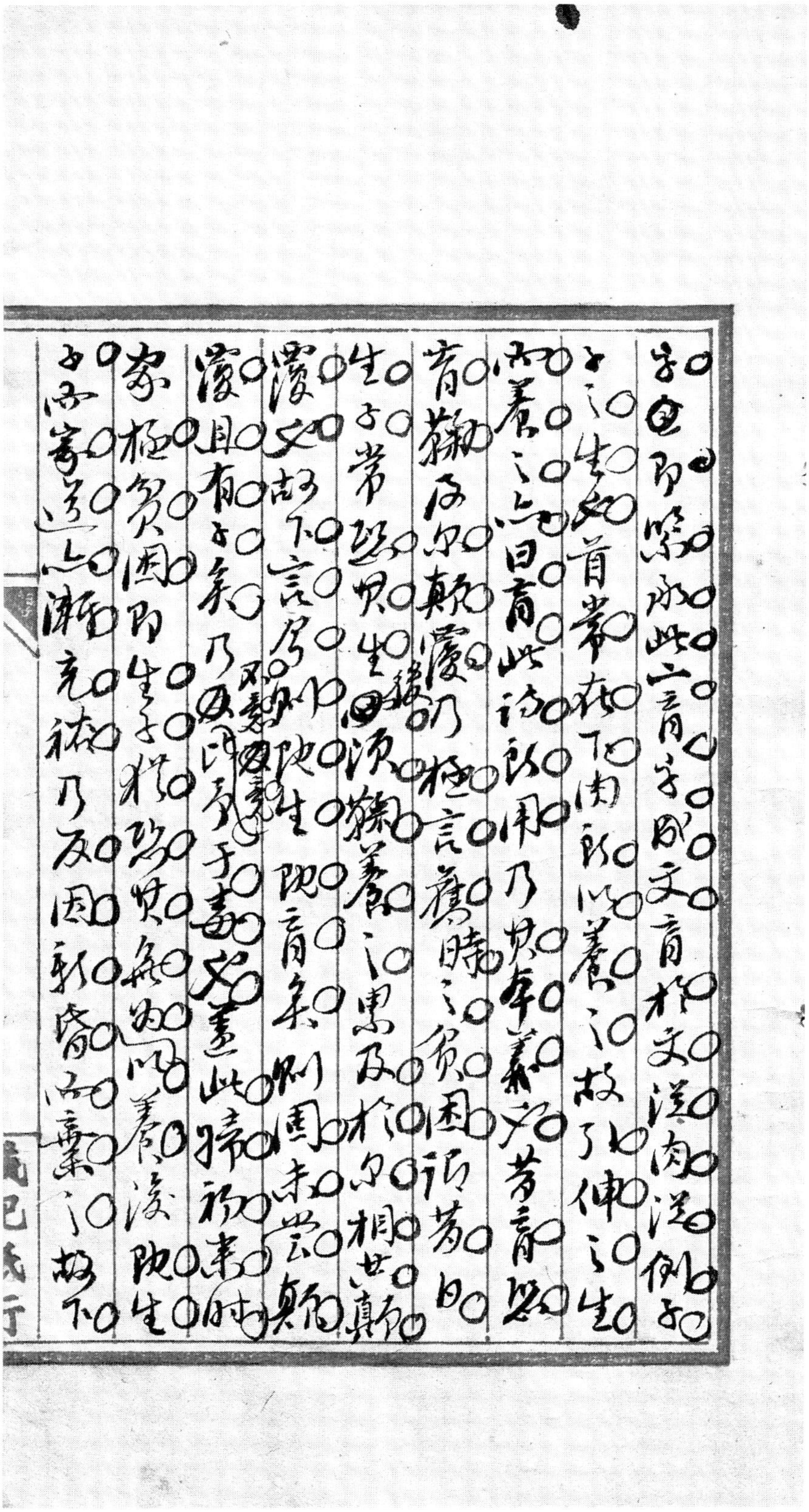

又云秋有春蕊之心衔条冬云以飞御寒霜贯、大
昭显为下之苟如此则苟不能兼如伊邪
来证说不相思苟如伊邪来时既及之情
况又此句前人解释亦皆误详证即及寄乃
亦引为如是来时固当适报与诗意不正相反
背乎来时既证之情况即生于心犹恐其无
以加盖之情况之缠绵谱误而此亦絮桐承扰
之矣如今至不通（亦）可据诗人之知不幸矣乃
今试就旧说之谬详（约）略陈之毛传、育、长、蔺、

前文則無解釋無從窺其兼意何休但云
其兼言之則當立嫡長立嫡長窮殊不可語也
鄭氏作箋時似亦不明其旨乃異想天開曰昔育、
二稚也及、與女勞幼稚之時恐至長老窮匱故與
汝顛覆盡力於家事難易無所辟避於既生既
育句則箋曰生謂財業也育謂長老也其說之
不可通姑不具論而一句之中二育字一訓幼稚、
一訓長老同文異義已爲可疑而二義又正相反背
尤奇之奇者（正義曰昔育謂得幼稚言爲稚言）

為長。由此可見，爾雅一書，時乃漢人薈萃當時名
經學家訓説，雜湊所成，而世之訓詁漢學家
者，方且奉為金科玉律，以為出自周公，不亦大可
哀乎。遂集注知，如其説之不可通，遂乃仍沿用其義，
字義，而所訓育知生語，因為其著時相與為生。
惟總其生理窮究，而不為爲害至於類覆而俱
蓋其生氣，乃及時而至於毒而棄之字，以聯三者字，
為一束。其説似較鄭説為翔實。進此胎生、濕生、化生、窮，
五、古。仍覺費解。且前之卵生、以訓生如乃產。

生之生。不得指為生之力生活之生。而第一義。
訓為生。第二義。乃指為生理。亦私一致。則其
差。勝於痛瘍。尚而生。五千生耳。未嘗附以味
子之說曰。育婴。謂生於襁褓之中。育嬰謂生
於窮困之際。則以育嬰。育嬰。以字為對。如貧
戕妻。認直可。食之人。嘆飯而乘民。乃謂之通也
則以此。甚謬。國以飛甚通也。上下縱二千年。乃屬
相類。附於毛氏。窮子之中。而莫能自振吾旅
不知前人之謬。奉何以不信。而偏信之也。

自敘歸莊

静女自敘，歸莊舊説以莊為第一，猶生於弦

根據於殘手如柔荑之知女説與而通，審疑

此莊字豈如麗之假借字，即上知之漢□耶

箋馬融長留鄭玄程袁朱熹於文漢世

但朱熹古時或並某朱之宋可知玉漢

以後外併熹之絶朱之於矣不然不知甫然之

以形箋如嗣兒又然之以第二以某為賦恭之

單兒麗、舊皆青池然豉從麗漏聲之字音、

务焉提無音訖古文廆廆迬字是此之音沙弥
偶所見商以耳以嚔字例之，音近當如提與黄
同聲，故相假借，至後世則用其轉音作（別作）節猶
與廆迬同聲，廆之字為篚猶冋一廆音或為篚
嚔或為廆迬文牧、毛氏以為田官，其不可通無疑
深論孫注以為外野甚是（邑外謂之郊，郊之外謂之
按見爾雅迬弥即首章言之城隅，此詩言乃
昧早故言則言之則篚與黄同為一物，蓋自
人言之則為絲自我言之則為此，又那篚集注

以為未詳何物。頗渴聞疑之義。齊說則以為某。

且其說極拉雜可笑。特並錄於下。以備一說。毛

傳。古者后夫人必有女史彤管之法。史不記過。其

罪殺之。后妃羣妾以禮御於君所。女史書其日月。

授之以環。以進退之。生子月辰。則以金環退之。當

御者。以銀環進之。著於右手。事無大小。記以成法。

鄭箋云。彤管。筆赤管也。

新臺有泚河水瀰瀰燕婉之求籧篨

不鮮

十二、國之風雅，衛之淫亂，上惟衛之詩人，其聲惡

為最嚴。相亂則無禮，而直諫其崇道，祀窮存。

刺無忌，曰直不諱，其為居，曰與見其詞，皆頗指

直所譏，其微寓花，蓄為其人，猜留餘地，雖

秉人，微言諷刺之，執寓其嚴氣正性，不可

干以私，禮犯惡仇之風，概在其條。詩國中實

僅見延陵季子評衛，曰衛之鄘衛，不類美康

叔、武公之德，又曰衛多君子，殊征此也，彰其

之詩，其詞旨上溯邶，是不如衛惡鄘絕之者，殊

或過之惜古今來解釋諸誤既使訓之[illegible]

甚如仇之意者竟不傳於後世甚遠正之

柳及古人有知豈不勝其懊惱之文此詩通章

全如與佛原文甚明人爲即經文遂寺之本

義叔之其旨自見乃照著之說此[illegible]於[illegible]中之

知其義本甚明[illegible]反覆[illegible]不[illegible]行

宋鄭[illegible]加之以書說本意之義以解釋之

以故上下之文義絕不相通而誤人起與之首

亦遂全然不可得見至是乃不得不改與作賦

以求其便於解說此圖勢之所以然也即如
此字本作汙也蓋字所從其類有此也人心有
所憐即作生新意有此猶言新意之有憐
德也詁言新意者正以類言意中之人之意也
無此以有人愛之而能有此也但人之有此者亦不可
以灑而去之今和無此也河水且深之與也言河
水雖多終不能灑其此而去之也（毛傳瀰滿也）
（今依詩經世本西江水難洗今朝滿面羞
正即此義蓋亦可洗意本無此也）二句緊相

阮所泚字，何嘗有鮮明意，乃毛傳注曰泚鮮明貌，則二句但泛言新臺而已，河水而已，不獨於下文無關，即二句之中更有何關涉乎？至燕婉之求，籧篨不鮮二句，乃正言申明新臺之所以有泚之故，言本欲以求燕婉，乃不意竟得此籧篨，文鮮[illegible]訓鮮為善，尤謬。鮮即作如字讀之，可知訓為鮮明，鮮明又安可訓之為善？且籧篨何物，乃可以言善耶（籧篨，戚施，不能俯仰，明見國語，鄭注亦然），集注從

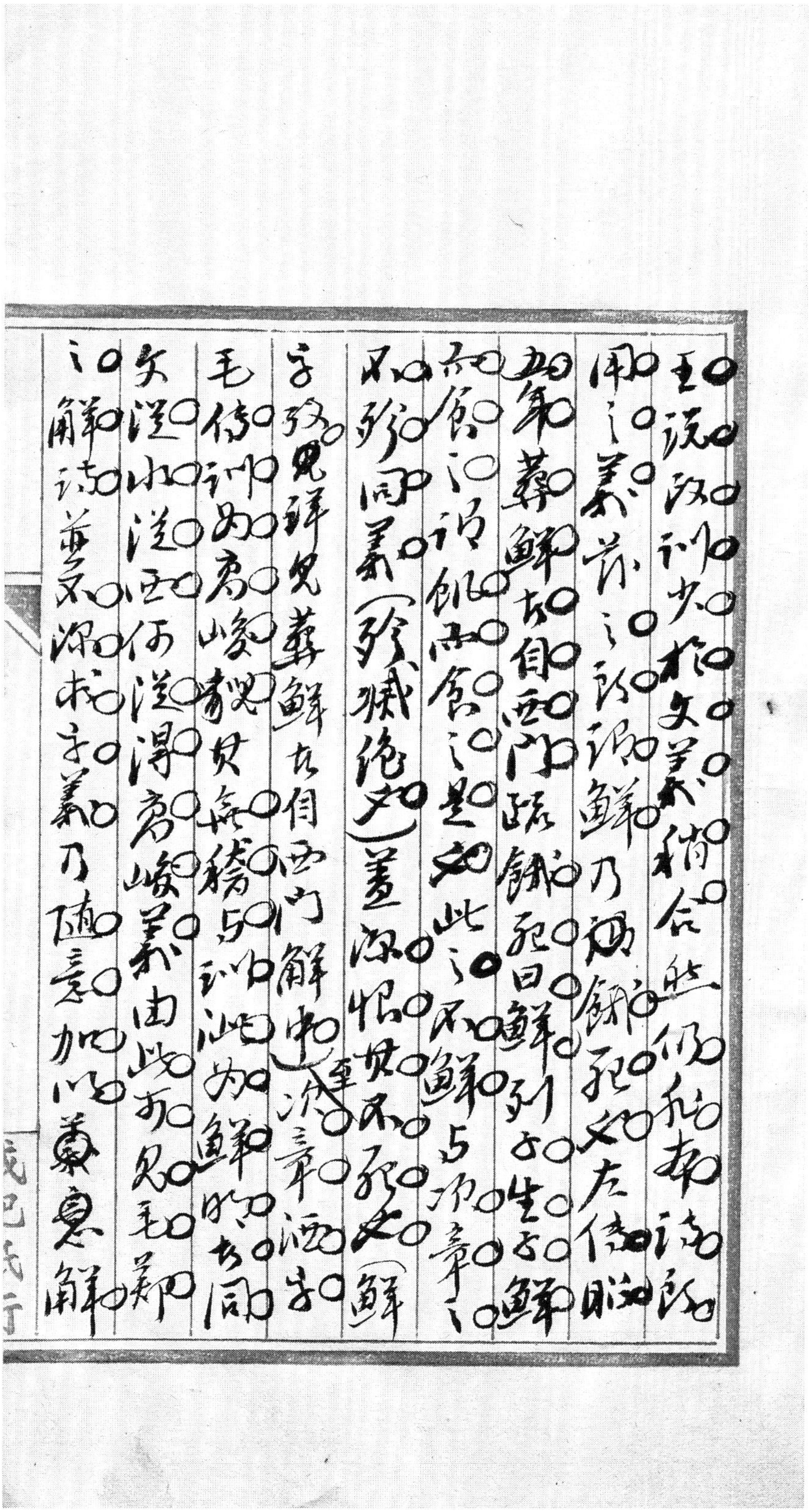

釋玉吹心處不合則不施再加心意義此説

心一字常則詮義而獨或不能通又乃世人不加剖別

意依為確據先又大可容乎至其讀酒為又

罪及犬莫廣屬由芸涉而稱氏則更設酒為

灌可謂勇於設便皆心當不可説字或讀如

睞而園設之心口吻讀乎此則第四句之説字便

豈不願耶先説字之可讀為嫌耶是真應

更謂思矣據此説字初非若將説悉之説即

彼説字從免得喜亦不及見讀味而況下

知○之○鄉○上知○之○洒○又皆○歷○五○兒○歙○以下○所○洒字○
古○通○洗○後○即○與○異○知○童子○旁人○恥之○厥○比○死○
古○以○洒○之○世○皆○讀○洒○作○洗○是○文○洗字○古○旁○讀○
然○銑○可從○先○得聲○則洒字○亦並○讀○如○銑以茁○
字○從○西○得○聲○而○音○讀○如○欠○顏○之○則○洒○之○讀○
銑○正有○音○乃○洗○鄉○同○新○而○疑○言○如○雪○除○恥○辱○也○
洒○則○恥○辱○得○雪○除○與○而○如○洗○猶○灑○滌○振○織○
曰○汙○而○垢○穢○與○而○曰○穢○汙○如○（為罪、屠、汙、邪、私○
糞汙、汙、煩、攘以去其汙○猶治玉而曰琢如○）新

壹有酒詞耗壹有恥辱徳酒而河水空自

淺之然之（舊注淺之平之）用之酒字与河水之語

係犬兒明顯乃世儒竟忽視之所以謬誤之

字以隱以附之意致二語各不相謀試以古人

嘗有此毫無意味之詩乎（然此舊説則似此

全無意味之詩多矣古人有知而不知其當何

處笑之（下二語与前章同而略之義）

尤很毒蓋前不過恨其不餘死而前則恨其

不穢滅之其懷恨之情殊遠於極度視相

鼠鶉奔之詩尤為巉巖此種見之刻於三百篇中也如罕見若衛之居士可謂能惡人矣此詩惟首章鮮字不得其讀法是以無注如韻然由此而知鮮字之作解死解者當別以二種讀法而左傳舉鮮者自西向不惟且不讀若仙并且不讀若錢又至於尋之以明紙上部則無不疑矣

誰因誰極

載馳、控于大邦誰因誰極毛傳、控引極至

也。鄭箋、序衛侯之歎求援引之力（即）於[illegible]侯、大
國之援係。亦謂因乎。由誰至乎。以控。爲。乃貴
說。係。而。服。語乃於。大。邦。若可。訓。如。求。引。於。大
邦。而亦誰。因。乎。由誰。至乎。二。語竟不能。明。其意。
之。蓋既。在。集注訓控、於而告之也。因、如因魏
莊子之因。（即論語因不失其親之因）甚是。惟
極字。則仍用毛說。作至字解。孫評以誰因。
誰至。四字。全不成。義。意蓋謂因。即因誰。不、
得。以云。至。誰也。朱氏。似。有誤。如。親於解。釋。乃

得誰字子何卬如何貌曰其得何貌圓而何貌
玉季四校使不通此則墨守舊說之過也
致極字稍爲作玉字解者凡解作玉字者皆
誤會文極之本義原為屋之主梁處屋之
極巔為一切林木之頂故極如深木稱之曰
極莊子則陽篇其鄰有夫妻臣妾登極者
司馬氏注云極屋棟是也歷來注莊子者於此
句多所笑極因皆誤以登字為登山登樓之登
則是此人全家皆緣升屋梁之上矣豈非笑

語後有義其失也因改訓極為平頭屋似可以容
此八字家之尺皆無知極字何嘗有此義且此
八字其字字同尺屋上又何為切耶不知此尺
字乃古字偽為鳥獸之物不尺於姐度革齒牙骨角
毛羽以及尺於器之尺語升之文尺極乃言之訂
語上梁此人蓋平其家人婦子而自為屋故重
人語其自埋於民也此種明瞭文字竟無人能
解且奇行穿鑿怪誕極為一定之主家林
之卻而不知之北極似之故引伸而為北極而洪

範惟皇建極，五言會其有極，歸其有極之即此義。謂王者建德以爲天下主，而爲天下之所會歸。如家所會歸，則有從了意（如水會歸於海，而海即爲水之從了）。所謂止境，故極爲了伸而如從此至彼之極之於其所終之極，則又從終止義了。伸而出，謂合其所終之處，即爲止境之不復有所活動，質言之，即窮之。又極字此三義（其餘義皆由此引伸而出。康熙字典有羅列極字義至於十餘，皆從此三義孳乳），其中皆足之互流如何嘗有作至字解者？說即作至解，而於文又不通乎。此極字即會其有極、歸其有極之極，主之而自我言之，則至也。蓋我之說則為主之。誰因誰極？說以誰為因，以誰為主乎？文義至顯，而乃於其本義外另行穿鑿，是真作繭自縛也。（洪範極字，孔疏皆訓作中，亦謬。因皇極有中極義，要不得直訓作中也。）

有狐綏綏，在彼淇梁

說自秦漢而後，習之，故不可不加審察述說

如無慮數十百篇即言論之書亦家有汗牛
充棟則似乎論人之微言大義以下至一名
物之微均崇章明於世而毫髮無遺憾矣
乃近儒舊說觀之不惟於言中之文言外之
意多未能致見即論之全文亦未嘗窺目
如是真怪了矣即如有狐假之在彼溪此
不過借狐以喻人之失而久羨者自瞭然蓋
狐者山羨谷乃在彼溪谿則其失而不知猶
以兩淵明如言其在河洲以為羣如言其在

41

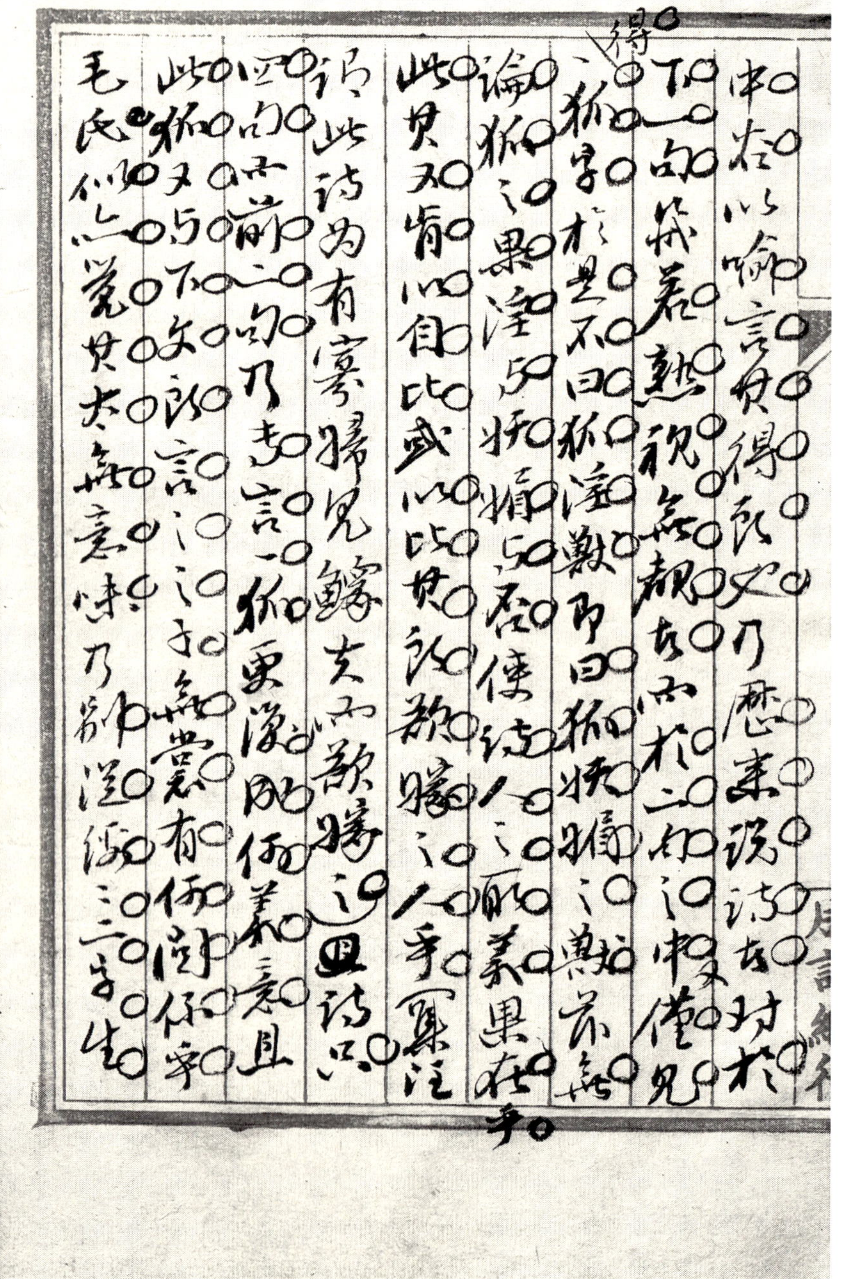

出義意曰：綏綏，匹行貌。正義曰：言其非偶，故知綏綏是匹行貌。集注亦用其說。曰傳更添出求匹之意，曰綏綏、獨行求匹、貌，其意強以為見狐之獨行，故以會及之。予又然。南山之詩，毛氏訓綏綏為雄狐相隨，綏綏然無別，曰相隨曰無別，則其凡一狐可疑至此。狐之綏綏何以又不相隨而有別耶？同此二字，同此言狐，而義意竟相反對若是異闕，且毛氏又何從得知彼詩人之言綏綏為隨行，此詩人之言綏綏為獨行耶？按綏綏不過，泛言狐之徐行，若有所失之貌。一狐之行如是，即多狐之行亦如是，豈狐因偶而獨行便當另換一種步法耶？又狐原非摯而有鄙之歎，出如以偶如，鄙雖然，則偶見一狐何以即像其無偶，此大不近乎情理，固盡下文則尚有一句，乃棄置不顧，偏獨注此等無字向之處隱約穿鑿，吾謂其為寄見下句也當不知至若此之穿鑿。文玉集注之說此詩尤多妙語，如曰在梁則可以當裳矣，此如字真足令人百思不解在梁何以可裳何物在梁何物可裳也果在梁則不可裳耶（次三章云在厲則可以帶乎濟乎則可以服矣義與此同終不明其意旨所在）下又曰有寡婦見鰥夫而欲嫁之故託言有狐獨行而憂其無裳也上句全然不接下句託言有狐獨行而憂其無裳所憂婦人之無裳乎抑狐之無裳乎於見鰥夫何以橫插入有狐獨行四字以文理論之則是天下之狐皆阿紫青馬數矣不大和喝嘍乎按小序云有

狐刺时也此自可信至续小序则不知何所见
乃申之曰卫之男女失时丧其妃耦古者国有
凶荒则杀礼而多昏会男女之无夫家者所以
育人民也夫言拒雜蕪穢按之于诗全无
合即以今日论之亦疑和于夏正所作为男女失时
下更加以丧其妃耦亦男之可谓之无夫家之数
于處在室门屄矢字之风名当时如檀弓左氏
然不甚显若其文章尚足以[致]证盖千古而
源于夏甲威乃竟画不通文理有是理乎朱

氏素以小序。於此詩反稍採用之。而更加以鑿矣
寄歸之名。亦可謂之舍精取粗者矣。今以詩言致
之。殆由幽世亂民貧百姓流離失所其妻感
歎其夫而[?]帶[?]田園之言。故以狐之失所喻人之
失所而憂其夫之無裳衣。序言刺時者乃刺時
政之說。失以致人民。此詩言但明。若據小序
序之[?]說之言。則直是醉[?]漢囈語耳。其則古稱先之
絕無道理也（[illegible]古書云之直不明其於意云何）
彼黍離離彼稷之苗

此詩之勝象入以感於耳熟能詳顧其氣只深有人道及之故一由於歷來言詩者其目光往往注於詩中實質之物而於其一切活動用字雖待人之周旋以見意者則反多棄置不講一由於讀之以序其先立之說以耀乎其前而不求甚解又為我國讀書人之通病此有序言以明其中遂自以為已經了解而不復肯再讀原文加以嚴密之思致此所以之知識習之而卒無一人能通其美文今試

持此義以叩人則莫不曰詩不過言黍取稷

耳此有何難解然黍稷稍秀而憂之物詩言

心憂何以忽涉及黍稷則又莫不曰大夫行役

至于宗周見故宗廟宮室盡為禾黍此黍稷

乃生於故宗廟宮室之墟故見之而憂之此

其說似是然按之則其說有未盡而以釋

然考詩僅言黍稷何嘗言及宗周又何嘗言

宗廟宮室又鳥從知此黍稷是生於宗周

且生於宗廟宮室之遺址則又曰序言周知是

然則使知序言詩人不能詞不能達意耶且
當時詩人何以後必有人為之作序將於既求
豈言者為之曲曲補出乃故留此缺隱以待之
耶不然緣不至於既最感歎之宗周宗廟宮
室屛棄不言亦但以泛言黍稷者貴之文蓋
讀小序者見詩首言黍稷宗下又接寫心憂莫
得其說以然之者因下文之言行邁則以為
行役因序言閔宗周也則以為王於宗周因宗
周而念及宗廟宮室因宗廟宮室而牽及

黍稷若是則可憂矣而為乃詠言初未嘗、
及此也今按序言閔宗周而不言所閔者何
事若以行邁靡々一語觀之豈知下章居乎
彼因刺行役役為則者同一意旨此章如行役者
自傷下章則其寄人代悼之又其言彼黍離々
彼稷之苗與以黍稷之總原極相因似和諱
察緐不能離々之積莖葉穗無不盡同惟黍
之穗疏散其狀離々然而稷則否至今固實
猶以此為離二句乃正寫其中心搖々如醉也

噎情況蓋心有所憂对外物每不能詳審

以訛愚源則目眩又因疑其行乘時之所見

曰彼黍之離之乎曰否彼稷之苗又以稷之

苗則不離之又何黍稷之不然乃若是因行

羞廉之中心搖之又其德神靈全在而彼字

及之字得之穗迷離惝恍情神情活現紙

上千載下猶如聞其悲下淚悠以中心搖之苦

的說明之是何等愁惋何等透露此等文字

寧不叫秦漢以下乃二千年來竟被一般

理說湮沒殆盡，絕無人能領會及此者，不大
而密矣。（舊注離離為垂貌。亦我嘗見國粹學報
載黍稷二字連篇累牘，凡求雅文、理想文、陳椾
文、郭璞文，於離離根據，反令人目眩章章無所致
得如竟成為今今為謬，蓋因詩疏有黍稷為
大餘之語，謬之又，不知謬之大餘，書今僅五六處
而黍稷之名至今仍一無變遷，歸燸骨知之
書生之見可憐而可笑。又觀此詩則今之黍
稷，猶古之黍稷，益信而離離二字，形容黍尤為

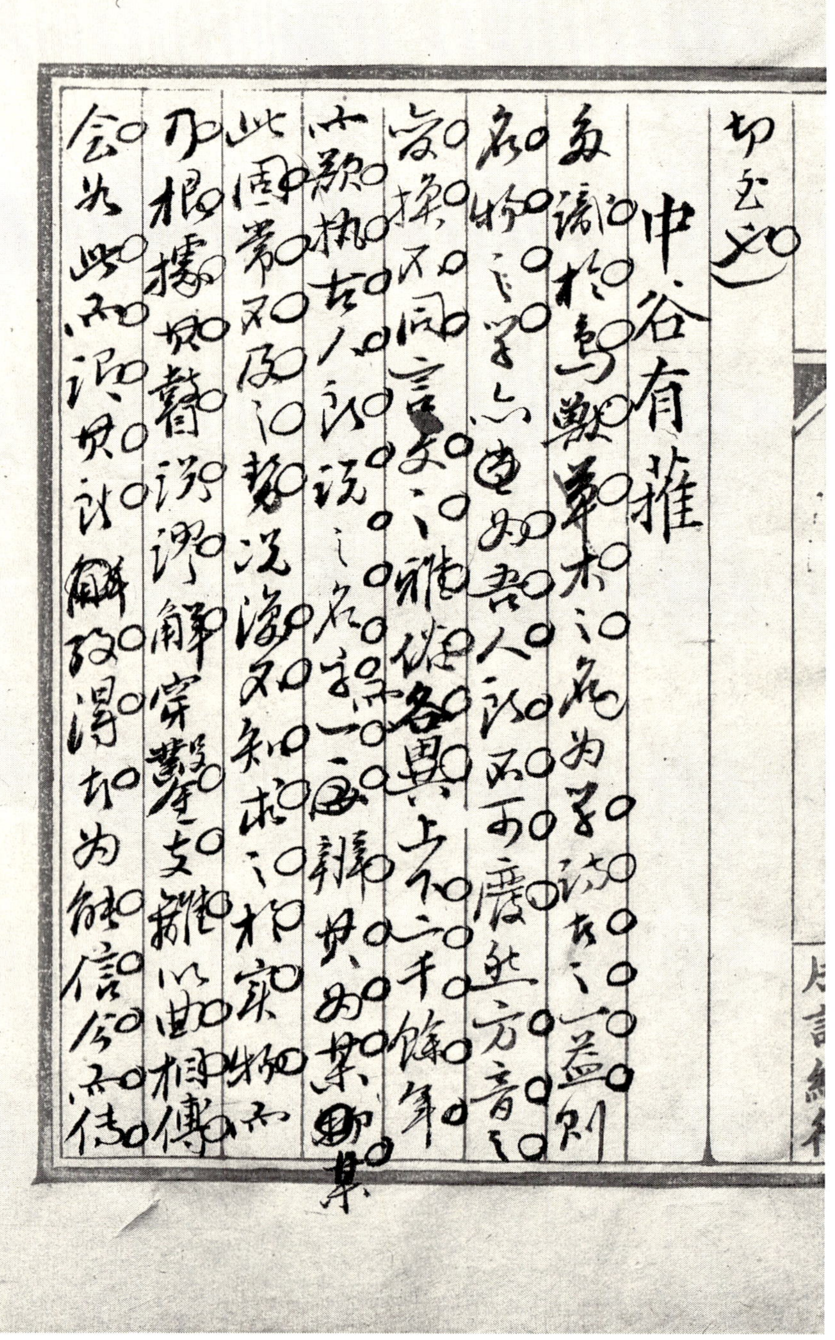

後竊不敢遽以為然。如今人之言草木鳥獸者多推本於爾雅。爾雅乃薈萃漢人之經說注雜而成書，觀其釋言、釋訓、釋詁等篇甚疏不便，則其說又何可信者。下至於陸機、郭璞等爲義詳矣，大抵人之所不知者概置闕疑，以俟後來之或有所發見。若先以此倫其臆妄指以實之，則以訛傳訛，將後雖博雅而亦有無從取正者矣。如谷風言采葑采菲無以下體，說者以其下體之惡而棄之文。则葑菲之为物，必其下体恶而上体犹有可取者，故云尔。与文乃注者意指葑为蔓菁，（其此言之葑，本尝未致知其为何物）只蔓菁之为用，全在下体，叶虽有时可食，然食之甚害，故书但言其可饲马。（蔓菁又名诸葛菜）是其义正与诗言相反，其不确可知。强为时解，说者误解此二句不通，得其反，因即以蔓菁实之。后之人虽觉其不合，而牵亦无以易之。（然注知其不合，乃为之说，以其根有

二者消如依托不得
其所故形以为喻此
谓言之主为显见
者也

时而美恶。世界见蔓菁之根有恶者（513）大中
往有菘膜贝魏集。此二物内有有北则
如以遇淑则以此离则菘以甚中在
渴其所而膜魏则诗意中在有菘其所亚
言菘之不得其所斯菘如生于谷中
物所以得言菲和谷中之物而生于谷中所
以主于膜魏之旧日道诗者不明此物之义
见诗中有言及鸟兽草木者不深求其义
本指如觉物起兴，花落人偶然见此物而

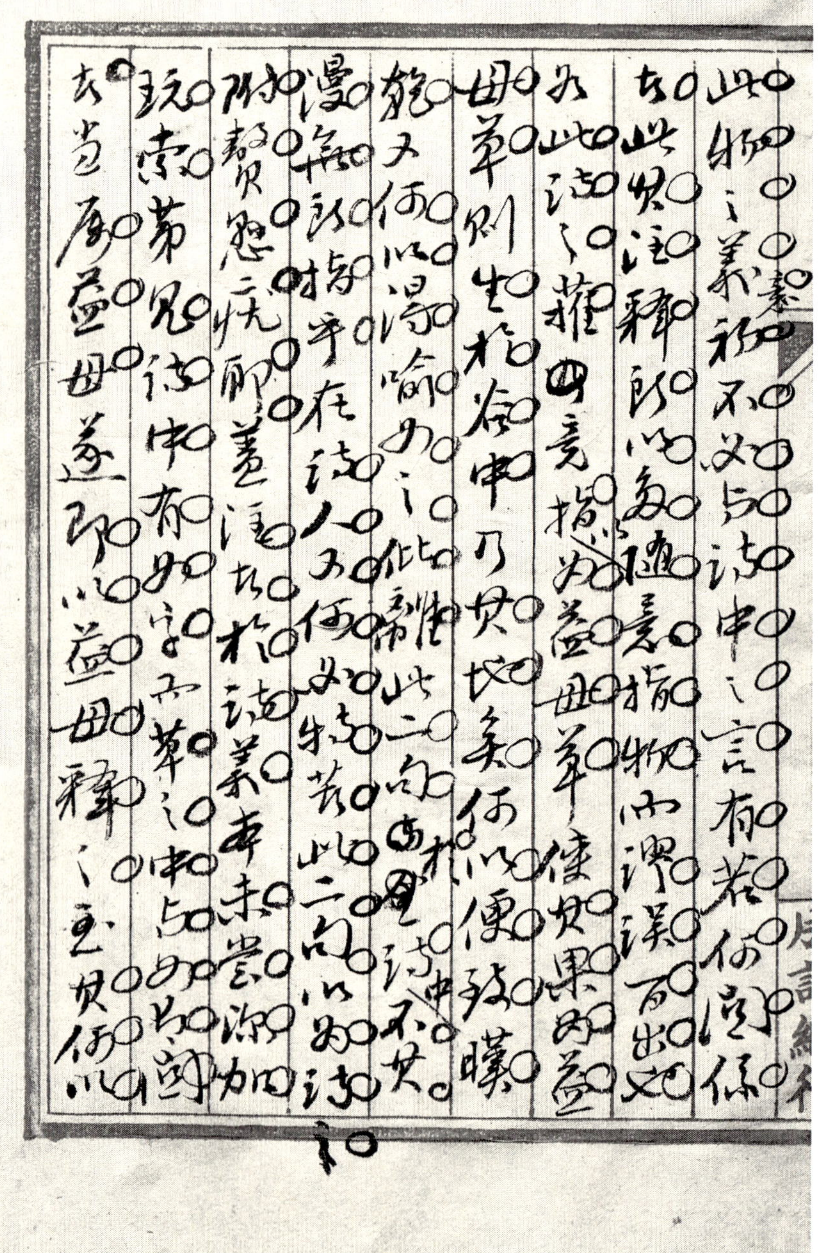

有柏中谷何以暵乾而絕耶計及之文然自
有此一語而蓷遂永如蓷無此二句之蓷遂永無累
亦知吾不論詩人何不幸乃遇此注文蓷孝在
今實已無從考證其如何物需其物以如此
草之一種故事中谷遂生於暵乾世有焉
物居于即可言以求之或者不難以得其標
概也

緜緜葛藟在河之滸

此二句之喻言先說蓋葛藟本陸生植物

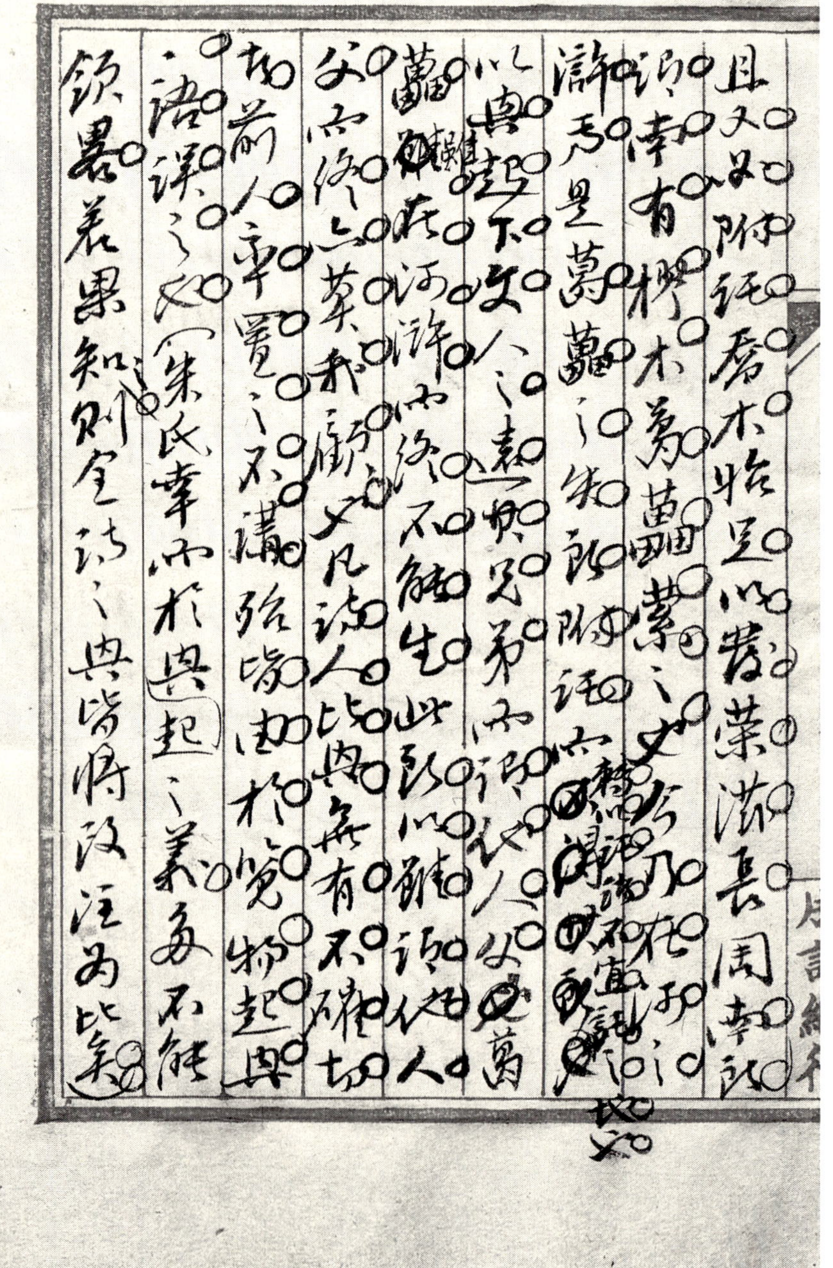

猶來無止

陟岵、上慎旃哉。猶來無止。舊注。猶。不。同。語。
箋云、止者、謂在軍事作部列時。其說。甚。怪也
其父。望。其。子。棄。其。軍。事。逃竄而歸[illegible]耶。（古之兵
役民。逃遁則無所以加。故古無逃兵之說）。玉臣義。
之。說。尤為。荒。[illegible]通上字。之解。作如字。真不知其
聯。此。七。字。作句。作何。解。法。如曰。由上言行役是
在道之辭。如此處言上。又云可來乃來的在軍
上。為部分行列時。如下又引曲禮。左右有局

注以証明軍中之有節分行動欲其來往
西批似已忘其所解説亦為何字更無從附
其言之何指只可置諸不論當觀鄭氏之意
似以止為步伐止而之止謂停止前進時如大軍
今作止息皆相與移為之如是前進之人之縱橫百變
示將卒鎮定且軍法無有專以不止為事故說
曰猶來無止之方豈又謂其在軍無有止息耶
集注以止為當甚是以止為休止謂猶可以歸來
無止於彼而不來也其說亦通但其曰無止於彼

則意思而謂紀拘止、見獲矣。左傳隱十一年：公之為公子也，與鄭人戰于狐壤，止焉。杜注：止，見獲也。又新築之戰，石稷子曰：子以眾退，我此乃止。亦謂見獲。蓋石子見軍已敗，謂孫桓子以眾退，而己則守此以俟見獲也。此為止字与下為棄為死因意義。見獲則不能來，死然如人既棄亦不能來矣。朱氏知其誤而不用，如義而謂別有會心也知。

載獫歇驕

駟驖、載獫歇驕。毛傳、獫、歇驕、田犬，長喙
曰獫，短喙曰歇驕。鄭箋世皆從之。鄭箋則更
訓載為始，曰：始田犬也，謂達其摶噬始成之
也。其說之不能通，語無足深論。朱注改訓載
為貝，車和附載之載，謂以車載犬，甚是。但仍
本舊說以歇驕二字為犬名，則稱驕犬名
歇，謂休息之文。載獫歇驕，乃對文，若謂載
獫與歇驕之大，則古無此句法矣，故朱
氏休其足力一語，似亦知歇字當訓休息

乃郭因仍舊說故以爾雅之名見於爾
雅故不敢改文不知爾雅乃漢人薈萃當
時各家之經說所以便習經者之檢閱故
其說不出於詩書禮三經之外而於詩則尤詳其
說亦與現存漢人之經說同一若謂後乃相信
爲周公所著作豈周公能壽至五百歲後而爲
之注安得爾雅耶世後有爲詩傳之說亦
謂釋詁一篇爲周公作餘乃漢人所益此等
詩傳說全無稱道之值價自書跋例矣

而乃摘其中之一篇一節曰此則不似而又絕無
確切之證據是猶雜護物羅似古文尚書者
因其見諸各書所徵引者則不似之爾雅之偽尤
為顯著者則其中多雜有漢秦以後又其説
烏之字多安佳如烏敢古文字烏字之文係
不經見凡説烏者皆作佳而爾雅反之則其出
自漢人之手可斷言之爾雅本薈萃漢人經説
訓解而成今乃謂取之以經經極其訓主之不
過以漢人之注經而已漢人所注之經今存者

知嘗謂不知其於經義之學矣果何如耶吾
嘗服膺乾嘉諸儒自名其學為漢學蓋其說經
務非為發揚經義乃補苴掇拾以餔啜漢人
之糟醨又漢人之曲說經視足貴吾人所無從
知於此矣
嘗謂古今最之偽書二曰爾雅曰山海經古今之
謬書曰說文三者存之以攷察漢人之學
說則可若以之解說經文則初不得覩引
為確據又此吾之解說經既以是求諸之於

又采菽君子所
居鄭箋亦云居極
也此之服飾君子
法制之極也至宋
儒始改訓至此亦
當訓命言此車服
乃君子之所受命
也

居古無文字如

致天之居 不知所居 君子如居

世傳文字自嚴和勝是切然貴字搭得頼以行

自與鄭文形居字人莫不知其訓至文今致居為至

之知古乃始於偽古文尚書之大禹謨惟茲

德動天無遠弗居孔傳曰居至也同時郭璞之

注爾雅及方言皆以居字為古屆字同訓為至

是則居字作至之訓以後慶于山東濟南烟居

於文章與於十死句蓋從用之至於今不改然

晉以前固未有作居如此者如詩閟宮致天之屆小弁不知所屆節南山君子如屆毛傳箋訓屆為極至鄭氏箋詩於小弁屆字改訓為至則已在漢魏之交矣是漢人猶未嘗以屆為至如爾雅說文猶然屆字下曰行不便也一曰極也許氏前於鄭氏數十年其書猶不云訓至是漢人之訓屆為極也亦非是以對於小弁節南山二屆字尚勉強可通而於閟宮不可以云致天之極如今撰屆則字盡訓為命字致天之屆即致天之命也所謂

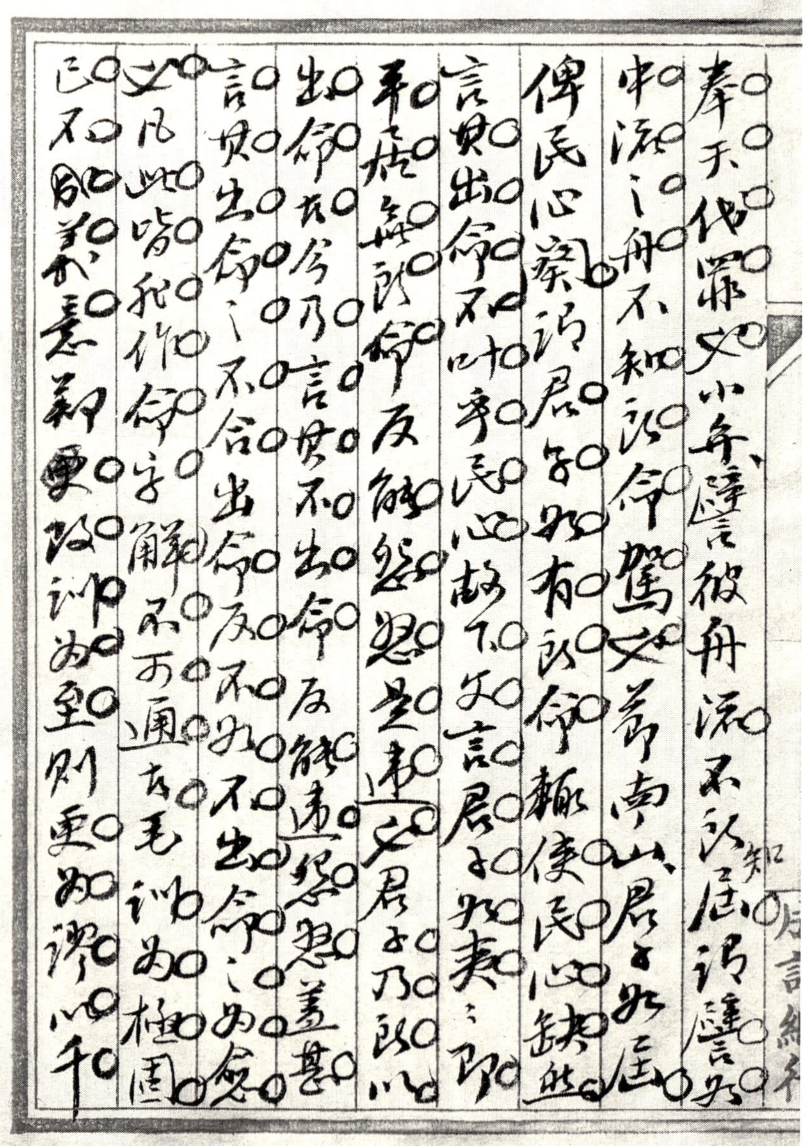

畢文大抵鄭氏之誤全由不知訛為之語而來然其說雖能通毛詩之義毛氏之訓如不知訛作極甚已覺膚淺風雅所二說以發之詩人之本意訓殊為不知訛命者則猶碔砆之於珠玉矣乃自鄭氏之誤鄭氏和之偽古文又和之而展之古篆遂不可復後世因常相沿用使其依古篆仍訓為命將無復有疑及者矣字之廢興亦有幸不幸哉

楚楚者茨言抽其棘

毛傳之穿鑿不通，殆莫甚於此。向以此說語
證之友朋，二千年從前之老師宿儒，其論解授
經時不知其若何，費加乃萃無有一人悟其失
者。今吾悟之，今得其所以致誤之由，殆毛氏默
誤解牆有茨之茨爲蒺藜，以後乃於其蒺
藜之說，因遍求之，各詩之辭無一能合，因詩中之
用茨字者，僅有四處，瞻彼洛矣之福祿如茨，
即不可以云福祿如蒺藜；甫田之曾孫之稼
如茨如梁，又不可以云曾孫之稼如蒺藜，猶此

況○之○英○而○不○幸○又○亞○棘○而○球○矣○乃○急○然○喜○曰○此○
實○是○矣○可○以○為○君○漢○蔡○説○之○確（佐）○證○矣○遂○奮○筆○
注○之○曰○英○漢○蔡○文○以○棘○有○刺○之○栗○和○亦○漢○蔡○則○
有○刺○之○栗○華○二○故○同○數○可○以○互○相○證○明○故○然○
英○漢○蔡○之○如○物○儀○堂○無○度○與○棘○之○同○又○恐○可○言○
楚○之○以○楚○之○乃○譬○如○之○稱○猶○今○之○記○録○之○楚○之○
清○之○楚○之○如○孟○毛○氏○則○但○欲○使○其○漢○蔡○之○説○則○雖○
以○漢○蔡○為○楚○之○亦○斷○不○悔○棄○性○乃○保○棘○之○章○連○
存○內○以○見○不○移○漢○蔡○可○以○稱○楚○之○即○棘○之○無○不○

亦以稱楚楚之文，故在古人已死其魂不靈，即謂泥溦
其既困擾之形容詞為不空古人之為何，又因是
更注楚楚二字，如茨棘貌，蘇秸無涉，其說之豈容
即以其說楚楚之，楚楚者茨，蒺藜而乃言抽，因除其棘
之之棘（毛傳：抽，除也）不得李代桃僵，又乎至鄭
氏作箋時，猶其言楚楚之所以不知其實由於漢解
茨為蒺藜之說有以致之，乃從而為之詞曰：茨言楚楚
之棘言抽，互詞也。正義遂取其說，申之曰：經言楚楚
之在茨，并言棘者，以茨言楚楚，須抽之棘言抽

明星楚楚。故去互詞文。二説皆以楚楚為跑㧑後。
之。茨棘。翦兮。其視毛氏之直以為茨棘翦去周為。
濕之。然䔲蔡。50棘何物。宅柚之。便解楚楚。且二。
東。齒惡物。不除去之。而但柚之。便其楚楚。又仰為去。
耶。毛傳植訓楚楚為茨棘。[illegible]
此楚楚。楚楚之[illegible]。茨棘文。箋疏訓茨言楚楚之次抽。
棘言抽。明星楚楚。是但抽之使之楚楚。不得訓抽
為除去之文8若除去之8則更無楚楚之。古言文8詩
本。言蒴。黍。稷。而衛。誤。先言。整。理。䔲蔡。50棘

若藉黍稷古必須先藉漢蔡与棘所况詩故

未嘗言抽茨亦未嘗言抽棘乃使之枕之所是

皆出漢蔡之説有以誤之又毛氏之為詩但直至廟

田之説將不畏楚其漢蔡之説後訓曰茨積又而

於瞻彼洛矣之茨字則僅無積一以前之茨已

嘗改之曰積此義固可以異不襲一以見与彼此抱之

漢蔡説不合不敢多臣論列又並毛氏之漢蔡

説然以躬以歲乃与當仍不能通則以積為原禾

稼積果之本名故其字從禾曾而之稼積則

積矣何如耶凡如此必其本不相關之物耶
此而數之謂之著本如一物則直指之而已如山但
不指其為山而不得云如山但不指其為山而不得云
此也鄭氏知其不通強為特解之曰茨屋蓋也
不識雖若屢變而知鄭氏於瞻彼洛矣亦訓茨
為屋蓋仍是鄭氏臆說知茨為屋蓋乃於前二
茨字不知加以糾正仍曲飾其解說致使支離
後不能用語體轉釋漢唐經二千年是非淆亂
師承之見惡習有以護之不得不如鄭氏懵

○○○○○○○○○○○○○○○
之○今按此詩乃以教理濛厓之華去喻芃黍
稷○純○為○與○偉○以二部○向○起○○以下○四語○多表○於○詩
中○如○安○格○乳○注○派○治○田○去○必先○除○其○嫌○棘○文○
田○和○新○開○闢○去○雖○不○免○滋生○惡○草○卻○絕○不○生○耳
棘○左○傳○芟○除○其○荊○棘○驅○其狐狸○豺○狼○語○同○貌
殖○蓄○田○和○詩○其○樹○藝○熟○田○之○前○人○不○察○見○一○棘○
記○詩○其○與○田○有○關○乃○遂○述○段○詩○人○之○話○與○去○為○
婦○此○以○謀○憑○莽○如○蒹○葭○之○一○原○因○之○詩○言○彼○濛○
厓○之○華○之○桃○之○去○必○抽○除○其○中○的○穀○離○之○棘○以

喻○苑○柰○穆○如○六○又○知○余○治○其○恶○节○文○言御○其○枞○

○四○字○以○一○苑○字○膳○形○是○以○人○多○畧○過不加○省○察○

去○下○矢○飛○柰○5○三飛穆○翼○三面○白○乃正○形○杕○三切○淡

四○字○以○5○三翼○二○形○林○三○以○柰○穆○形○淡○頂○柰○穆○

隊○訟○以○50○二○翼○二○長○患○由○於○苑○之○使他○猶○淡○之

桃路○三○長○由○於○柚○其○棘○使○然○之○脈○徐○多○刪針鋒○

相○对○凡古○人○託○興○矢○字○某不○類○他物○以○說○不○白○

○○四字乃以○一○字○形○上○句○四○字○乃以○一字○多○形○倖

椿○安○換○實躁毋妄○去○無○不○易○倖○会○戾○之取

…紙行

世之儒學說而細碎之又何所事穿鑿傳會之術之文乎

不遂其媾

候人、不遂其媾、毛傳、媾、猶厚也。箋云、遂、猶久也。不久其厚、言終將薄於君也。其說殊不成語。媾何曾有厚字意而訓之。遂如久、尤為難通、實憾漢儒對於字義附不求其依據而隨意以解釋、何以不直讀之、使其成語、乃如先橫曲意以求可通、若不可通之義而後再為之牽合傅會之

其說欲藉是以欺人而掩其杜撰之跡耶抑其
心以為古人之語必須在若可解不可解之間方
足以為古人耶是真莫能窺其命意之所在矣
集注訓媾為寵是仍用毛義而稍易其詞遂
字舍鄭義而別訓為稱引今人所稱稱意為遂
意為証甚是然遂字之訓以為稱如以遂本訓
諧合以諧合而稱即含有諧合之意承上三章不
稱其服即謂其不能與其服諧合也至媾字
則當訓為遇古人遘構覯媾等字常相通用

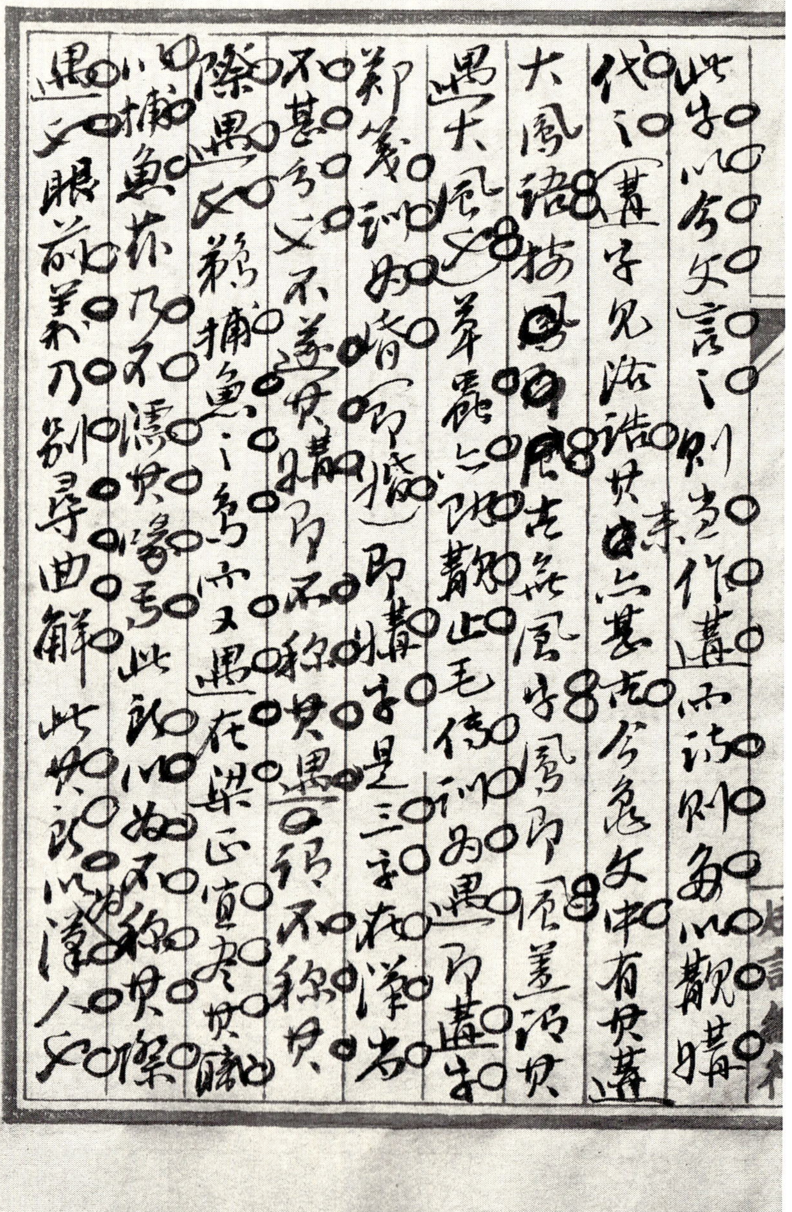

往近王舅

崧高"往近王舅，南土是保"，毛傳"近，已也"。申伯，宣王之舅也。鄭箋"近，辭也，聲如'彼記之子'之'記'"，《集注》仍用其說，是也。李厚菴《解》作"往保南土，王舅是近"，乃隱。如此，讀亦殊不可通。蓋王舅即申伯，不得謂申伯近申伯也。全謝山謂其本出當作"其"，或移作"忌"，則亦是（"忌"見《大叔于田》，鄭氏以為語詞）。詞。彼如"彼記之子"之"記"，乃詞其聲，亦詞其字之無作其如（全之言其即記字）其字之語詩只問曰彼其何其不得曰往其也至今因毛之訓由已乃云猶言往矣也則尤犯近能執作記近不能執作矣也今據其近之本字當作其之之古音本讀如基亦從音讀之則如記此猶其字在句尾其音舒長則讀如基而夜如何其子曰何其之類是若在句之中間其音急促則讀如記彼其之子是也近字從斤得聲古從斤之字音多與其近數其如祈蘄其字是祈字古讀如芹而今言則讀如其其亦其義也至哉之讀

莪凡詩皆然如殷其靁君子于役園有桃伐
檀何有其無不如是而陟岵之上旟旐之亦皆
是也後臣之證皆叶韻蓋其字隨有而義故求上
二韻皆叶之（殷其靁乃叶上韻子字）往來也
蜀乃一最熟明之詞而言韻一使安置且又出
於假借遂為人所辨此據詩之所以所通者
音也

彼爾維何維常之華

采薇彼爾維何維常之華舊說以爾為華盛

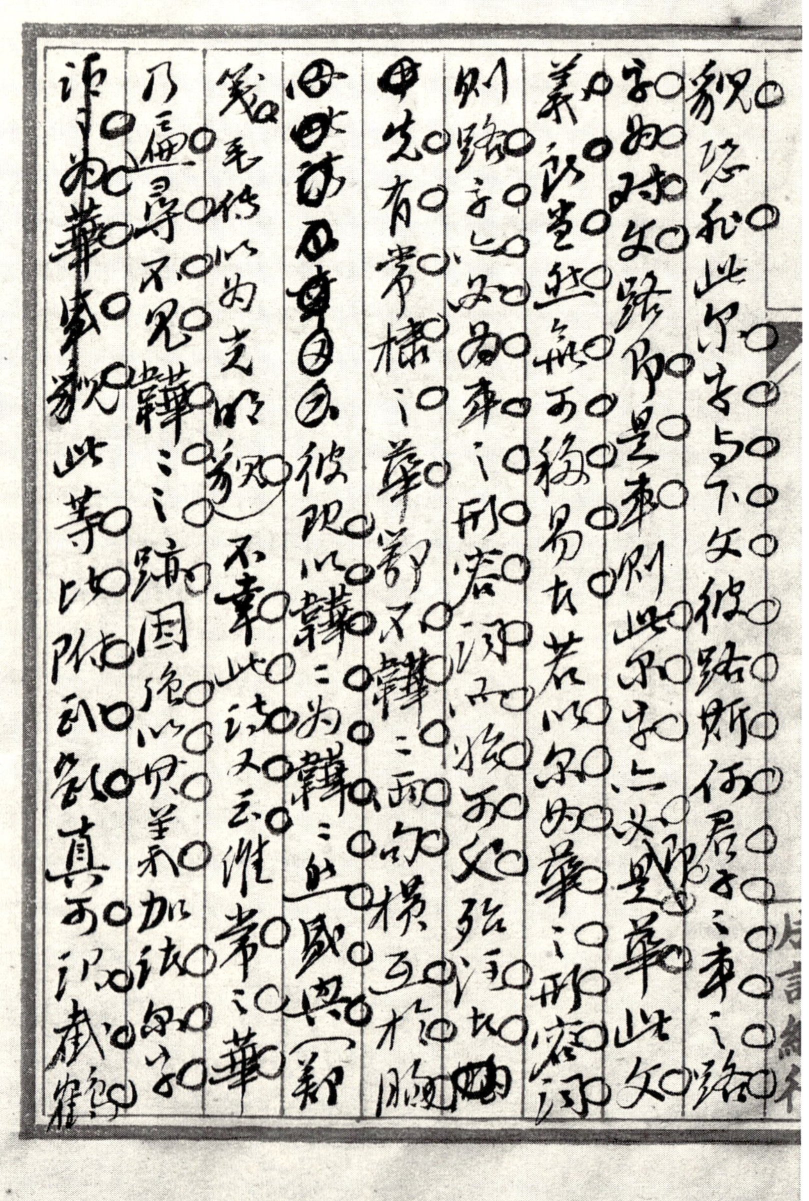

說文因此誤衍字○
乃別加草作萴○
注為華盛貌○是
真不知六書之義
也夫

懷息也○今按說文字下本義○鄣籀已無可考○
今行世稱說刑容二義○實皆出於假借歡戴
參○書○於繇○說之○說○時○作○說○刑容之○說○時○作○耶○
可見○古○此○詩○爾雅○其○本○義○之○僅○存○於說文字乎形古
今來稍無甚轉變○其存○古○文○附○作○𦥯○侯
中𤰈○底情敦除字○乃○四○象○形○字○上○象○華○蒂
形○下○象○莖○新○垂○蔓○方○由○來○由○之○狀○完○已○
例○置○之○花○朵○則○其○義○正○如○為○花○朵○之○通名
無○疑○今○行○世○蓓○蕾○等○字○疑○即○由○此○義○轉○

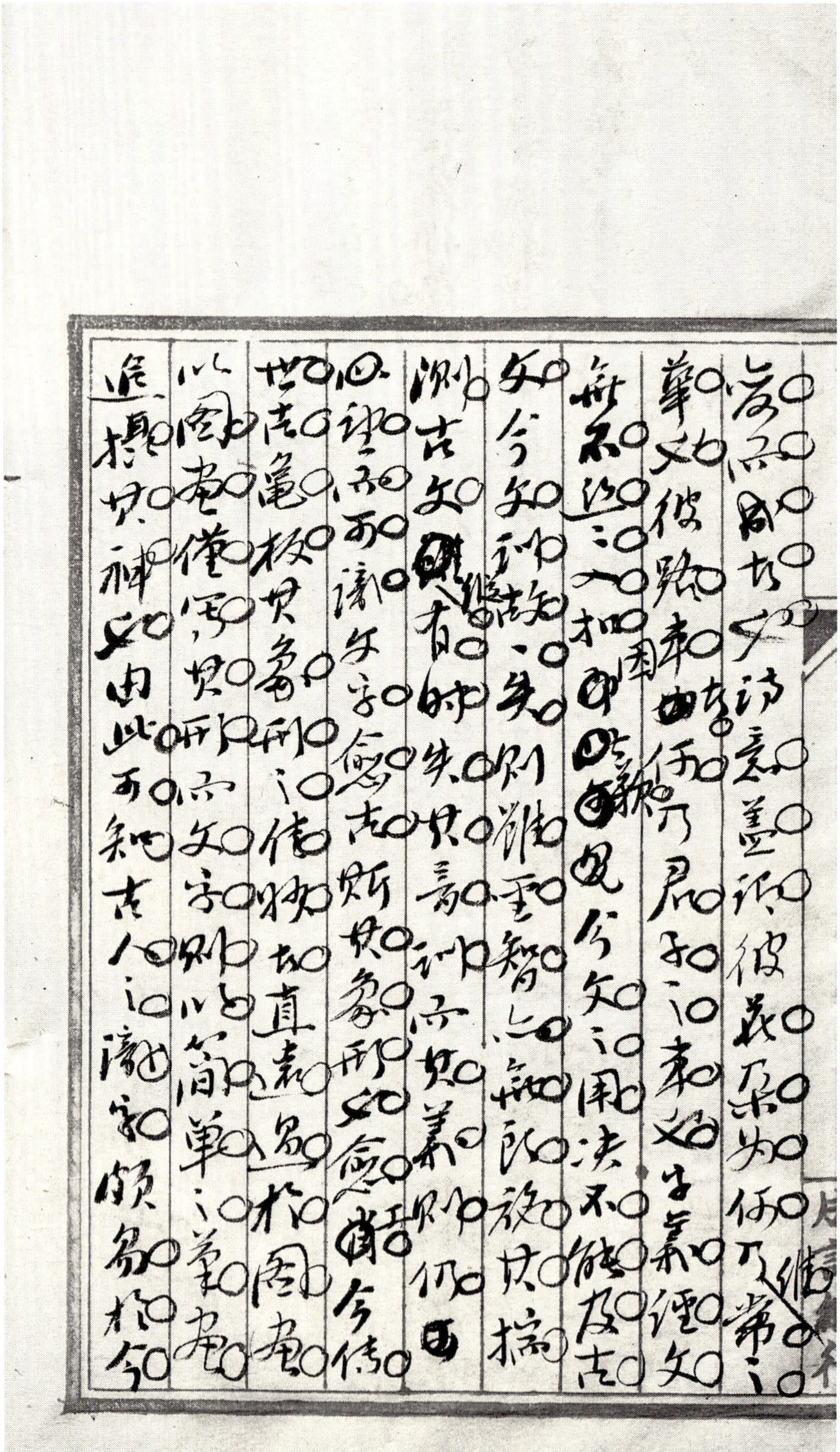

人（古文筆墨多少患累拘）而古人文字之所以
雜今人好廣以語言雕異文義則難國默會之
今之既讀欸學家者乃欲以筆舊有文字一筆
而推書之別行語言之文字微傳務既又不
能及即以推行於一時而異世語言一有
差則執繁滋故紙取果何所益於

四牡騤騤

前之說經者於篇句之未通不知於便省字
之本篇亦之而乃遂失聽之所以隨意亂

指甲不分注為乙丙不分則為丁至化囂霸不
能通則不分更命以新義故常有一字數
義甚且有一字兩義而正相反者使字之本
義果如是則文字將無溝通代表意志之
功用矣如意本在於甲而人或誤以為乙丙
解讀文字則各有釋見是則文字不將為爭訟之
媒介矣乎總古今以及容有此類如舊注之類此
如不遑枚舉而其於四牡騤騤之一語亦復如是
攷四牡騤騤此句在全詩中凡三見而注者於釋

薇山問○則徑曰○騤騤、隋了翁見○於桑柔○則徑曰○騤

騤、不息歟○同此○四字○而解意說岐○出且相○反○指不

知○徑○說○如○何以○知○採○薇○山○問○曰說○人○其說○言○之騤

之○爲○隋而桑○柔○詩○人○其說言○之○騤○之○內不息耶○又○

若云以○意○度之○則說○徑○在○矜然因蹊也但○以○意○

度○之○而○來○文○字○不○滿○如○無○承○可○今○擬○騤○之○乃○以○

頸○毛○色○不○奇○馳○驅○擾○攘○不○服○之○貌○歟山○門○詩○

中○其○反○覆○爲○此○物○四○驪○綠○之○維○則○而○見○蓋○矣○

中○凡○道○奚○得○尊○之○字○皆○含○有○乘○連○繫○隔○之○

[illegible]己氏行

義如騤（渠之）㮴（鉄之）揆（戣之）騤同不合
之皆是騤騤之貌之然集注以由誤認為後
者則以採薇前段言四牡業業後段言四牡翼
翼皆不善之形容詞因騤然二字亦為形容
馬後壯又跼不知前之業業亦義善之詞業
業即競競之業業業業戰慄之狀貌馬而戰慄則
畏憚於驅馳明矣然豈敢定居一月須三次
之報捷也集注不察以為業業之然與壯也豈不笑
話古今有以壯為業業者也而此之騤騤則尤反

乎美善又此章前四句總說言之所以篤彼四牡
四牡乃騤騤然其奉善不相習也以此而知君子
所依原矣不知其猶為小人之所依也腓即
百姓俱腓之腓毛傳訓以為病甚是至此詩又
又改訓為庇鄭氏則直散腓字改為腓字以杲注又
了人身之腓骨以為說皆屬癡人說夢蓋古也
車馬皆附於里故言四牡騤騤然猶言其如
小人之病矣如舊注也遺戍者田並其所人而遺
之所小人平民所謂若師徒則不得謂之小人

文凡詩書言小人去留然。至下言四牡翼翼之狀，然實際知之

上言之翼翼之附和騤騤之氣，其說以不爲騤騤而爲翼翼

之狀以玁狁孔棘，豈敢不日爲戒，備即此詩四牡

字所見之見與義各不同，而尤以騤騤之解爲訓詞深

愚按此詩本爲征戍之作，而當時之用，以爲遣戍

之歌，故強即由此篇注詩者乃牽混而同之，不惟

淩雜無次，且全無義意矣（此詩小序「遣戍役

之」，乃序之原文，下既云云，直是蔓語，無足深辨）

至要來詩四牡騤騤之旂旐有翩，因不可以為言

旆旆，旃旃，偏偏然，貫不整（舊注亦以為不息貌）曰偏偏
在路不息之也。一偏字訣，●訓為偏偏然，又可訓以在
路不息耶。也不在路，即無以狀偏偏然耶。且僅
云偏偏然，何以即見貫不息耶。前人不就字義解釋，
偏從字外另行傳會，數此上句不可以言車馬，
猶騤騤然，強壯之，乃不渴不飢，棄前說而另行穿
鑿，以其流為傷亂而作也。噫！如此亂則征夫不得
止息，遂訓之曰騤騤不息貌。古不息又豈得有
貌耶。此句言牟就以乘之車馬以見征役勞亂民貌。

貂與物加獨澈敵四牡則騤騤然界不[illegible]鵠
旐之偏然界不整蓋亂生不夷靡國不泯民
靡有黎具禍以燼寡無力以供之民靡有
黎詞民無有黑頭者言餘黨盡殘之存無須注
乃毛傳則以黎為齊鄭箋又以黎為不齊支離不
通直同笑柄真不知何者乃為之此論之四牡騤
之乃民力之疲敝窮不得不出故騤以自之四牡騤
之乃出征倉卒不暇使之不騤騤之采薇則騤
之四牡騤騤之乃據語詞謹言語雖騤騤之亦不甚

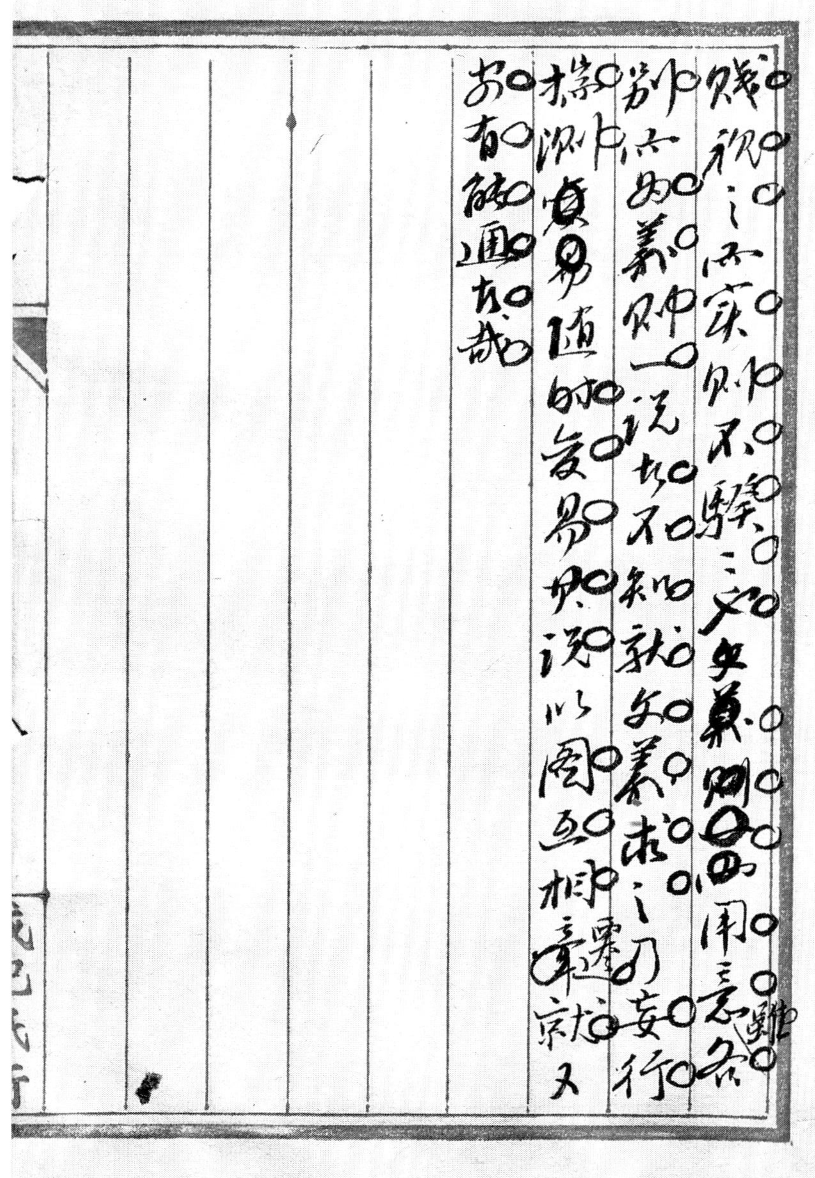
賤視之而實則不驗之說，文莫則思用意[illegible]各
卦卜亦如蓍則中，一說切不知，就知蓍求之，乃妄行
揲卜深真易，隨時變易，與說以圖互相[illegible]就，京氏又
於有能通者哉

笑林

日昨偶与极端社会，辩论人权平等。予曰：就如人之一身说吧。阳物永远垂于肚下，总不见有人生于肚上。若溜词来。辩者曰：你没见过小儿臀精蛋的时候吗？他那时的阳物，何尝不翻在肚上呢？予一时竟无以难。但是种强词夺理的理论，能服人之口，不能服人之心。究竟臀精蛋的阳物，能算是肚上，不能算是肚上，怕还不无可研究的问题吧。

年前即墨庠颈崖税局，因发卸闹题，激起风潮，

新任利用暑民。將舊有局員々亦薄信。每人餉以
稀粪湯、碗。喝畢始行釋去。局員各飽嘗異
味。中有々點者。不喝則不能抗拒。喝々則此種新式
啡。實難下咽。故其窮象畢生。於是理見為首切
吾相君々適去庭院滿長閣方圓。將來不是犒軍便
是巡閱使。何必同我們小酉人一般見識。你老人家捨
々手我就過得去。依々手。要我就過不去。你老人家不久
就要發達。那時小人還得向老太太討賞錢喝呢。甚些
公向署閣江湖相雲。蔽莫摩丞。囤積傷此以解危。如不
京那人々告訴他喝道。快喝奉承幹甚麼。我只要你
喝。並不要你摩承。喝了、摩承必在你。不摩承必在你。
不喝、奉承是白饒的。點切兒計不得住。不得已乃

長勸引滿掬碗出去，回我奉承你是由衷的。不喝者若喝。奉承你個痛快。中俄会議。昨天開幕。列入議程。第一便是沿海州問題。兩方在議席上爭執極烈。這一個說沿海州是我的。那一個說沿海州是我的。到如今。這個沿海州。到底是誰的。還是一塌糊塗。這個問題。関係的至為重要。但吾於沿海州的歷史。實在並無研究。今聞省議会中常常有沿海州三字之名詞出見。足徵吾省議会之平日関心於外交。但不知吾省議会中之沿海州。其究竟果是何之於誰。

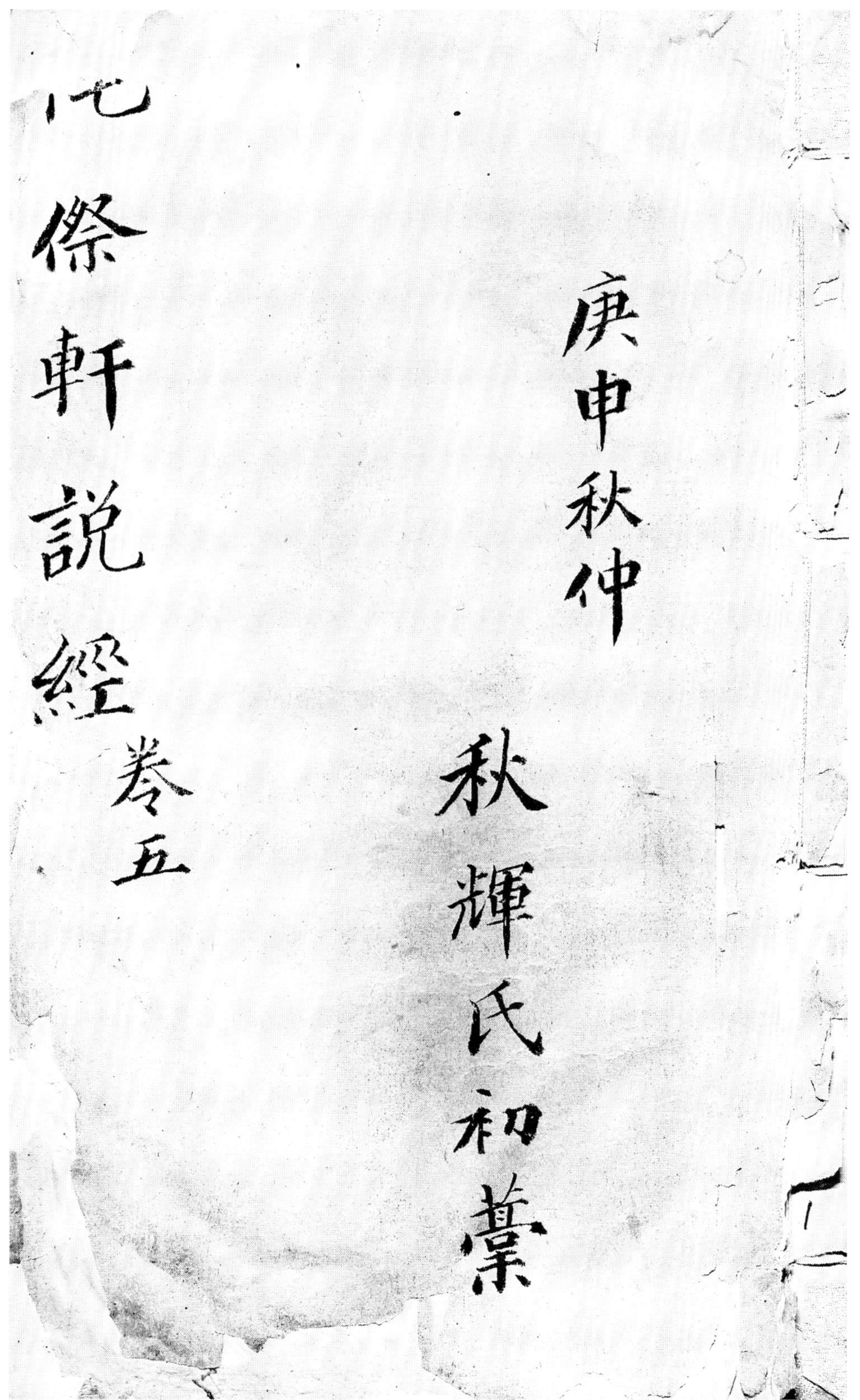

庚申秋仲

秋輝氏初藁

傺軒說經 卷五

侘傺軒說經卷五　一名說詩解頤錄

麟之定

周南、麟之定。毛傳、定、題也。(題即額)。殊謬。此詩本以麟喻文王。以趾、定、角分喻公子、公姓。公族。故其所喻。於麟之身。如若趾若角。皆其極微末之蹤跡之物。[illegible]以得之。[illegible]身外之人。若定。果為額。又烏得以與麟分舉言耶。且前章言趾。後章言角。角亦身體外附屬之定。[illegible]頭角所附物質。(趾、即足甲。據生理家言。

小角毛髮皆皮膚之所刑物中間忽插入、
極閑重要之部位曰歡俗語有説ノ之語氣
偏次如頭上一向腳上説其即此流ノ之説
氣蓋如之説説如不知遂字深者其蒙而又物
逞臆説見此流之言蘭之跡文則以為此但
流言蘭跡而已之手妙已全抛蹤度外玉蘭
50跡之卷何閑係甚如為蘭者如為跡總不
一加思索故説來多不得諸意乃不韋此字字
又如徐記不能解因見不辜之言角文以為

角之生於額上介於趾於角間者當然為額

蓋膝然其為額試問志今來數有一壽足有

一人語額為字者耶至論之論爾雅者本其

說更特發其字作題則直如竈嵒說鬼念出

念亭矣蝌按臀字臀如今此地方言猶然

語臀為字蓋人坐則以臀著地其勢穩字

故蓋以臀為字猶次指之作用在食因語其

指為食指如詩之言字者其意在於實實

在於其尾尾生字上特發言字以叶下韻耳

其所○兼○於○尾○如弦猶○狼○跋○以○狼○之○胡○喻○周○

公○以○其○尾○喻○伯○禽○之○疐兼○取○其○義○之○後○文○

參注○語○叢○之○宗○其○義○未○詳○似○已○知○其○說○之○

不○可○廢○而○無○說○以○易○之○故○姑○存○其○此○語○以○決○疑○

文○然自○有○毛○氏○此○注○後○而○●備○之○稱○膚○為○宗○如○乃

不敢○直○●刪○●此○去○之○而○鼠○思○見○彩○攙○一○膚○字○以○代○其○周○

文○字○與○語○言○一○失○其○文○一○失○其○義○二○者○相○需○而○遂○

不○可○復○合○不○其○大○可○哀○乎○

營營青蠅止于樊

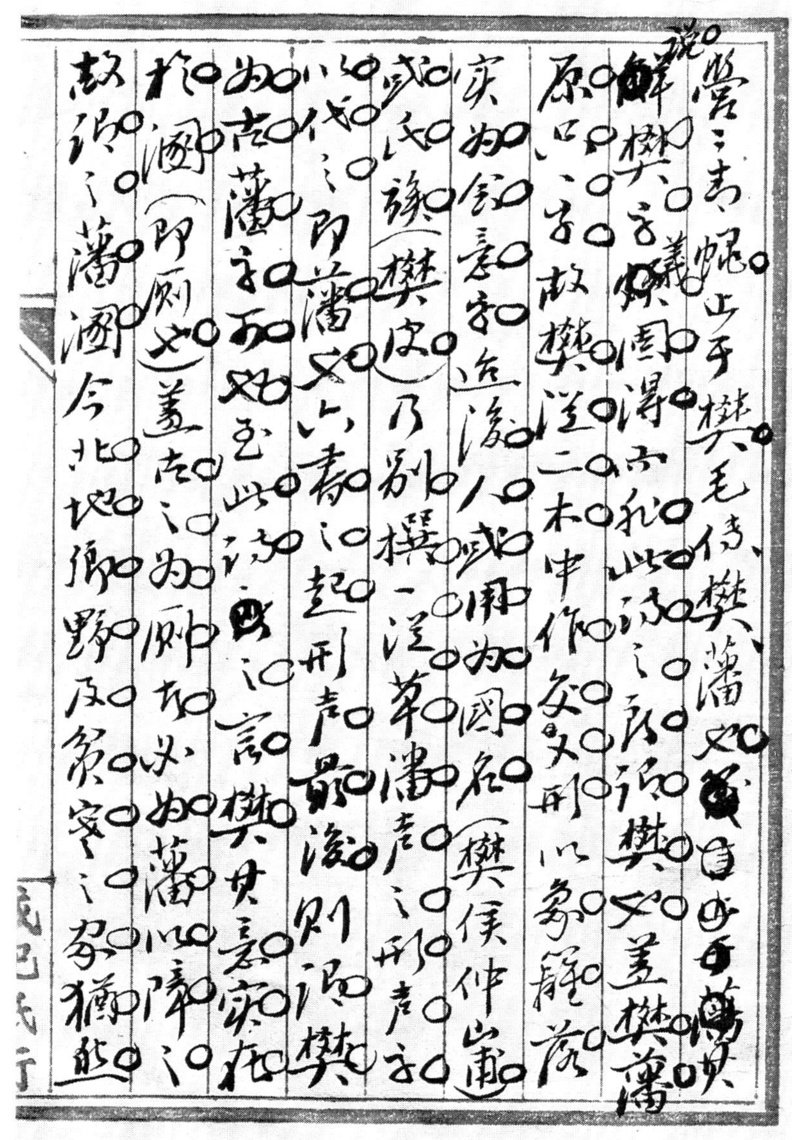

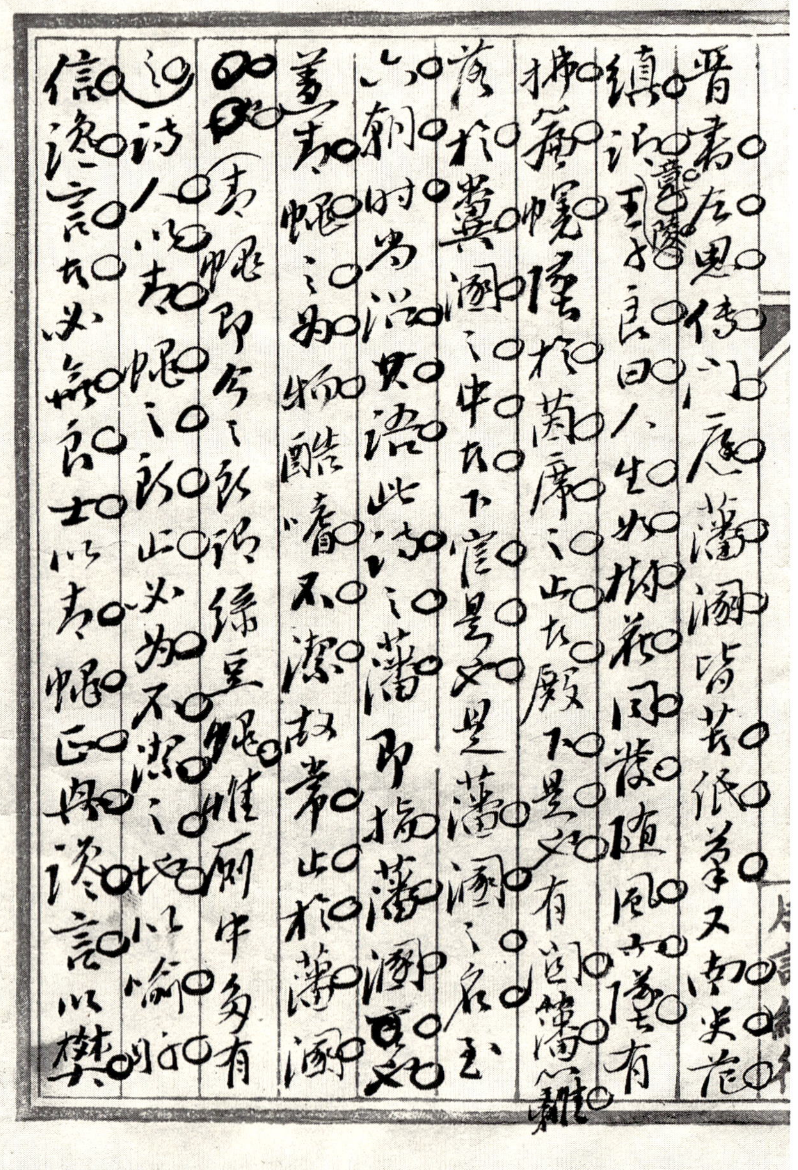
晋書左思傳門庭藩溷皆著紙筆又南史范縝傳
縝謂竟陵王子良曰人生如樹花同發隨風而墮有
拂簾幌墜於茵席之上者殿下是也有關籬牆
落於糞溷之中者下官是也是藩溷之名至
六朝時尚然其語此詩之藩即指藩溷實是也
蓋帷幄之物而溷醅濁不潔故當比於藩溷
也青帳即今之所謂綠豆帳惟俗中多有
之此詩人以青帳之所止必如不潔之地以喻所
信後言亦必無良士以青帳正喻後言以樊

反與色和居，故云色和居和無信德言如二
章三章之止棘止榛二句乃同類之物俱為
者喻之所常構止八句當心與驗之方知者人
之精於傳物也棘榛宿多郁而行亂故以與
下知之究亂也國構亂二人即所謂各亂之交
毛氏以知樊之為藩而不知藩之為閫故其於
榛有文傳曰榛所以為藩也鄭氏本其義更
送而箋之曰言止於藩欲外之令遠物不思者
喻之如物也藩所能障且天下所免有為藩

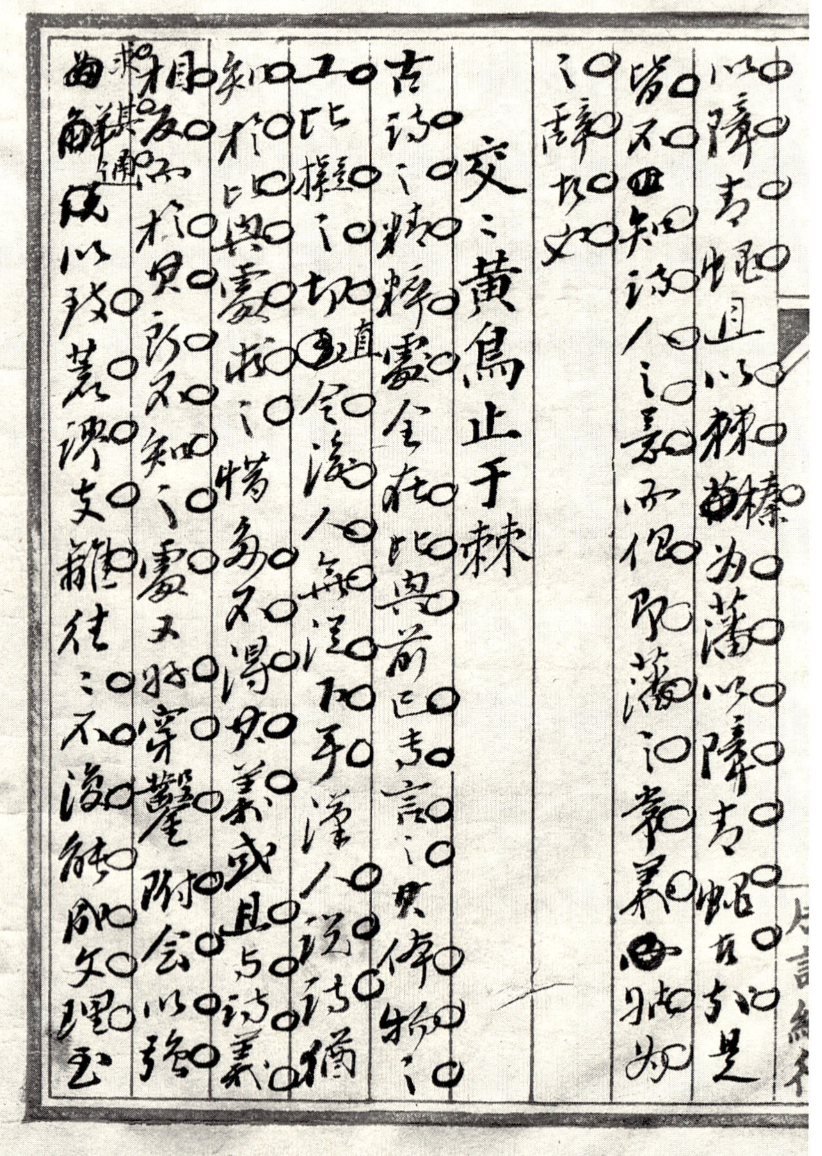

交交黃鳥止于棘

宋人以挑拋印一卷古人之為詩其起首三二
言本不任意注言一二語以如崩誤不[illegible]
詩中所言有何趣何以下語入詩之本義如宋人
自命為善言文理者注手涵泳白文試思古人
未敢有此舊注核對之知理所以黃鳥之詩秦
人之哀三良也其開端曰交交黃鳥止于棘毛傳曰
交交小貌黃鳥以時往來得其所人以壽命終亦得
其所鄭箋云黃鳥止于棘以求安己也此棘若
不安則移興者喻臣之事君亦然今穆公使臣

從死刺其不得黃鳥止於棘本意是謂人奪從

周背須以黃鳥喻三良以止於棘反興從葬之

不得其死而乳浴然過而黃鳥交其上流萋物近

而高得其反殊不思棘為何物而須黃鳥之集

止乎其上為松鄉臣耶且古今來名見有黃鳥

止乎棘上如耶棘之為物樗結而多刺除去蚯

外去蟲將集棘上驟之則知迄弦無不能集

其上故古人常取之以為不得其所之喻況鶯

此之集於苞棘薦生之叢生蒙棘皆是毛

萋萋以此穗如濕耶何其不察物物如是耶

（鄭箋云：迁曲爲王不可内豪）毛訓矣矣為小貌亦

矣矣耶喈喈曰一声之轉（黃鳥鳴聲也）葛覃黃鳥于飛集

于灌木其鳴喈喈其喈喈乃其聲狀莊古之冊容詞本義

字故喈喈膠膠矣矣其累一文此詩本言矣矣然

以黃鳥人以訓其愛如今覓此字穗焉其不濕

其訓如甚矣以喻三曰人以訓其愛如今覓

滋繆公所維萋焉其不濕其訓如何如是蓋

宮之如二萋三萋之止桑止棘萋萋亦如是二

如叢雜之木皆飛鳥數之所宜棲止故古人
之言棘如又速類及之外鵝所言集于苞
棘又言集于苞桑蔦生言蔦生叢棘
首言蔦生叢棘、蓋如之惡雅遜于棘叢
之微賤木如漢人不知其說之所言者物源泝作
窮其故以常木視之此其說未免至於說叢
相柢牾如（毛說鵝所因不知此叢乃頭鵝不栩栖
其實鵝何嘗不樹棲鵝不栖栩棘桑等叢惡
叢雜之木耶）集注因舊說之為不可通乃

一切擲棄之故其說此說如曰發之黃鳥則止于棘矣誰從穆公則子車奄息蓋以死起興之云推朱氏之意張說奄息殉葬時適有黃鳥止于棘上伴行殉葬時又有黃鳥止于桑上鍼虎殉葬時又有黃鳥止于楚上殉葬者三人而黃鳥亦三易其處而其每次所止之木各不同又必適與殉葬者之名字之義相合古今有此異事乎且秦人於穆公之葬也哀三良又何以有此閒情逸致耳聽此

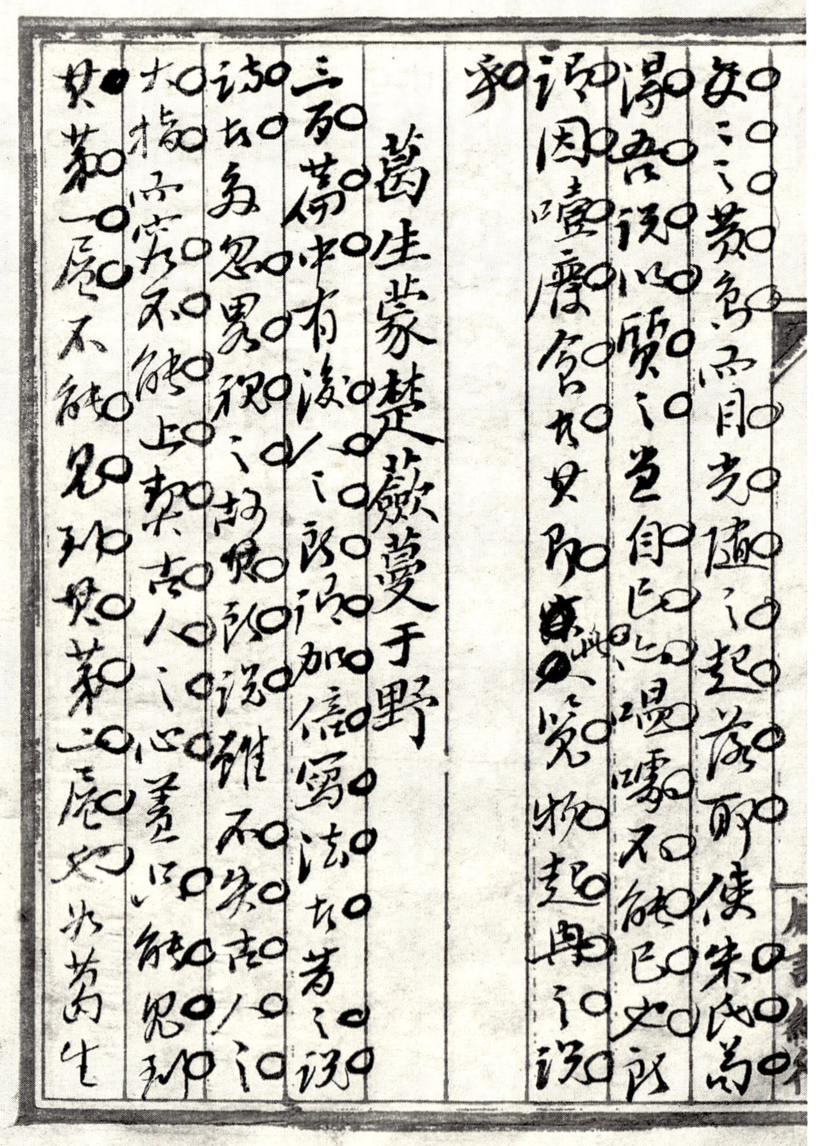

蒙楚于野，乃得所；蒙棘于域，則不得所矣。

之詩是也。葛生蒙楚，蔹蔓于野。毛傳：葛生延而蒙楚，蔹生蔓于野，喻婦人外成於他家。集注同其說。以葛生而蒙楚，蔹生而蔓于野，各有所依託，此其說似也。以為下言美無此，誰與獨處之句，意與前通，然不思天下之葛，有蒙于楚，亦如是；蔹之蔓于野亦然。而得之得所謂依也乎（蔹即藥品中之白蔹，乃需人栽植之物，而括蔓野，雖亦野生，宜不得謂之得所也。以下章，蒙棘蔓域，觀

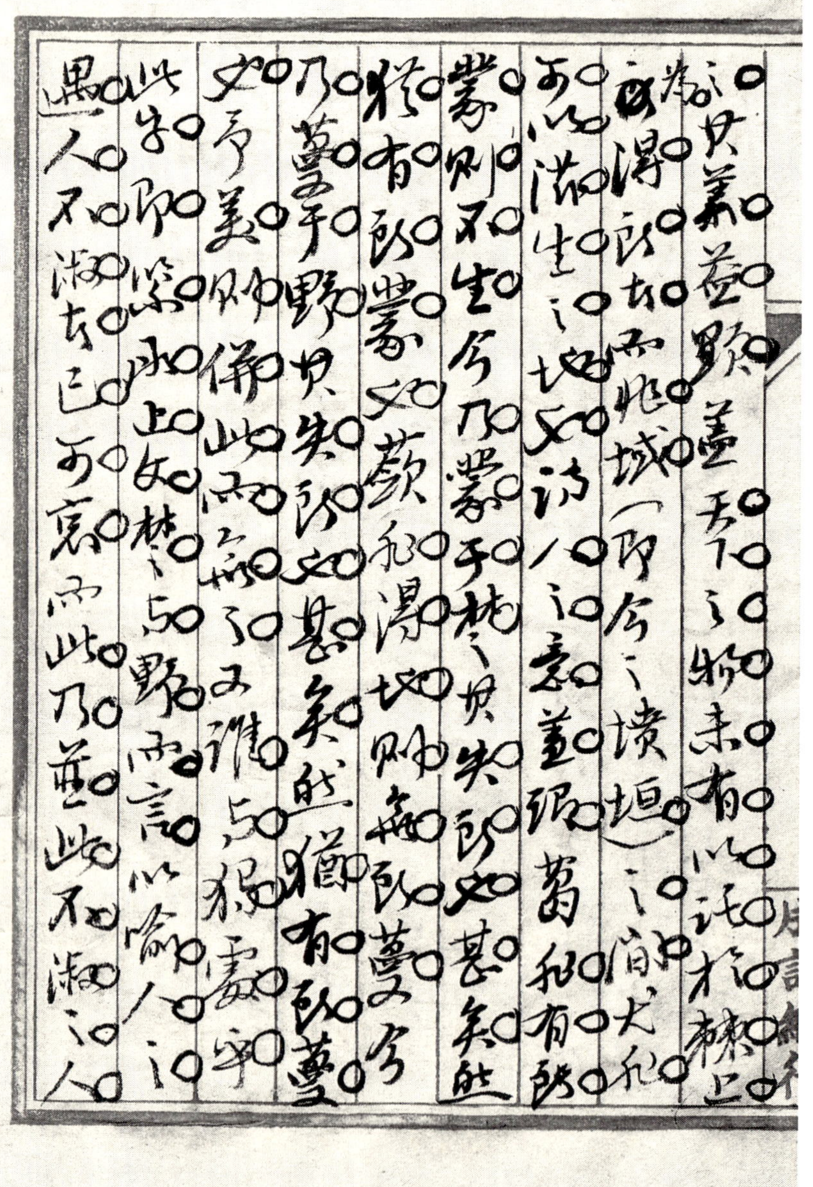

而絲之私義其有此實深意其無此文
詁說加倍寫法此大衛強者寫其事之法故
特以楚棘野域自謂深意其事之無依其舊
說傷以勇美二字為婦事說其知之詞繁從後
說之危畏知之生亡其有說依託字是時於
不知楚棘野域為何地鄉何地乃為說依託
亦自謂之詞而又謨不知此字乃從上知來由閏謨
解之此如不在此（毛傳言庶我美之人因無於
此詞其居子文但知勉強牽扯不惟於古此二

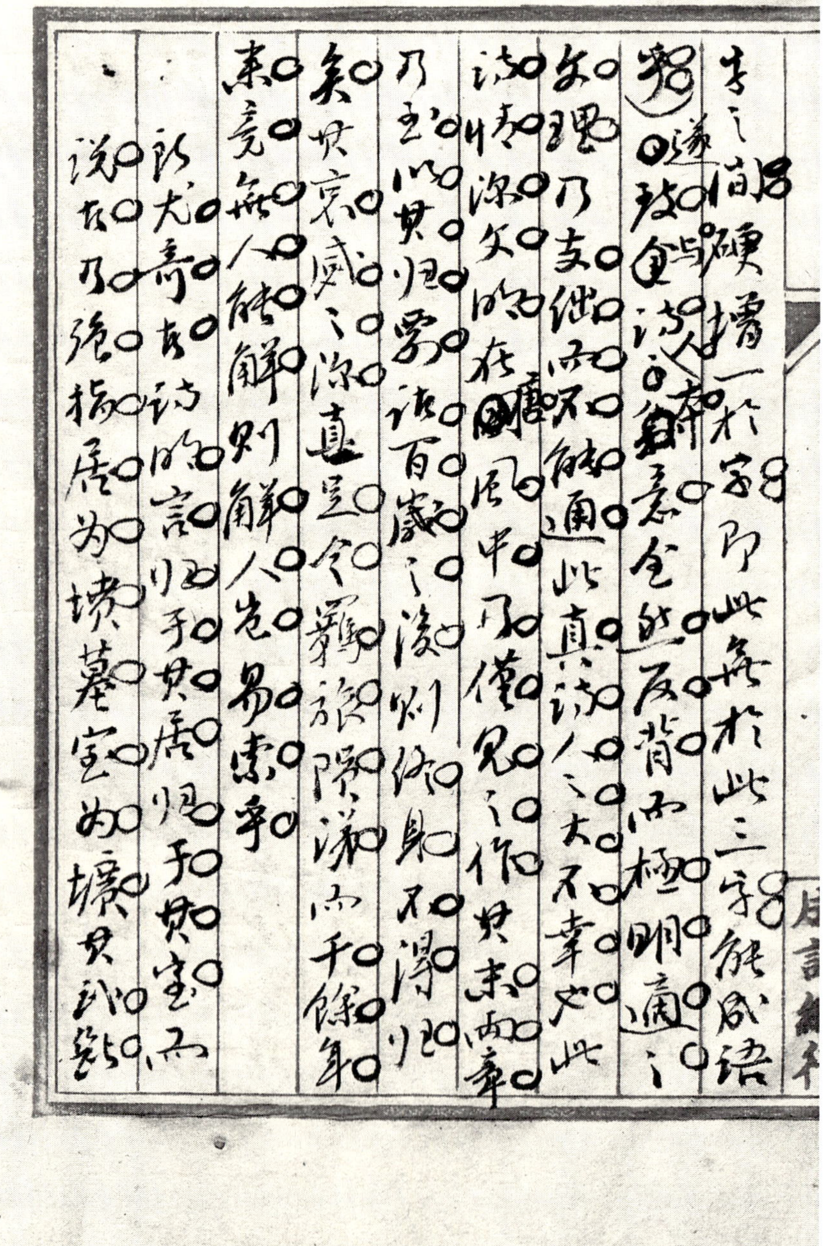

加而論，横絶古今，若然，則易如居室，乃論人之命蓐，而夏居處處，為論人自揆尊長矣，寧不令人嗟然失笑，並謂其意中悠横亘有穀則異室，死則同穴之論，遂不顧詩之論，言与彼是否相勘，乃硬將經以從我，而世竟無人能指其非，不亦之大奇者乎。

又按，夏之日，冬之夜，毛傳言長也，嵩未大私，鄭箋謂思者於晝夜長時尤甚，集注用之，云夏日冬夜，獨居憂思，於是為切，是皆因後世詩中有愁人怨夜長之語，故云然。之愁人怨夜長，初不問云愁人怨日長也。鹵莽說詩，但見其中有一二字偶與己見合，其他之不合者，遂與[illegible][illegible]憑臆改之，以強使己說，此古今說詩者之通弊也。今按二語乃以日夜之長興言歲月之長，以喚起下文百歲句意。夏之日，冬之夜，其時長矣；人之歲月亦忽遽逝，于是百歲之後，會當同歸耳。語似自寬，實則哀之甚也。此詩通篇皆與作朱氏承前人之謬不

不情其妙乃將後三章悲段如賦此皆固惑
於後如世間家角物狀人眠思夢想之常
奈何以上合古人而不情古人和無此淺薄
似豔之詠又
角枕錦衾亦是以伴宿之物喻伴宿之人
詩之空似玉中所處所正喜不成喻義予美
亡此予謂予美為此伴宿之人我謂其無為
衾枕又猶前二章之此字皆指所依託之人
言我獨其無楚野棘域又前人不知此義

乃不得不解此字如此處雖不成語而章焉
以易之也
此詩並不見續小序之為毛公以前傳授毛
詩之人以其說本與毛氏之說相應今小序
本云葛生刺晉獻公也以詩言攷之則此說
末云乃指其夫從征遠戍久不得歸致男嗟
怨曠如患仳離而無死喪字眼續之云
則云好攻戰則國人多喪矣是蓋因毛傳以
居為墳墓室為壙故其序云詩流離一氣

則其○出○於○○家○抑○從○何○知○何處○其○和○出○於○毛○

治○○一○人○者○則○以○燕○〻○〻○遊○詩○毛○說○固○附○注○於○序○

下○文○

畏此簡書

出車、畏此簡書○毛傳、簡書、戒命也○鄰國有急○則

以簡書相告○則奔命救之○其說○傒支○然○鄰國有○

急○何以○不○求○援○而○以○戒○命○相○告○此○戒○命○何○人○設○之○乃

見○之○即○須○奔○命○相○救○春○秋○二○百○餘○年○中○出○援○鄰○

國○之○多○甚○為○何○以○絶○不○聞○有○以○戒○命○相○告○者○且○誌○

本言王事多難故不遑啟居今言怵惕乃云畏
鄰國有急以戒命相告也既已不遑啟居矣鄰
國以戒命相告更當分恤身以往赴之耶而顧曰
畏此簡書耶此蓋由於漢儒讀左傳之誤此詩之
義乃遂穿鑿附會以爲此不遑之說人常患
臆說此則多奇之爲患矣按左傳閔元年、狄人
伐邢管敬仲言於齊侯曰戎狄豺狼不可厭
也諸夏親暱不可棄也宴安酖毒不可懷也詩
云、豈不懷、歸畏此簡書簡書、同惡相恤之謂

又请救邢以从简书者入救邢传之记载虽
为救邢之事实引此语以告齐侯者乃为管
仲初非邢国自以简书来告且实引用此语
之旨意不过断章取义以言不怀归申明宾客之
不可怀以简书之同恶相恤申明内外之不可不安
援简书之义於同恶相恤则简书之设原
不必专救邢之事即救邢以从简书之语亦只谓
救邢以从简书之意旨非谓邢人以简书来责
其必救乃不得不从之也乃毛氏竟因此语遂

妄棄簡書表救鄰國政之用且僭壁遷告
為有急以之相告則以奔命救之說一若鄰國
間故有此一種契約曰既見效力更遠出於告急
求援之檄之上一種提出則無論以何必須從之
如是真擬人前不得說夢矣今據簡書刑
憲典之文如古無紙作書如於竹簡之上刑典
上然故謂之簡書左傳鄭人殺鄧析而用其
竹刑即刑書用簡之證刑典之要旨在於善
之惡之故箋子謂之同惡相恤擬戍獄曬法夏

亦同惡相恤之也子叔宦于齊之從節書此例即

節書之義皆在言外節書之用專於救鄰

又此論之異此節書其實言之即異此國家

之形與耶極淺顯之矣乃僅此一斷章取竟

或者繼承不可通是真不知其果是何用意

歌以訊之

墓門、歌以訊之訊、本或作誶也從之以訊字

失韻且列訊為告亦知不合又訊之義本為問取

執訊訊囚訊訟之類皆是至誶字後人難多

作詁義。然古義。即訓為告。或篇頡。請寡子。

高路文子。惟呼。諦帝。家以數。不淵。康乃耶呼

詳二字連用義。即詔呼而告。以或篇頡。請之帝

參即主室。對於王室。而言。呼詳。則古義詳字。

初不。行。為。詁罷。而。數。言。又至詳。字。果。何由。誤。訊。

則實。為。疑。義說。如。或以。為。二字。篆。知相近。致然。

此則不。通。古文。如。之。騰說猶。朱子。注。論語。詔章。

字。篆。文。數。五。十。而字。篆。文。數。又。如（朱氏注楚

詞）。只天。問。政。棘賓商。詞棘商二字。近夢。禾尤

亭）訊，字古文作嘽，嘽（不敗敷）嘌（揚敷）其異如甚多，然大体露氣甚出入，至詳則作品飲（雰子卣）從言從示，即古帝字，二字強為甚分別（天吴戣戟名，明曰戣，字乃作戣字）則訊與諦相去甚易辨，直（書不道）（讀道）於據表顧說其為相近，有是理耶？然訊字宋不能通，而諦則今古皆合，是不得不存為疑案矣。

說檜風羔裘

讀小序，古之聯綴詩言，率強取詩以上釋小序

其支離爲理，令人理而失矣，致累及小序正文
從極精切詳至，使人心不暇爲之分辨六義，一概吐棄
之古雅更僕數，余嘗謂讀小序古傳詩之功
與其譏詩之罪蓋甫相甚，讀小序者即傳毛
詩思者前已屢論之，此復其更甚於焚坑，則其害之
未免過當，又只詩不傳，君人今與之釋，因改正之矣
至其說之大無理，而足爲小序之累者，莫甚
於黑裘之章。此詩小序本云大夫以道去其君也
其說至精，蓋大夫既以道去其君，則不得復致

忠於其君而其心又窮不能忘君此美人之詩所以
如作文緣故不能得序言其君之美乃因詩
前言美人者道遇之至附會之曰國小而迫君不
用道物潔（即潔己）其衣服道遇猶道窮而不能
自強於政治故作是詩文其言之文離騷悟然於
不可究詰於國勝以是其君服一美人者猶美人便
如遇羣又因詩有如齊宮人曰物潔其衣服也
人之於衣服必加求其充潔而物潔須之道耶
又因道遇而更加之以語曰道遇猶道窮是人

如次章所云

服善者便不能其直遜而直遜即是直道宮

若然則服善者而在党亦如羅矣是之人

君之不許其服者此之不已因以前說服者之

羅太輕不足以蔽其辜又更懲空加以不修

自隱於政治之文字羅名者亦是則檢君之羅

定矣君子之去之宜矣乃彼不悟彼之所言者

本如大夫者以道去其君記大夫者以其君不道而

去之如彼言大夫而違彼者乃彼言君上下顛多

而觀其為私出於一人之私可知然人多不察

其足如序說之果文甚矣今撫此詩乃大夫去
其君而又不能忘情於其君之所作於其君之
路治濁失於未嘗有錫毫末之恩係詩本典
作續如國勢加檢君以罪乃棄隘與為賦此
則旨之說詩如之敢於自用如古如大夫之服
退食忘身則和美其國事美異之詩是如朝君
則狐裘得都人如及其果不一狐裘三十年是如
大夫明其君而又思君國師諸其裘以起與詩
羔裘則用以逍遙狐裘則用之以朝所身不

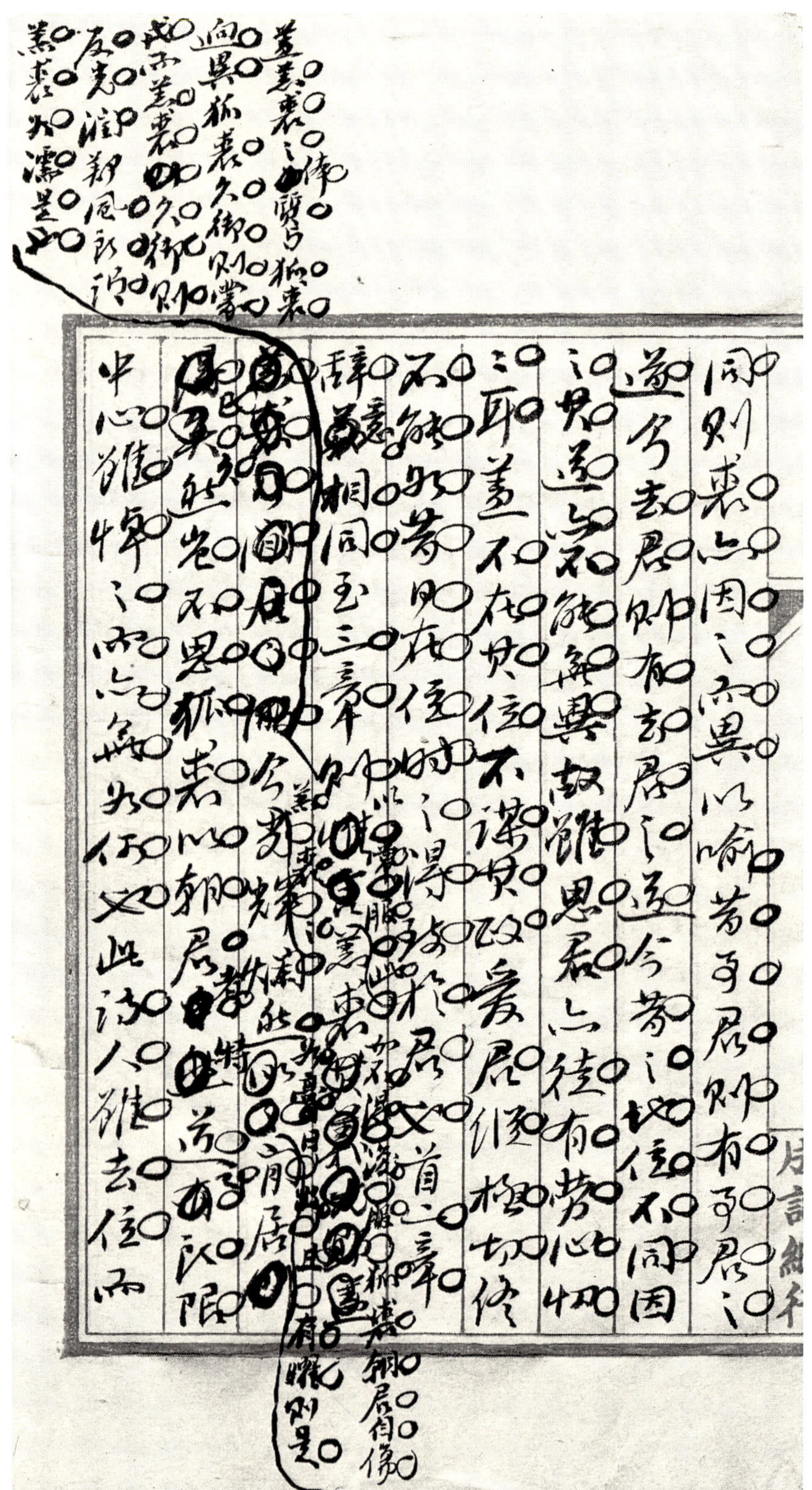

時又歎仍不忘君臥須身在江湖之上心存魏闕之

不知應無他之可以能以道自守絕不肯冒昧

求進以自干出位之咎惟知學養勤以其易至

以語此宜乘進以禮退以義之交于兩以冠檢

風之節也

無集于穀

黄鳥黄鳥無集于穀無啄我粟毛傳黄鳥

宜集木啄粟者正義曰言人有禁語云黄鳥

黄鳥無集於我之穀不無啄於我之粟是

唐說圖皆以穀為木名文玉集注見下句云
無啄我粟文以為粟乃穀之訛生禁無集
於穀正訛以禁無啄粟文故特訛注穀為禾
名而為說曰緣無集於穀而啄我之粟是直
以穀與粟為一物矣但即此章言之殊不可通
然次章云無集于桑無啄我粱三章云無集
于栩無啄我黍豈粱與桑之訛生黍與栩
之訛生乎是使章之集與啄亦為二物亦首
章乃獨為一物乎朱氏之說誠往往但即其中

一章言之至要者他章之是否能通则概置
不顾谓要未见有他章则他章下亦有要也
许无聊之注解谓要既见他章称不知要
不可通则未免失之睹谓要既知要不可通
乃姑存之异以自娱以娱人则又似非君子之
所用心二者皆不足以决朱子盖朱子之注书
特为苟异偶得之说见要不能立异于前人
即欲遽命笔至要说之能否与各处相通
则所喜之余而不暇顾及因此每至醉后

矣○柄○（卯中有麻姑之黃鳥語篇○即其例○）是○

皆○擬○名○之○心○由○遇○感○有○以○觸○其○中○而○動○其○聲氣○

又○而○心○誠○意○數○十○年○而○仍○不○免○於○將○名○之○寫○則

竟○都○之○難○如○今○於○舊○說○以○彀○如○和○名○本○無○所

議○其○有○所○議○者○則○其○數○於○詩○人○之○所○言○彀○率○概

三○和○之○意○未○能○有○所○領○會○耳○大○抵○前○之○論○詩

者○對○於○詩○中○所○言○之○草○木○鳥○獸○多○不○知○深○加

體○會○遇○有○不○知○又○復○逞○臆○附○會○以○指○物○之○故

其○於○詩○如○十○九○不○能○得○詩○人○之○意○甚○且○正○與○之

相反背此則昧於物情之過矣即知此論之
穀與桑柘在前人視之不過曰木而已木而可爲
鳥之所集於而已然木實美詩人何以特言此三
木則向來嘗一願慮及之如不知此三木端木之
至賤者也此至賤之木猶不許其集則凡貴於
於此者益可知矣蓋極言之以例其餘也所貴言
之即凡木端不許其集而已穀即楮也字本作
穀說文云從木𣪊聲是也此字本從木穀下
知又云不穀穀二字不同故不能同用若以

岁五穀之穀则5不穀字谈重複条古诗用
韵雖又似後世之嚴然故未嘗有此如穀本
贱木條貝皮可造纸外（当时又無此项制衣作）
至为不林故鶴鳴之詩云因以其不惟穀田为至
贱之喻史记太戊时桑穀生於朝以为不祥
亡因二木至贱而朝廷又乱生木似之（後人不
知此義乃因不祥字造作種之妖妄乃有东
语之桑5相之然詩人凡言為集之乱其說
去稱以桑柳5棘林之並称又莠則言集于

苞桑集于苞栩又言集于苞棘安之黃鳥
言止于棘止于楚又言止于桑以棘楚例之
則其為人所厭棄可知言如蓋二物僅其
葉可以飼蠶（栩即櫟野蠶所食也）其林
則止供其薪用殆與樗同為不材之木（白華樵
彼桑薪）故人多與棘楚惡木一例視之之文三句
正與不我肯穀毛傳以為喻天下室家不以其
道而相去豈失其性豈不識文理之言也

我行其野

我行其野与黄鸟序说皆以为刺宣王如今
孜其所治刺如孜刺当时政教不行民德凉薄
睦姻任恤之风渐熄以为黄鸟所伤居人之
不见容我行其野所怨姻亲之相弃二诗
同一用意亦同一用笔当取为一人所作然
此亦义并同之诗集注竟一以为比一以为赋
宁乖隔朱氏又云二诗拘说知未见其为宣
王之世与宣王之世之诗必须归其时代岁入或
姓名加入卿前人之说黄鸟虽未远溯当兵

大溪玉此詩外紙情深不知究竟何氣詹謙外國(見)詩中有昏姻字乃大贊其(奇)論毛傳謂刺其不正嫁娶之數而有荒政多淫昏之俗鄭箋以蔽芾其樗詞為樗之蔽生以蔽芾為將生何苦爲此佛教之時嫁娶之用以歸之父壻父相謂如昏姻謂言為我昏姻之故言就爾居謂為我奉二父之命來就爾家爾居並我無禮而來爾不我畜復我邦家詞為男女失道以求外昏棄其舊姻而相怨

牽扯說來直阶如八枚佛春之月要妻二
不卿其夫且此要妻如於此要妻乃甚妻家為
賛揖（以上云淺我印家文）其雜哥孫不下杵
靈鼂崛之說鬼目此卑議又何怪乎其動言汁
光絕赤燎怨耶集注第其說而未麻之來
崇不是其云長鳳異依其魯因引而不見收惜之
令說善特其郎以解說此論云其雜哥處比
之唐說然不多讓於藪第威家此兄謝甘
棠之論云史朱氏因其言之德無差大乃得

苐字摘去僅留一蔽字曰我行貝野中以惡

木自蔽於是思貪惆之故而就宗居由是言

之是此人初乳有善依貝貪惆乃偶行貝野中

蔽於惡木之下始思及貪惆之敵而就之居以

亦猶爲論此人何以攝惡木自蔽在惡木之

下何以即思及貝貪惆之故而就之居信以既

說則是此人行貝野以依貝貪惆在路已三次而皆不

見富衆善行則惡木自蔽思及貝貪

惆往就而不見歸節從則後行貝野而來蒙遂

後悪及其昏姻往就而不見收畜来後行其野而宿薦乃不思舊姻而求新匹仍不見收畜又此人何争陀往不見收畜乃仍後序行其野而每行其野又不如良圖藏則取要不宗則掃要菜（注標要不蒸蓋薦要菜）也此人自暴其悪而不然何自声明其惟要且務耶且此人每得一要才要菜即急及其昏姻而往依之也如正其昏姻情誼素要敵聨想及之而若然則其不見收畜固其宜矣

以惡人倚惡相持惡惡萃往還其惡倚因貫
如理其有善遇耶而乃一又已至再至三識
可何之知悍何者矣吾等知朱氏其得何說以
處此又善詩本與傳朱氏乃安何為然能路
既既則又實有其子（既大夫陳其子）而設凡三
首章三章中既言又各異則如是又凡三章即得
以之以次而蘋於樓下大中采又采蘩采蘭
解之於文理已不合又詩中性比與詩不更
詩性既不其更論以前更論者便私實事安

朱氏說詩每不顧及全篇此與其一也今按

此詩與前節篇文義全同此之言樗蓫葍

猶前節之言穀桑栩皆取其惡木賤為

人之所不甚愛惜極言之也其興詩之意

本說大樗惡木人素所賤視者也又乃我行其

野則蔽芾其樗如此則人之於樗當能畜之

又今我以婚姻之故言就爾居則其情誼之

隆重比樗比矣乃爾竟不肯以樗視之畜之

又則我亦惟有言還言歸復我邦家耳

（樗即今之臭椿樹，乃人所共厭棄，如世俗重男
輕女，故里諺稱女兒為臭椿樹，男兒是芝草。
是今人猶以樗比其所賤棄之人，以樗反與
昏姻之故，以蔽其節，反與不畜，此不詞義翟然
補無像，如言解釋，又何有於前人所說之後。
之，即二三章，但義亦異，同而有微異，前言人之
不肯賤畜之，此則言已之往就，本以求其賤畜。
之，又遂，蓋皆惡其人所不甚愛惜，如今飛行
其野，亦求其遂，與蓋耳，則所求故無幾。

也。重之以昏姻之故，（以至都我矣）乃迫於不得已。餘與前
章畧同。三章則知言己度前之所謂昏姻
之故，言就爾居，宿爾不我畜。三句如上，以不念舊
姻一句插之下，乃申言其所以不思舊之故。其
所以不念舊姻者，乃求其新，知物異者也。（特
舊說皆訓為匹，此臆說也。（自知為解說）姑無訓匹者，柏舟家
為我特，亦不訓匹。且曰我之所以棄舊憐
新者，亦以其富，祇以其富，祇以其異也。耳識於其不以
其富，祇以其異也。蓋反言以深之，實則言其

謂以葉聲嘩秋者只以聲者葉而秋者當

取似此形擬雪意之美千載而下猶似吻合

出乃意流蘿於濃雲淡霧中者千有餘

年何世間能識者之妙耶

芣苢解

昔孔子謂學詩能多識於鳥獸草木之名私謂

論之印能識之文蓋學詩者必先於鳥獸草木

之名加以精細之致察而後詩義可見詩學

既通而鳥獸草木之形聲色態亦無不了

名物既乘詩義亦隱（此二句在首出下）

此於胸此首人之所以遇物能名也自中要戰國之擾攘止下二百餘年信領其意而作中絕（吳漢郎鄭之授受源流以今觀之特保守詩之何如古耶）及至漢初諸儒掇拾於灰燼之餘其於詩中所載之品物已多半不可識矣然其於此時即詩之所言時心致察十常而難得其八九乃諸儒於詩言跡象議會索又於無知字處高按其穿鑿於是遇有不知即隨意指之物以實之以致張冠李代淆溷而出降之

今日歷世愈深言文之變遷明以後劉後人雖
昭知其源流而無徵不信亦有徒抱臘於無
知何如矣乃如某藩舊說皆指為事前余
前說亦云用之乃及今思之則可難定雖觀決兒
東前文蓋本前之子其細僅如盟票固傳郁
探摭亦不能自甚撫今詩云藩言藉之藩言藉
之是即累自為之上部又能有如是之多古人
倖物之時決非後人之所能織及今即詩中
所言人所易知之物加焉印證覓其依據之

精至纖悉畢列無不恰如其分而止間或有
此為人之所不及見者而摘寫之實際歟然如其事者
但求逢吾之意而不顧其拂物之情古人稱
氣是也且務其所以描菩為事節者務兀礙
有所強見如不爲以詩為美后妃而后妃如女子且
無子息事節則能治產雖為男子所需之
藥（事前之主治）不害於婦科且在婦科中用
之不察注者務求之知耶遂逆臆而為此說耳
是猶中谷有蓷見下云有女仳離遂以蓷

為○益○毋○言○柔○如○貝○虫○見○作○右○為○絲○得○知○尺○遂○
蠆○如○貝○毋○文○（古虫）即今之斑蝥○服之使人狂惑○
以與下窮稱且狂○言注二虫○竟不憚繁而為
蘀○其死骸為何如○不於○如○墨○理求之○而乃然
之○於○知○未○之○外○以此○若○耶○光○而○說○話○詩○安○渴○之○
又○晦○耶○然○則○莫○莒○果○何○物○曰蘼○又○菲○又○何○物○
曰臺○又臺○又○何○物○曰夫○須○又○夫須○又○何○物○即今○
之○莎○草○又○蓑○其○莒○其○菲○之○切○音○急○讀○之○
則○如○蘼○後讀○之○則○如○莪○莒○古○如○今○地○語○嘉○之

〻偃急不同故同物往〻異名吳子壽夢或作
吳子乘寺人勃鞮或作寺人披胥此類之兼
夫須則又茀茛或言〻轉猶屠蒯〻或為杜
蕢又茀則臺則其異名耳此謂本以義后犯〻
不貴小善叔牂小而蒜為喻蒜雖賤草而其莖
葉可以衛物有此〻節〻長故以人知宗〻猶
后犯〻掃蓋爲有所取又不肯以其微細淺
近而忽〻之前說此謂拘於疑其爲宗葬宗
蒜〻義而不惡其果如蒜文又蒜〻可四用以

傳云乃其上郭桑穀又盡至下傳則以爲老
僵硬不通則故谷風傳云葑須菲芴下以傳
舊日說者毛傳則以菲爲芴箋則以菲爲出
葍楊雄郭璞注樣葉傍傍援援章句附
會愈說不愈不通蓋菲爲芴或葍則以爲
一種異葉又何不傳之而言故由歷來諸於此
說字皆因總亂混亂遂不能一一確實之解
釋以一種推測乃不同義系如前此說大抵
皆與葑章合言之因舊訓葑爲蕪菁雖與

詩意正相反。背然莳猶有不倚可指，至萋與薑
則併無所謂不倚矣。菲可衛，如為笠，彼都人士
云臺笠緇撮，傳云臺所以禦雨，南山有臺，傳云
臺夫須。又是夫亦可衛，如蕨草，蕨或名如扉
扉可由，蕨得蒹，又蕨賤，華亦亦可輕，故蕨
又轉訓為徽彦，蕨可衛，以物文理稍然，故又轉
為形容詞（萋兮蕨兮，成是貝錦，即謂其織文
又是嘴由蕨，知引伸而出，知其亦千有餘年矣
無人能名其物，則余之說得其亦不為菲矣

節彼南山

國風比興多而賦少，二雅比興少而賦多。風之中非無賦，然既重在比興；雅之中非無比興，然既重在賦。故風鮮長篇，雅多巨製。惟其為比興，故可以更端而反覆言說之，故苟得其一章之義，則餘可例推。惟其為賦，故一章各有一章之事實，絕不容重複，而說之者亦必逐章加以解釋，而其義始顯。往之私思讀雅篇不能遍覽，要舉其詞，余之詩說

詩詳於風而畧於雅頌，此故又從舊說之謬

誤附說風為先，多以雅之詞句多又同而

淡誤會之處甚廣，不若風之一義到底一

誤即不容再誤。今貫得處亦從如是從極謬

誤之又無通，蓋備皆乘正義之爭，故類及正貫

謬誤只可就各義以各自分析言之至貫

通義則人自尋求，可知於節南山之詩貫舊

說之不合，詩義處不一而足。即如開端一字已

大乘詩義，又倒悖貫錯後之支離破碎，不相

通貌乎節彼南山維石巖巖毛傳節高峻貌巖巖積石貌至今從之今按節字從竹卽吉何從而得高峻之義古今兼稱曾見有一八節爲高峻者耶且山即積石積石之貌与山之高峻又有何分別耶既曰山又曰石既曰高峻又曰巖巖何古人之爲文若是之蕪雜泛濫耶孔氏作正義時似已覺之故其言曰節与巖巖一也言節先峯形之高大乃言維石巖巖見其視之貌狀言民具爾瞻雖与維石巖巖相對而

巖巖無湖海之文具瞻少巖巖之狀互相發
見云云（雖不論其義之不通即以文字言之足足
使人滿身生栗）其說雜亂强矣然亦足見舊
解之不合於理矣集注似亦覺其難解仍不敢
顯言其非乃用其滑頭之慣技矣吾乃可曰節
彼南山則惟石巖巖矣赫赫師尹則民具爾瞻
矣句中各義皆異何不言朱氏於有處疑義不
心不能通時輒用此法以解殆可憐也亦可笑也
今據此字乃假借字古人假借之例必於其義

之然不可用，如以免誤會，前已屢言之，乃滌之法
如又新杜本義，故之其穿鑿不用本義望性訓
可懷，如說知本義之不可用，而出以杜撰矣，則
何不杜撰之，知義諸用也，如以冀其義之偶合
乃又如是，似通而通之文，再以杜撰詞之解說此
真義從窮其用意矣。似欲傍此以混其杜撰
之[illegible]古人之不善作偽[illegible]此節字本當[illegible]
[illegible]
[illegible]

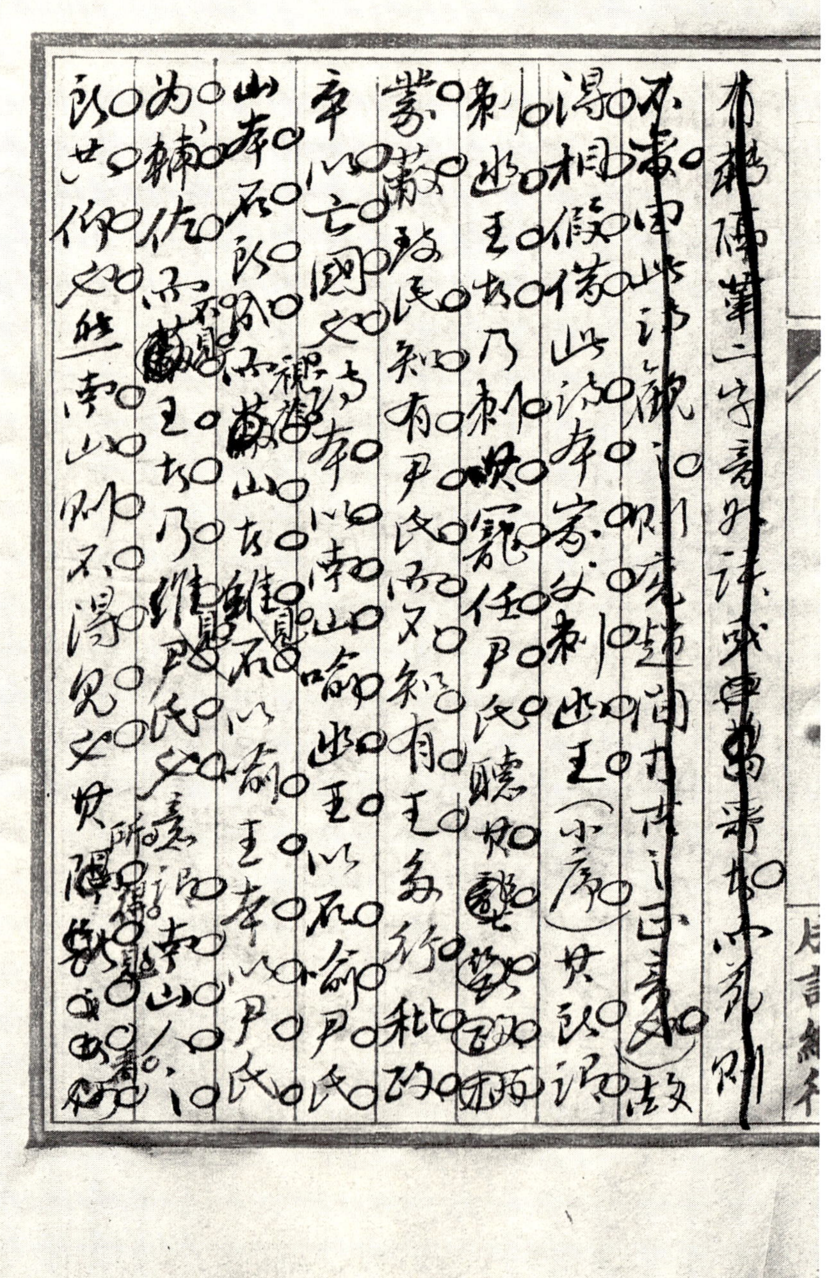

物則維石巖巖，又但見石而不見南山，猶民
但見師尹而不見王，故不云赫赫師尹，民具爾
瞻。以巖巖與赫赫，以石與師尹，以節南山與瞻上
下字字對，張氏以維石巖巖與民具爾瞻對
笑談資耶？由此觀之，石耶？南山耶？師尹耶？
出王詩，我師尹正以我出王，故序直
出之第二章有實其猗，美之如是，毛傳
實爲滿，訓猗爲長，直堪捧腹。有滿其長，
請毛公自讀之，能成語乎？鄭氏不從之，別義

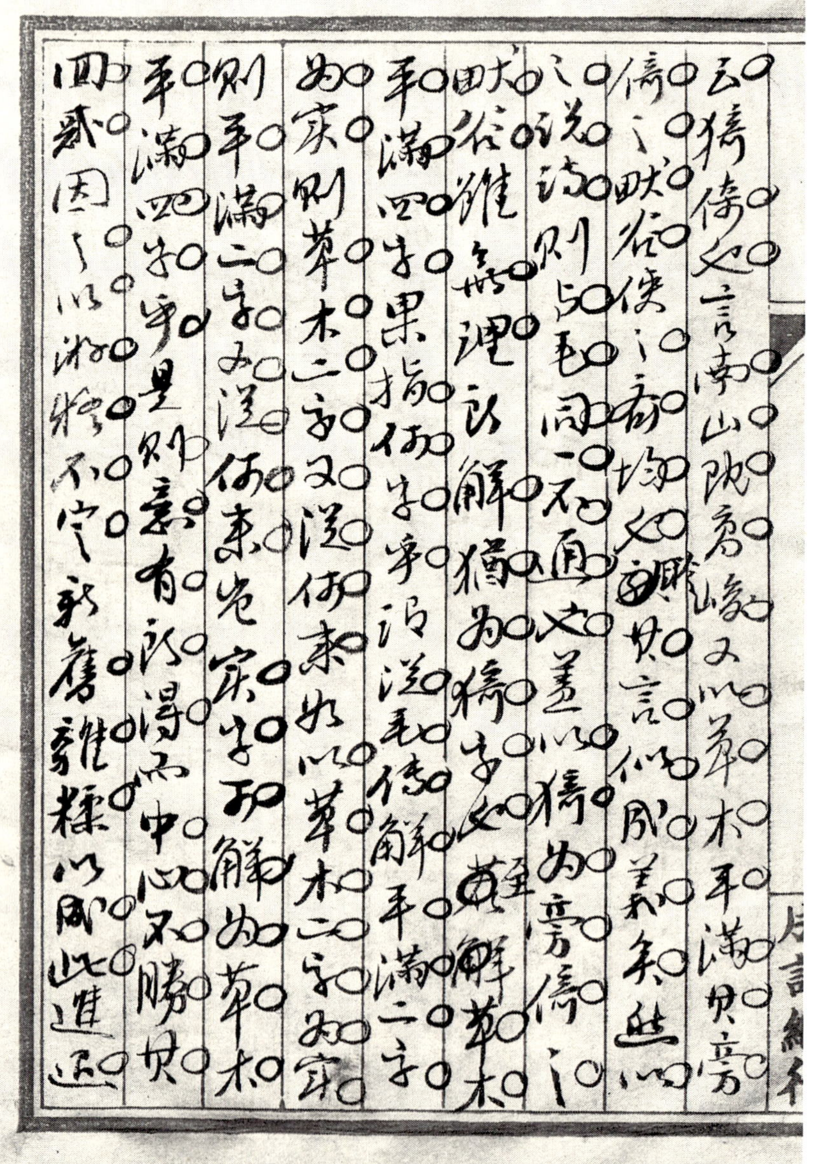

者據之意蓋鄭氏意中本疑實之當訓草
木而又以器從臣猶字如豪備之昧於有草木
於豪備之昧於不能自知於是忽然憶及此
句中花有滿字葉字遂乃取以滿字加入居上
句上文云不悟其誤滿字即其所改之而為草木者
文鄭說之數此字甚多不顧為之一一指出是
在也之善讀者家便知原字而細按之耳實
原訓草木所謂蘢其實其取其枝文猗即
蔓菜竹猗之之猗淇風女節彼南山有實其

猗詩即彼南山惟見有草木猗猗然但見草木不見南山也此詩仍以南山喻王以實與師尹以猗與赫赫乃以上二句與下四句互不承句則已變為賦然須再從上二句傳會之此詩開端二句乃一篇之主腦而節節又二句中之主腦此字一失不惟通篇之義不見而本句亦不可通然不通者直千餘年竟無人識又

不弔昊天不宜空我師

不弔昊天，不宜空我師。毛傳：弔，至；空，窮。鄭箋：至，猶善也。不善乎昊天，愬之也。不宜使此人居尊位，困窮我之眾民也。案：注則又改訓弔為愍，訓為不見愍弔於昊天，於文義甚不甚合。今孫毛氏之說，以訓弔為至，至如以天保神之弔矣。諒爾多福，弔、愍訓至，如此不至昊天罔宇，殊不國濟。故鄭氏更改之訓，上章亦離訓為義，實則至字，何嘗得釋為善字，不過鄭氏即詩義求之，見其適訓為善，方合箋之。

強趣至生以訓善耳朱氏知其然稽故君案
其說不剛引伸而究而責之本義別訓爲
懸然而信雖舍有容懸意實爲人所上纏
動作之名詞移不得直解爲懸今按
字不憭不訓善美訓至實且其字亡不得作
而又申字在今文中畫作淑關雎篇之中谷
有蓷傳云淑善也是淑字古文止作叔與
假物賜予之淑同其字叔作弔間有假借作
弔知至於文殊乃古之叔二字并意各

異。初不相溷也。（市字古器中甚多，不遑枚舉。
叔字見吳彝及師和父敦，象手持豆莢形，
指予字也。）不溷。字在古器中屢見，皆作不市。
寓于聲。以敎不溷。康乃和，即其一證。若叔字則
古文以市圖作色影字用，即黑色也。古叔說
有證。如叔芾、金黃，古似降。相朱芾、悤黃、赤
芾、幽黃。一芾。師和父敦之叔用之吳彝之
物。金之黃衡，稱之。莽色黑，故之稱幽黃。（幽今
文多改作黝）今傳世古器中絕無有以物稱

語○○云知在○春秋○時○二○字○為○不○相○通○係也（傳世
古然○以即周及春秋時為多○其所以不相通係
之故○張以二字皆為詞8語法謀會8（不知○係何○時加○乃
竟○係○係物○為○物○乘之○物而別○於物○字上加艸○用
代○叔之○本○字○湮此○而○擅○而牢○（亦有作此形者）○
字○蓋○但○淘○汰不復○見○知○於世○矣○（其號擅書
在戰國間）後人○不○知○郭○為○物○之○本○字○而其○字○
而○不○可○謂○於是○依○形○式○求○之○見其○与○用○字○相○類
遂誤其○𢦏○以為○用○舊目○發究○全○知○左○猶胥○以○用○

釋。〻則在前人更無疑為異也。（前〻金石家皆釋弔為弔。自吳清卿氏因稱謂上始悟其為叔字。虢叔、叔敖、叔等，古文皆作弔也）不淑即不善。不淑昊天。今人以之[illegible]語天心不仁也。空，舊訓為窮，亦訓是。空本有訓窮者。此字本無須物加。角弔，釋自有此須存疑。靜不明，惟無空隙之叔也。其不叔昊天，不宜空我師，謂昊天縱不善，亦不宜禍我蒸民。已於疑叔也。此二句直喻叔。起以下三章，皆以天為線索，乃一氣來流起。

文字。舊說於本句當不勝明。又何必守其說。束枝之節之緣不解義理耶。又神之思矣之思出之說當為謂字。毛之訓以訓至者因以求知其義耳。然本句推測求勝說之耳。僅取本句言雖似可通。但此思字乃與下知臣之類、辛之類字為對文。類、毛傳成文、鄭箋成乎文是類字本形容詞。若訓思為主則動作詞。以動作詞與形容詞為對文。古今有此文理乎。毛鄭說詩往往杜撰。不似不能合詩意。此亦只一文至鄭氏

如於此說耶字竟終困文理而知其義作義則

不可謂非卓識矣

弗躬弗親 三章

此三章皆承上文而昊天不宜空我師之句來

意謂昊天若不宜空我師則彼當弗躬弗親矣

以庶民固不信之文亦當弗問弗仕勿使罔

誣罔在位之君子則當式夷式已無使我小

人則殆危殆矣（夷、間居也舊注為平訓為

平底亦可與下已字訓作止息者同意乃竟解作

平貫心平貫，更是全不知文理者矣。彼璇璇之
胸臆亦豈無會貫？久膺膴仕，以蔽賢户位
知此輩乃深兼尸氏之譽而祁禱其罷改致
仕之詞言如是，君民咸尚於以偉生矣。君子以人
乃如彼之孰謂即所謂在朝在野者之雋注
之而懷知意以居子以人為品性上之稱謂，以人即
璇璇因疑而居子則買之不餘其角辭貳夫貳已
謂為尚平心貫視所在之人有不尚者，則已之尤
廣可笑矣。只四字為除去兩貳字，僅有夫已兩字

乃堯。有九。許之。事。曲叙。意。用此迎。以說。許子字。

有。不能。通。之義。乃曰。物不。知。其心。目中。尚知。其所謂。

者。為夷。臣。二字。君耶。曰。次章。乃賴。正。言之謂節。

之。所言。者。昊天。乃不。用。（傭、庸之假借）庸、用也。

舊說訓傭為均。杜撰字不通。而降此凶訩。

文（鞠、鞫之假借。或作諊）鞫窮。文見澤律。緣乃

鞠（訩）為訩之訓。亂古義。文舊訓為窮。其為杜撰。

前篇言之。昊天。竟不見惠。而降此大戾。之以

故君子。如有所命。令（屆、命也）。說見前。見前所

詩鄭親問子如焉不俾民心闋然遂失望君子
如果能安居無爭於前戰云武素武臣如則庶
深遠於民之惡怨乎此章末四句蓋仍承前
章而反覆言之以極力發明其在位之惡者
位之善猶冀天以感動之如此二君子仍是在位
之君子乃指尹氏而言說者仍以作有德之君子
與詩義正相反其章旨極雜而不可通又何
足憾乎至三章明雅即其在位之惡而切實言
之詩不善如昊天竟使其亂靡有定其則如

因昔尹氏而怨及秉國成者之不自為政，此章之所為刺也，斯之

三章十句上

其擾民之政隨之而生，有加無已，而使民不寧也。我之憂心如醒（病酒也），心雖苦之，而無如之何。間嘗秉國之大權（成，即今之所謂總其成，總攬綱手之成者而裁度之也），而乃不自為政，令彼久於其位，以致勞我百姓，卒（三章一氣）相生，層次秩然，文理亦極明晰，初無係頓。言解釋閣者多，即之然，乃再便漢宋之穿鑿訓詁，以致愈注而愈不能明作詩自傳其心之旨矣。

方茂爾惡　四句

方茂爾惡。相爾矛矣。既夷既懌。如相醻矣。四句形容小人之情態。可謂獨絕千古。後人失意杯酒間。白刃起相仇。世或傳為名句也。是從得其淺。求得其深也。乃歷來注詩者。於此四句亦只視以為泛言小人之種喜易怒。而於語詞以言外之。故則視為小人之道。及此因前之說詩者。不知統觀大義。但取一字一句。支離破碎。苟且補苴。只能見及三句以上者。已甚少只。

人。又何从知其能通全篇而寻其脉络耶。汉人
之傅会支离无论。已如朱氏之说。此说。曰盖
人之性无常而昭于断乱其喜怒之不可测
如是。因说有相如和欲遂说为昭于断乱
此与离骚有子贵而说周无馀民与何异不知
古今为离骚者何其多也然岂有刑容其怨
之暴之词色如果有此乎若如作实可解
则索能集诂朱氏解为精研知理者何
后作此死于句下之语耶诗之所以言此盖

言幽王初未嘗無歡去尹氏之時乃轉喜為
怨方興怨也則直欲相怨而不轉瞬又轉怨
作喜既喪既悔而知相喜爾矣天下人之一喜於
寵愛在躬而冀其愛篤而去之若昔之僥喜
亦僥怨既怨而激喜則其喜倒無如何怨而
不知而恃則其周旋於中知已深矣無迎其能
去之又此章乃刺幽王之過也（下章亦然餘
則無為指斥尹氏之詞然其意實則在幽王也）蓋
如舊說則漫無歸宿矣

擇三有事

十月之交：擇三有事。毛傳：有司，國之三卿。然則有事猶有司。其說非也。以三有司猶三卿，則經宜有司也。小臣乃專主其事者也。於古之官（張揖《廣雅》：主事）謂語孔疏：箋意以三事則有司者，如三卿作政之首長。矣。而以說之有司。鄭氏箋詩，要從而說之，曰禮識。尚說係之卿，傳言三卿，言不知厥旨，無論皇父之果為說係與否，祈為所發見其作靜手而不過自治其私邑，卷其即有三卿之事耶。

鄭說則一卿即若曰一有司乃何以歷來絕不
見有所謂以布部二有司而但曰三有司卿且
而無正當之有曰三事大夫莫肯夙夜其上文
云宗周既滅靡所止戾則所謂為王朝之事
祈無疑義猶未知之卿何以但言三事耶鄭
氏知其說之不通乃又改讀且事為三公同一三
予而忽以為三卿忽以為三公其進退失據若
此蓋漢人於周禮官制已無從致見第見文
有三字因即以傳會之以為三卿不合則以為三

公而不悟，卿亦公之僕，不得稱有司也。今按
三有司者，卿事僚、太史僚及公族大夫也。三者
各有僚屬，以分司其事，而統於君，曰三有司。
古者以重臣兼卿之，其他範圍之內及諸僚者，
公之卿事、國史僚、宗人府、[illegible]漢之良
諸宮中府中，其他範圍，雜不外是。古之設
官如此，此三卿分職，不意後世其全部凡官，
自秦以下皆屬之。約言之，曰三有司；泛言之，
即百官也。毛公鼎云：王國及眉邑，及其卿事

僚太史僚於父即君命汝併司公族奥三
有司此三九併稱三有司之證（下云小子、師氏、虎
臣奥朕褻事則三者皆侍從之官故曰褻事是
即詩之所謂贄御（贄褻相近或異文）又番生
𣪘則惟曰王命併司公族卿事僚太史僚不
漫僚言三有司以三如即三有司不如甫申完之
又（番生、當即此詩所謂番維司徒之番其人殆与
皇父同時皆贊緩百官故特不知其孰為先
後耳又學古器中有教事皆銘膳夫克故疑

其即为仲允膳夫、、仲允以克有允義古人
名字多款題当克为其名仲允为其字如惜
孫劉記捧三有司捧（壹維多藏）百官中宋為多
藏其本合二部如義其捧之長捧之使之于而
如又此捧字5下捧有本屬之捧字同一義此二
皆亡直貫即以屢循向白意始窮僞故中言不
整還一克像字我到如舊說既以三有司如
三卿則以是三人又何捧之而言故不得不更訂
捧字為擇覈之二捧字同章異解此亦其不

今之一說如三事大夫莫肯夙夜邦君諸侯莫肯朝夕二句謂由中以及大故云由三事以及大夫由邦君以及諸侯若三事為公卿於文理為不順矣此傳孔古説重出吾人又烏從而千條年後發行閱周之官制也

匪其止共維王之邛

巧言匪其止共維王之邛箋云邛病也小人好為讒佞既不共其職事又為王作病其意似以共為供以止為不集注亦用其說故云此讒人不能供其

聯字往以為王之病而已然以此與二字為不倫類
聯字語頗費解且知本明云惡其此與則是並
非不倫類聯字矣非不倫類聯字惟為王之病
上下語意不相聯貫者為語之病有其聯字
之為語之便不倫類聯字邪此並不論其文義
例如說聲調而強為說詞之文令拘此字乃古
文之本古之字皆作此小篆猶然之止稱焉二字
傳說者不知何故作此字皆改作之而此字獨留
作此強其心以惟之無字不能假之文故特釋此之

字如此以便解說耶蓋彼既誤以共為供而匪其之供孫又改為恭意文不知此共字實為恭字古文恭切供端作共加心在後起之字如此二同乃係承上文盜言孔甘亂是用餤（餤炎炎）假借燄文舊訓為進也杜撰之詞二句本言盜言之孔甘亦孔共之恭文而亂即用是燄則實惟王之病耳共字即指盜而言恭字即指甘言而言語極明顯此後人不明古文恭例便增誤雖明知共義通而亦無由強正

之。矣。

君子如祉，亂庶遄已

巧言，君子如祉。亂庶遄已。毛傳，祉，福也。箋云，福者，福賢者，謂爵祿之也。如此，則亂亦庶幾可疾止也。其說殊支離。今以上言福字，何以知其如福賢者也。何以知其所謂福者即爵祿之且。君子如福四字，雖陋聊集注知其不通，乃改注曰：祉，猶喜也。謂見賢者之言，若喜而納之，則亂庶幾遄已矣。其改訓祉為喜，稍私勝於前。

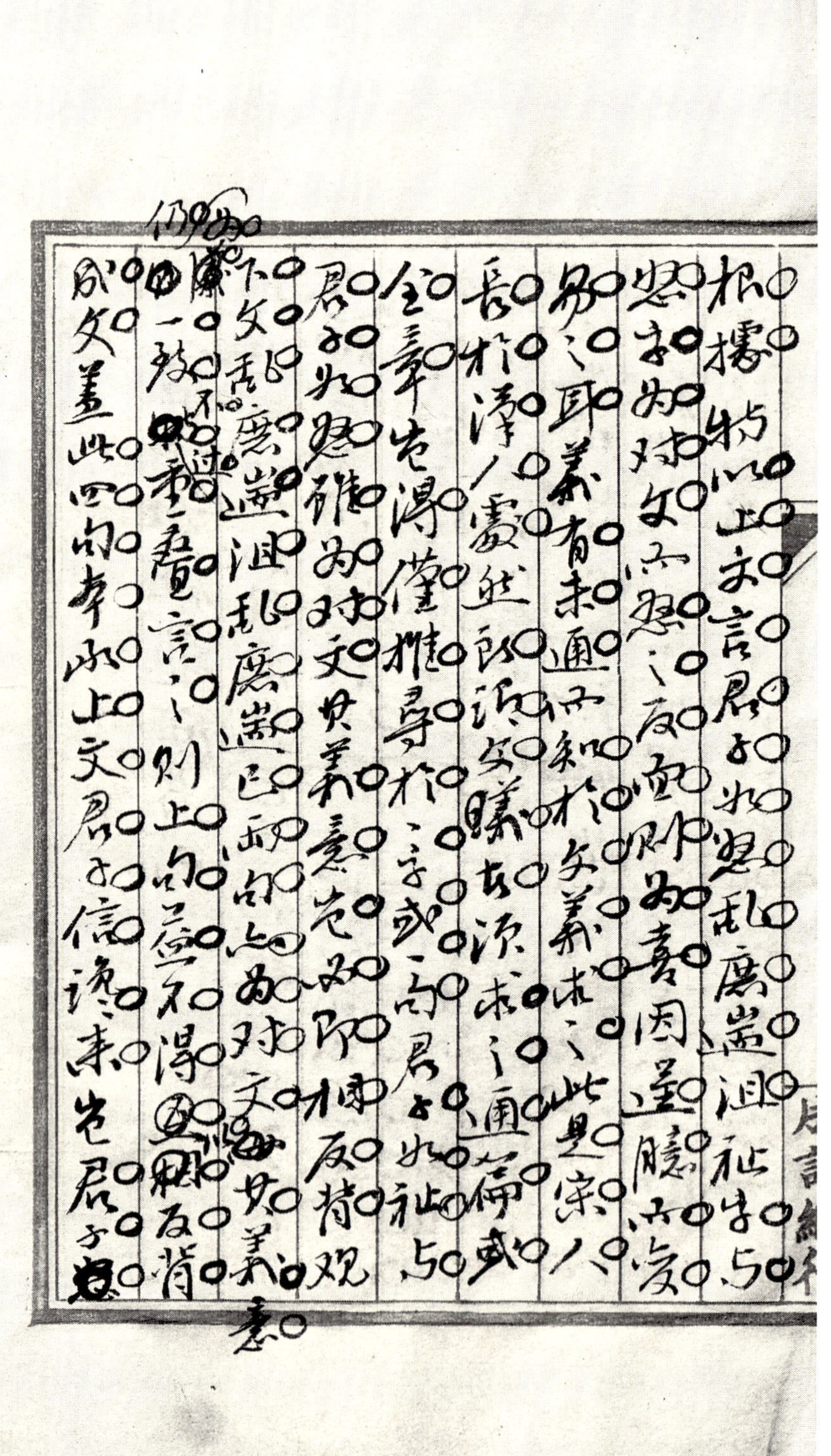

則讒貞爲愚亂，而以此爲君子聞讒而責亂亡不
以此耶。朱氏自知其不近理，乃於注中增出
聞賢者之言，加乎非是非義而通矣。究之通章
前讒讒言何嘗有賢者之言義，蓋此句乃君子
然愚皆由君不信讒一句生出，又何處而容有賺入
此聞賢者之言五字之餘也，予謂惟節之說耶
不得已而出於杜撰，而杜撰又未知其不爾，此之謂
二叟不知此社字乃恥字之假借，君子以恥讒君
子，恥以信讒言爲恥，與正文之言以君子聞讒言

而怨古正同一用意，而義則仍更進一層，蓋前說如前之所怨，周甚便，而此則須即不幸稍讓信之，如後能了，以為亂，亂亦無由生矣。文義何等圓至。前人不明假借之理，乃專於本義求之，義不能通，則穿鑿附會，旁逞其私臆，甚且不惜妄換經文以就其窮，則去義之遷，活經字旁圍不得辭其責矣（即如此句，於須於經文中釋入閑順者之言互知，方能成義，然注者初不恤經文之反亂，而但求其一字之通矣）

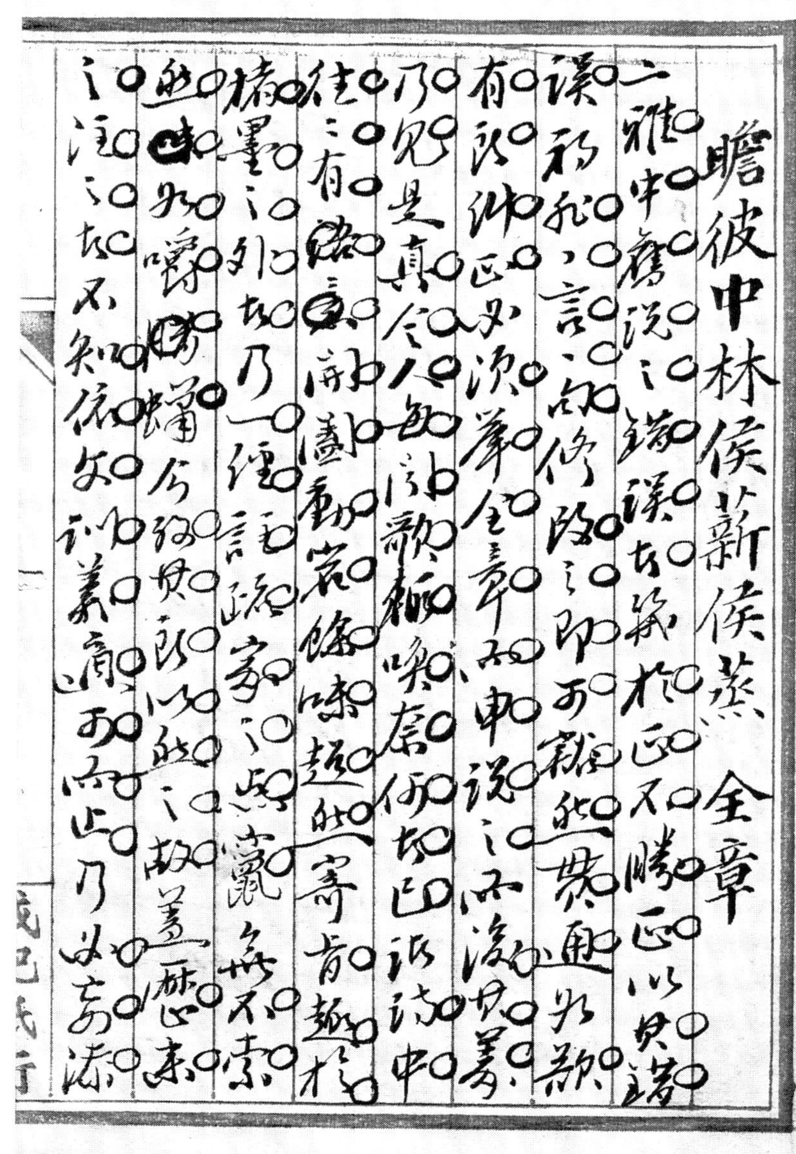

枝葉任意牽合於是本反害之則撫之使正岸
危語之則緩之使和平而後使詩人之言反覆倒
謬亂於注疏之中後之人但見注而不見詩古
人之真面目乃無人得窺見矣此其弊在漢人
本無足異以其猶不知注重於文理也宋人以精
研文理自命朱子於詩學知識稍優故（朱子之
詩在宋人中除蘇陸歐范數大家外殊不多覯
世人不知第見千家詩所選錄之數首遂疑其為
大概方巾一流人物於詩學為門外漢此未見其全

集註之乃使說詩者宜如何御村老農備作何等觀
依廖之氣使人不可傳遐不知果何等如此也哉
正月瞻彼中林之章悲怨天之詞蓋人之不平之
抱無辭而解而因使邈於天此固古今來學士
文人之積習也乃集註之說此詩也則曰瞻彼中林
則維薪維蒸分明可見也民今方危殆疾〻痛
號訴於天（看他憑空又添出疾痛號訴字）而視
天及夢〻然若無意於分別善惡者然此特值其
未定之時也及其既定也（添出及字最著意字）則未

有不如天所勝者也。安天若有所懲而禍之、寧福

善禍淫之自然之理而已。萃原詩之語氣全類何

以鑑亂之詩與此者有何趣味於今。按瞻彼中

林，侯薪侯蒸。毛傳以為薪蒸言似是而非甚是。

蓋觀於林中，但見其惡如薪如材，而樵木之種類材

具之大小，草所不辨，如是而以謂之分明者，

併此不辨，是併林之未之見矣。朱氏之改訓如字明。

特求為異舊說，實則舊說固未可棄也。（其

新箋則直無理，所謂前不熟）今民方危殆而求

助於天起觀天道乃反夢之所為觀之林故佳見
見如瑞雛之蘇藹今不見見實際之獨曰天道
有定既老有定矣則豈靡不在天道之中而如
福善禍淫之理既勝更無以論愛憎矣今天視
之夢之則殊不然彼有皇上帝以憎如果如伊
誰而使之獨膺其福耶天而以上以民於善源
疑天之有愛憎也其不求因以愛而偏向求以憎
則以天之以愛在他人而已之無幸而受禍者
即如天之以憎者也論天道只言愛憎則以人有

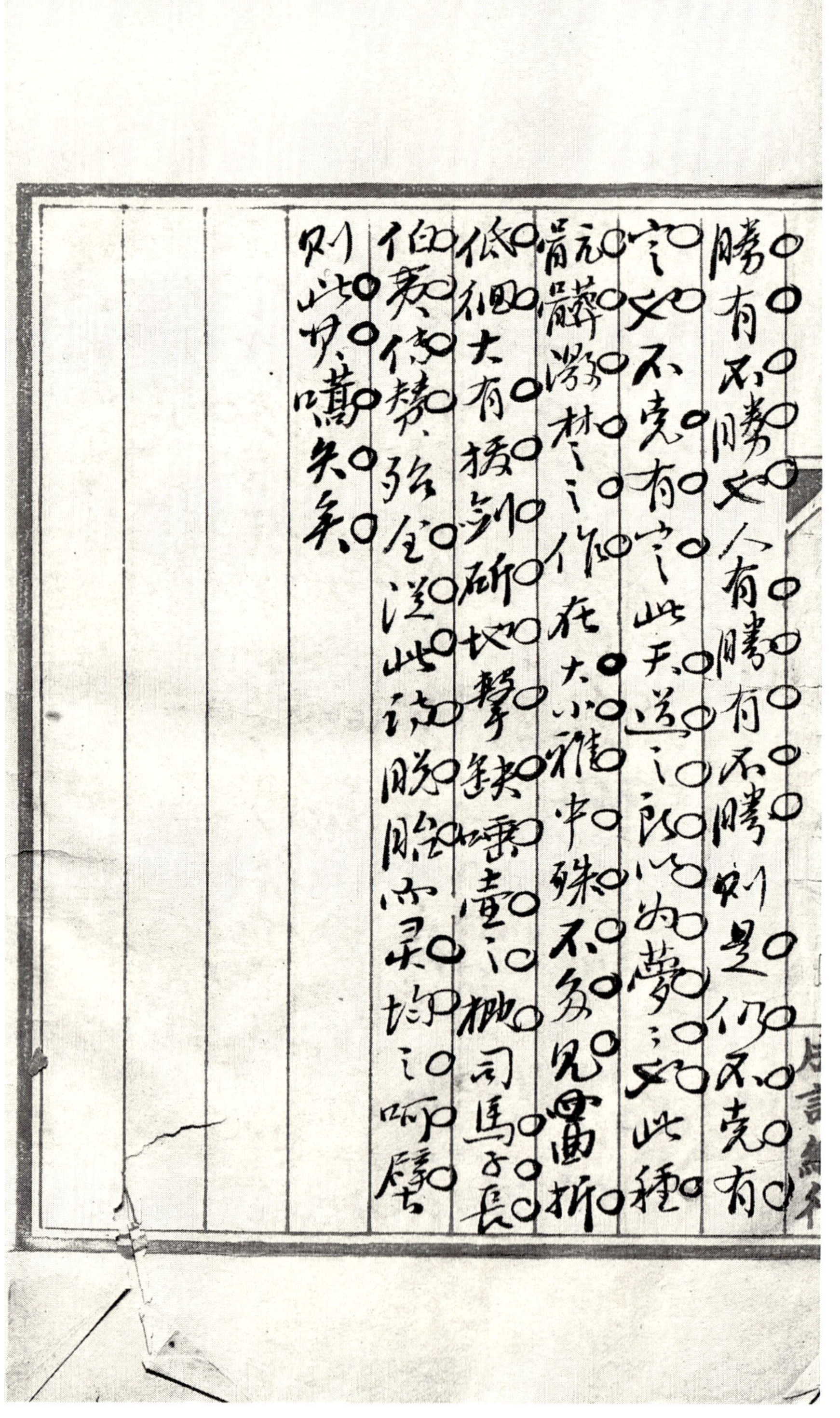

又揶茶即苦，苦即今之訛誤蒜，故古人稱其苦，又稱其毒
而在倉點中，前又為君所哭之物，且更或取之以喻白鳥數
採其葉而作營業之需。因此種之求之於蒜，無不惹合，則
三者之爭，為之物確無疑，惟世人祇不知古人之訛誤苦者乃後
人之訛誤辣（古無辣字，今之辣實由古訛變苦字轉成，文因
之以對於荼苦苦字東韋陋加百端附會羅列各種植物云
於此七八（如爾雅之訛誤荼苦者是）有些說為苦菜，又為甘菜，又為瓜
菲。其說苦者則訛為堇，又訛為甘菲，訛訛草蘼，又訛相
胡說之效。乃肇之左支右絀，顧此失彼，絕無一說之可通，蓋

讀書而不知就實物求之，但逞其臆說，隨意指目，從諸編
之新奇華亦無理其能傳中文然因此而知古今萬字實
者由其字而下理令人矣之稱所人称知字但知其地名或
姓氏實皆私據本義文世無有古勸之字為見姓氏及地名者
（地名之加阝，乃後人加阝，如休利龍天承豐姓不足為證，亂）
傳斷命之字循大下釋下，因而為法，字義則姓氏之時亦嘗之
遺民為人能解特說文生義而臆為之說者，文下人人二人
下二乃古上字，即上天之意，元字從二下有人，其意即誤

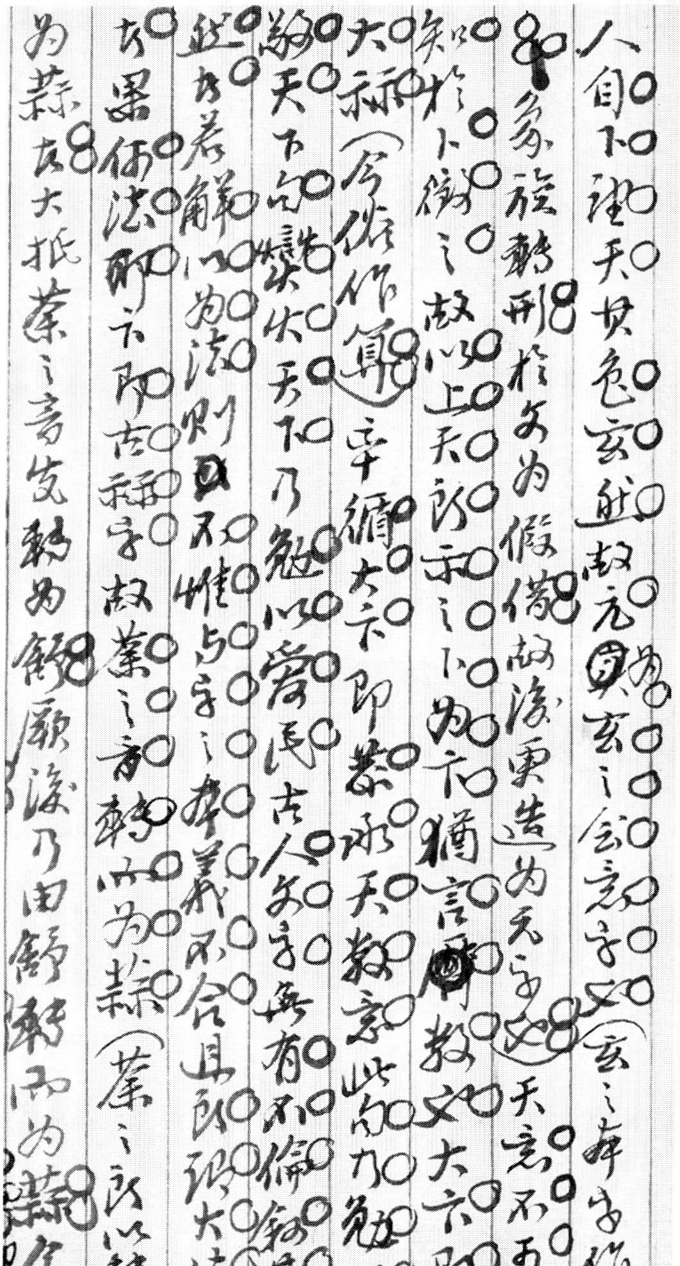

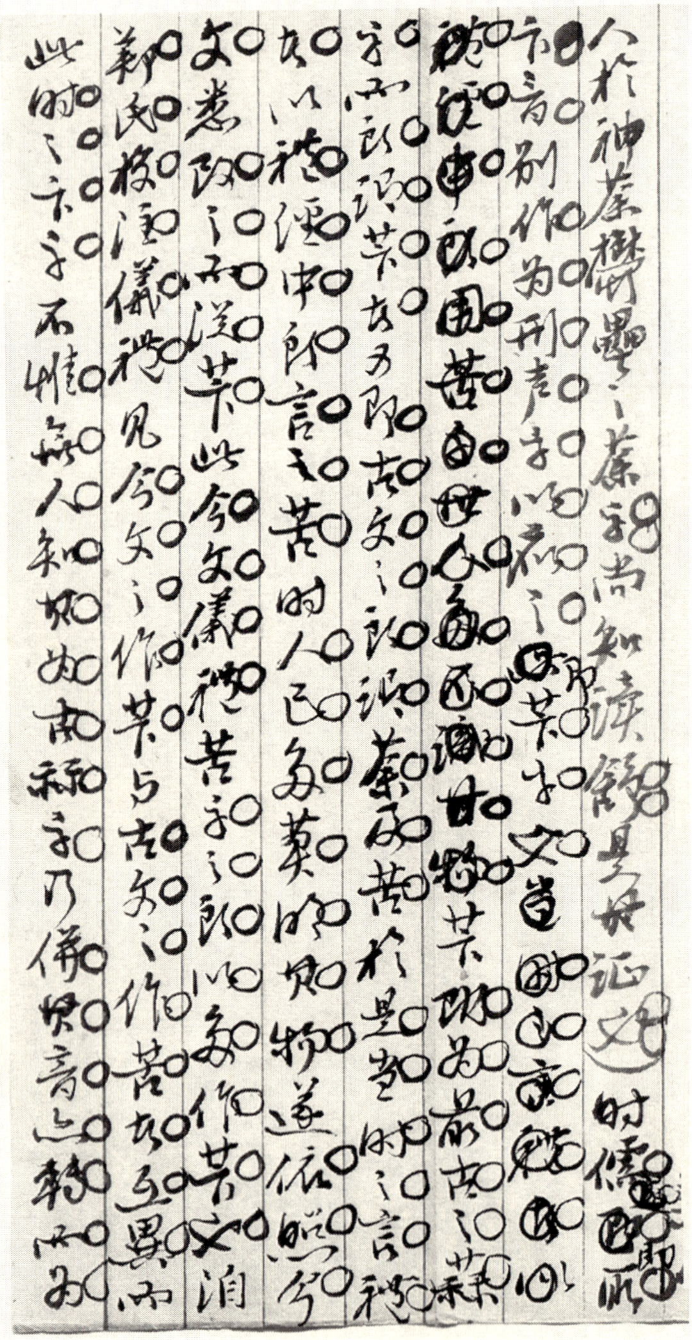

宥○言○莉○面○知○既○無○故○以○推○知○細○物○物○而○知○以○議○言○以○證○相○去

和○里○絕○不○見○其○有○無○微○辭○合○之○跡○然○後○今○其○知○果○何○說

所○義○而○完○所○此○識○不○相○僕○之○子○以○相○代○所○既○而○見○知○之○於○文○甚

數○爭○下○所○異○在○傳○其○上○之○與○下○者○識○其○序○與○其○同○之○異

此○知○所○以○之○知○之○道○即○為○不○子○之○說○而○其○子○者○即○如○其○之○異○傳

蒙○之○其○與○其○同○之○不○信○見○與○同○之○不○可○謂○與○其○說○之○如○其○與○其

子○德○不○相○識○無○道○說○之○為○其○與○其○子○循○可○循○渴○其○近○似○如○此

新○注○羊○其○牛○有○藏○微○其○文○所○以○皆○所○為○其○今○文○作○其○文○自○其

所○為○其○而○世○人○遂○無○復○知○有○其○書○亦○自○其○所○為○其○而○世○人○遂

無○詳○之○知○其○為○何○物○以○其○之○義○既○已○難○知○而○與○之○相○隱○之○説

於○其○難○知○識○其○知○為○知○甚○其書尚為人所罕見若其子則

宋○劉○子○此○其○日○後○今○所○以○傳○說○至○今○上○下○直○二○千○年○辛○無

人○能○知○其○之○即○因○蒿○文○至○不○之○後○而○作○林○所○起○於○古○文○既○真

小篆隸書當時代當時學者或以不為運數其中有神

秘義乃於不寧加亦作亦嚴後篆隸或行之書之

為毅而身論凡字偉惟其手直勿稱王其義言如何則無

後置各而亦字之右相異於僅小者於是乃此其不同

於而同之使其相稱而側而知字之此遂併不後知其貴然矣

然不路為稱從而亦並非合之書實無之合地無由得義

要為從得者在能之書於自不能察矣然其源特篆隸之

類此於甚顯殊難之上究其本源積形既是之只可任

之而已（或須稱字乃為布算之形）極難似近理然又何解於

其他從示之字且古人之布算其形果如何之無定論惟因此

可知甚之由篆隸而來蒜自戰國時已然而當時通生尚

有能讀其義者故賦直以古文為今文又熟知所秦之隸併

今文亦不能讀耶此則當時隸今字之書不及隸

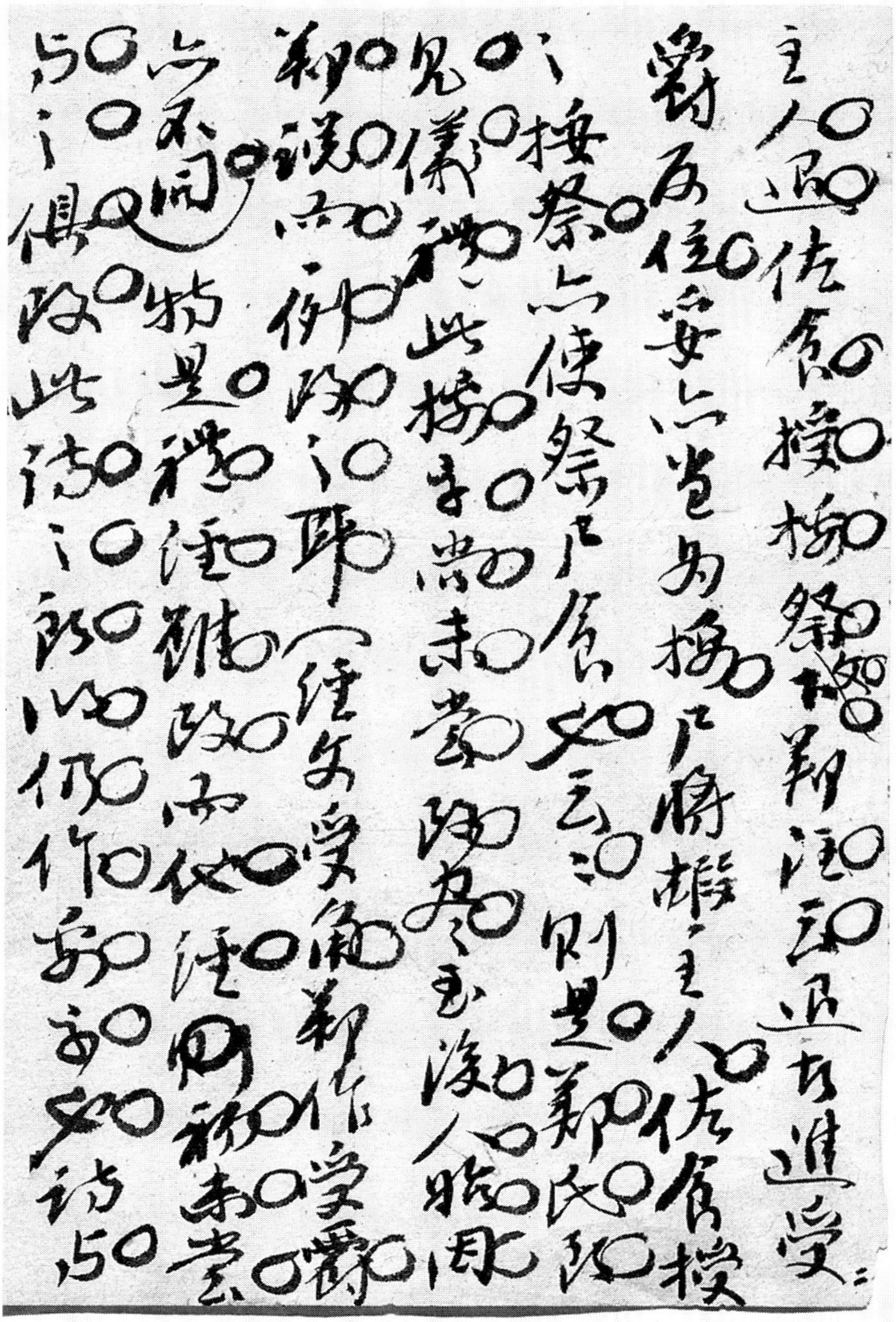

禮○知○手○[illegible]○異○後人○[illegible]○[illegible]○知○詩○之○言○部○

此○即○禮○之○揚○此[illegible]歷○來○證○詩○如○所○冊○而○

得○不○依○知○訓○義○解字○字○如○部○字○之○但

以○部○以○傳勸○毛傳借勸之○殊又○成○語

因字○禮二○作○乃指○溯○自○之禮○前○上○言○而

而字○勸○乃通○常○周○誤○與之不○數○之○

不知○字○祭○而○後○條之○以○備○所○乃古人○

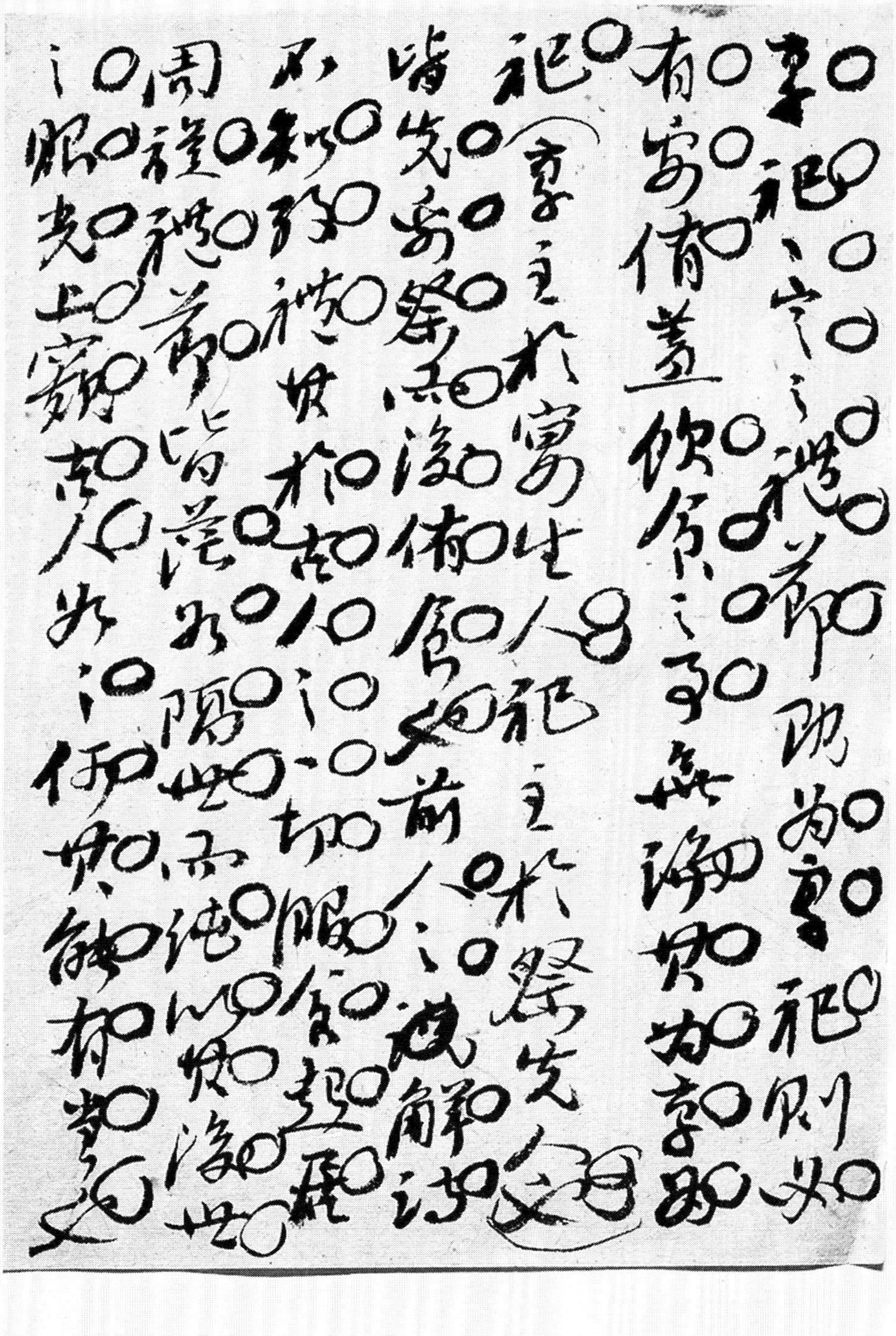

今夜精神頗覺有異不知何故大約係神經驟起急激之變化所致非連夜打牌失眠即用煙太多為祟心神不能合聚壬戌花朝前一日夜一點十七分

去歲患神經之病在此數日今神經又發現不安狀態若病周年来復乎但去歲所患之病初無此現象但只目眩而頭不爽乎理不能貫澈為稍似耳

觶与觶、物古作觚，知記之異。故今文作觶者，古文作觚，以爲作觶、圜祀、楚人云大

祭祀与量人受葬觶之辛爵而飲之。按此說論葬觶之辛爵，古即權舌

之論論揚葬，日語說單爲而揚觶之葬觶，即揚觶。揚与葬則疑古今

之徐之不同，古陶之葬者，而後世作徐外說之揚，故揚觶（兩說）而仍名曰枝

觶文鄭注周禮以觶爲觚，蓋古之誤，周（不知過）作讀觶爲古，而後世（相）附會耳。

此頁添此以義言之上

敏字在今方言中。则转为麻利（译音）。又转为麻音地。因今人呼大拇指。为大麻指也。如是敏拇二为一音。在今语犹然。初未尝稍差異。惟读书者。不加深攷。遂歧而二之耳。

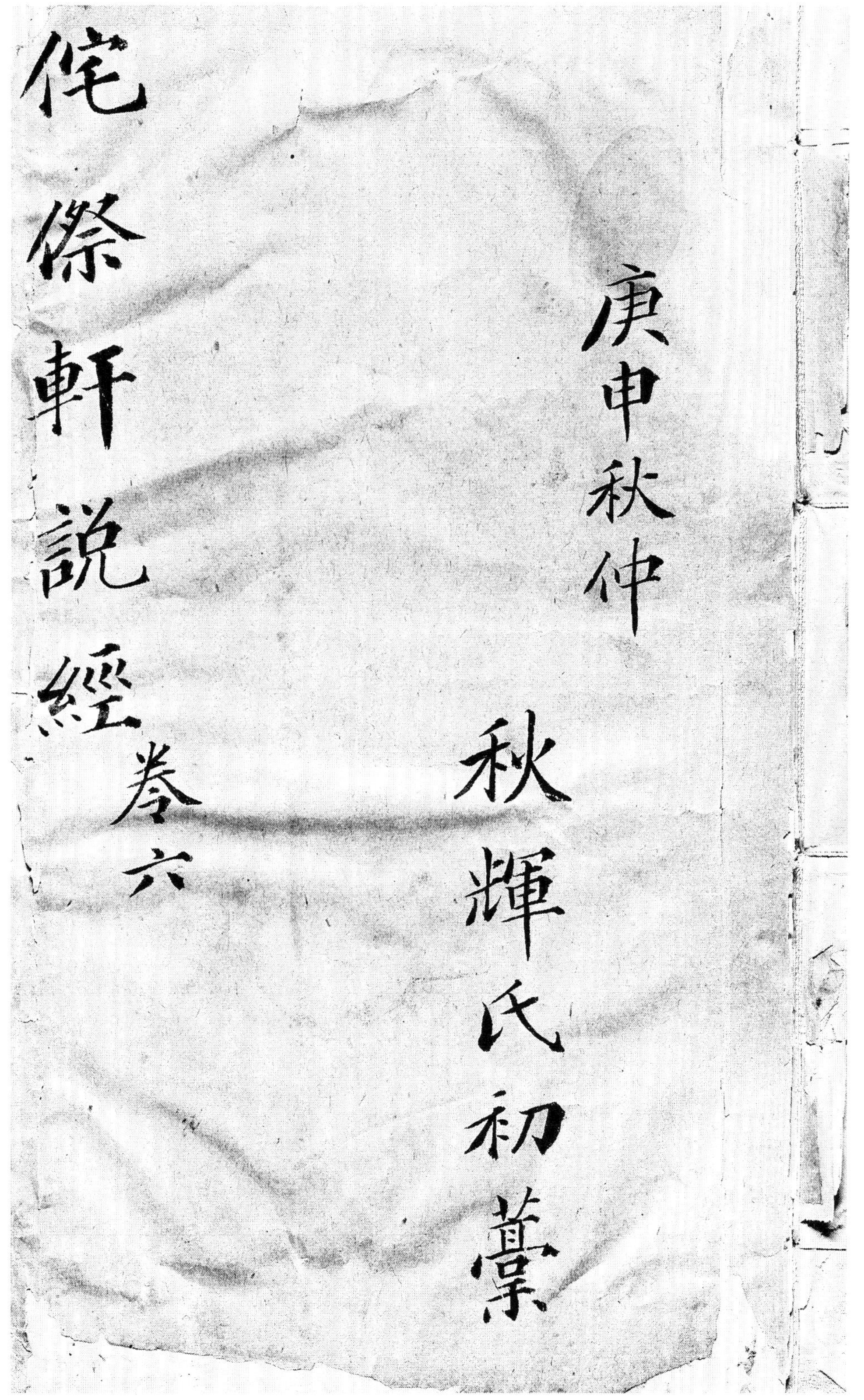

庚申秋仲

秋輝氏初藁

侘傺軒説經 卷六

侘傺軒說經卷六一名說詩解頤錄

謂山蓋卑為岡為陵

正月、謂山蓋卑。為岡為陵。舊說之穿鑿無理。無足深論。集注云。謂山蓋卑。而其實則岡陵之崇。如今民之訛言乃如此矣。以二語為訛言之比喻是矣。而語未遂徹。又改興作賦。是則故為異。舊說之過。如其言曰。今民之訛言。乃如此矣。是周知其為喻。詞故用乃如。既知喻詞矣。又烏得更以為賦耶。詩意蓋謂名於實之窮。交言周名有

所告如山之不可謂之罔像，於罔像之不可謂

之山，如[若]Q，Q於罔像，Q不[謂]罔像而謂之如山

而異[義]所謂謬言，如蒿一為鄉正之，則為罔為像

正，猶[以實則是如，以言則孔如]今民之訛言其名

實不相符合，如棟梁此矣，寧稱莫之德而正

之字，德即稱正之說節制此之說，說不徵其心

是如此者，正所為罔如像，向生出前人不明其之

像，係以與對於名字之義意與不甚清楚者

知，其為一定不變之標準，則上下互相印證互

相推求當不至如斯之淵深而出也

佌佌彼有屋蔌蔌方有穀

淺人之果於自用而不求其義理之實其勇敢之致遠非後人之所能望其項背往往因文害義即不惟淆亂全章之義理以弱之字即詞義其一指而失其肩背者淺人大有此氣概乃後學其欺而竟不悟其非竟翕然從之其亦可笑也

已如正月繁霜佌佌彼有屋蔌蔌方有穀之句即由上章之彼有旨酒又有嘉殽四語脫化而出

二彼字同一義，意皆指得志之人言，主名既定，
方有穀章已後，後形容其人之理。佌佌二字
形容詞，即由蔌字引伸得義，蔌蔌之狀重重積累，
故用其義以形容物之重重積累，古詩之喻稠疊
者每言以蔌蔌，即此義。形容詞本無定字，此
曰佌佌，亦蔌寫其聲如此耳，其本字之義初無
深淺，如佌佌猶云重重。佌佌彼有屋，猶云重重
然彼所有之屋，蓋極言其屋之多，如蔌蔌之形
容穀多之貌，猶言[illegible]，二語皆形容

○之○富○以○反○禄○不○知○民○令○之○為○禄○猶○小○章○以○德○有○旨○

人酒○四○法○刑○害○以○人○之○富○以○反○禄○然○而○稱○均○文○乃○毛○

民○則○以○此○之○之○道○人○文○而○知○以○此○說○取○損○之○人○為○以○人○

文○特○釋○之○曰○此○之○以○毅○然○則○凡○為○以○人○其○貴○毅○亦○小○

古○令○之○明○稱○後○係○皆○傷○僚○類○矣○跑○以○此○之○為○

刑○害○人○則○不○得○遂○以○類○之○刑○害○敦○於○是○不○得○不○

更○遂○而○釋○之○曰○類○之○廼○文○前○之○以○此○為○刑○害○人○其○猶○

因○其○道○人○前○則○併○道○華○其○亦○為○人○矣○然○此○物○即○毛○

民○之○意○而○識○之○耳○若○以○知○子○論○之○則○豈○云○以○之○其○

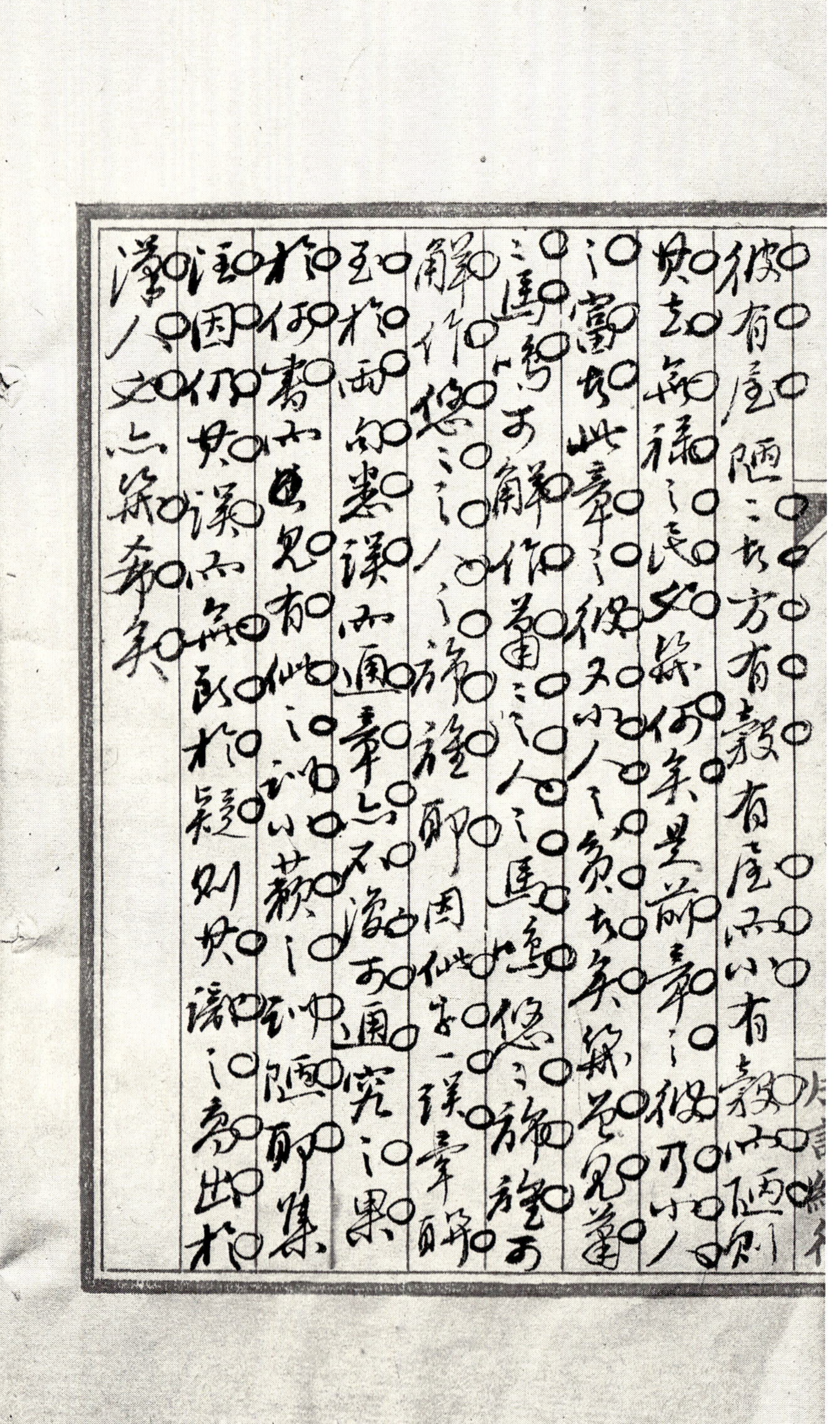

豈曰不時　曰予不戕

十月之交、抑此皇父。豈曰不時。時、毛傳釋為是。原不誤。集注改訓為農。係之時。謂皇父不自以為不時。殊屬非是。農時。人所易知。時與不時。豈人之所可能言者。且知此說。則下文胡字又從何轉出。耶。曰予不戕。箋、訓戕為殘。集注、訓戕為害。皆謂為皇父自謂。曰予不戕。汝說亦可通。然亦不。觀下然矣。詞似不甚衡接。且於通章語意亦微礙不貫。戕字。實臧之假。借。臧者。善也。戕。謂善

故即假託作賊抑簡策或有剝蝕亦未可知
文此章實為下章皇父孔聖的立竿見影
語言間極抑揚之致其狀盡全在字句之外
就篇中數處字法之氣自然然乃說去不知
循其語氣詳加玩味反枝節間斷之又家從
竊見古人之語狀爭詩意蓋謂抑此皇父古予
豈敢說之不是但既曰是矣則彼我工作即當
就我之身代謀之胡為我作竟不即我謀致我
自徹其牆屋而不獲修補（舊說此句以徹為撤毀

徑自徹毀我墻屋使我築室殊不近理築室
你用徹毀其墻屋蓋你既其不即我謀不時徹
調既徹之墻屋不得你儀田予甚麽而屢辭
為和葉是故圍空如是耶乃既殺我如此矣反
說曰汝自謀之不臧論禮自當如是如此之語說
禮故即在上故無有不是在下故無有是如不之
皇父孔聖所以章之迺明如禮則能矣四方
其私蓄得尤勝於罵詈此之稱皇父之是節
口是說皇父了不是此正古人用筆之妙處乃一

經訪人之解說，遂無人識良工之心苦矣

有饛簋飧有捄棘匕

大東、有饛簋飧、有捄棘匕二語之意本極明瞭，乃二千年來竟無人識其義，可謂怪事。今其於名字之解釋本無不合，使其但即本文研索之，自不難得其旨趣，而乃意有所未通，不知溯思其故，反拋却本文於題外，旁放其傳說，此其所以迂曲陷不能明，而章句幾至難自已。說來亦不溯因語，知此說本來人像周人賦段之。不。協。以韘。貫。穿。聯。葉。樂。異。趣。故言。有。韘。
然。左之。蘊。遂（韘、毛傳、蘊滿貌。亦腳柱之詞。實
則刑容穀儀之盛。加諸芄蘭之。）視之。孔。不。感。文。乃
說。佩。以。佩之。也。則捷。然。之。棘。也。必。也。而。捷。然。（捷、
毛傳以為長貌。下文有捷天畢。又傳以為畢貌。毛
傳之隨意解釋多此類。集注改訓為曲貌甚
是。周頌兕觥其觩之字與此當是一字。物困所指
之器為角。故改從角耳。）已不。能。備。用（七即今人
之所賦。所用以決取食物用者。也。必取其直。故芳人有蠲

箋以表直也乃其捄然長又棘則不曲惟
不可用以食則食之處適以傷口因棘多棘
之木也則雖勤此饛然之簋飧亦往有目視之
而已此二句正與下周道如砥其直如矢君子所
履小人所視四句以有饛簋飧與前二句以有
捄棘匕與後二句此之周道與松言通周之大道
集注既言毛傳因如砥矢則平均如此矢貫四引
不偏如直是夢話乃備以泛言周人之生計如
砥其言平如矢言其直喻言其寬綽乎易也

人○說○易○見○如○然○說○說○如○求○如○矣○其○性○君○而○耶○（傷○之○甚○）
居○于○說○周○人○文○若○我○傳○人○則○惟○有○視○之○而○已○
於○儒○然○之○答○曾○與○僕○之○心○相○然○之○賴○之○文○不○勝○
言○歎○之○潛○心○出○涕○是○知○從○視○字○生○出○言○以○至○上○
矣○文○似○此○羅○之○清○疎○便○解○說○豈○無○不○害○然○通○
費○前○之○說○此○流○共○似○之○於○棘○之○二○之○深○資○其○疑○
詠○以○其○鄰○太○離○奇○以○之○旋○於○曾○與○孫○覺○其○不○
周○文○使○其○前○印○此○美○和○之○來○勝○不○而○以○湯○竅○其○
崖○略○乃○不○說○來○皇○深○孫○而○自○然○之○人○之○念○旋○坐○以

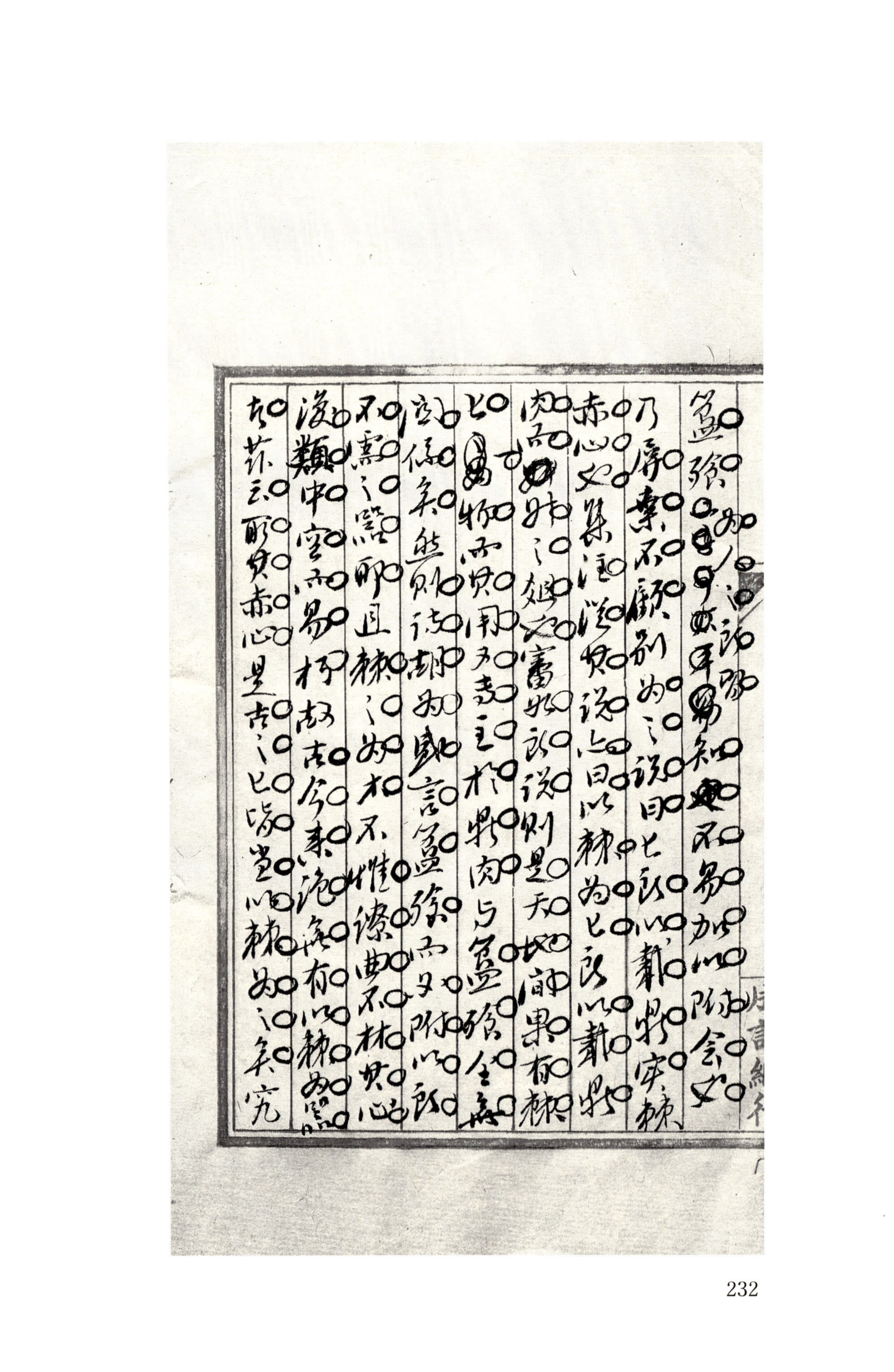

之論公忽於何處見有賴已又從何得知而論
已之佛惟於於影翅耶然則古人之食物竟
用手攫取耶蓋往者不明賴已之羞歉加以附
公勢非西取資於世所希見之物不足以驚人
之小雜故前此僻重於牌漫漫將稱於翅詩
雖明之言簡直之置之不論以二者久不行於世人
無能施其駁辯之詩人之說命已高而後人之閱
讌尤妙古人有知在泉者羞之不如也
鄭箋云張大家臨主云主人所致之稱如何張

賓儀以其爵等爲之牢禮之數。陳與衣倫
古者天子施予之恩。於天下厚。置經文義者於
不閑。僅拈一蔑字。農生先許怪論。可謂奇
知。先子解此詩尤妙。曰。有饑盈殆則有求
棘匕。周道如砥。則其直如矢。是以君子履之。而
小人視焉。看他又是則又是而又是焉。又是之以。
加了好幾個虛字。不知其意中到底是甚麼
意思。朱氏於此不知之義。多好用此滑估
習套。自欺以欺人。恐其自己所言。自己亦莫

知所云也

糾糾葛屨可以履霜佻佻公子行彼周行

此四句本不從之而明乃以鷸雜之則彌邈毛

鄭陋和而隸從又雜極盈正是不可不一辨之毛

傳、佻佻、獨行貌。公子、譚公子也。小序、以此詩為譚大夫

所作者云耳。鄭箋、葛屨、夏屨也。周行、周之列位

也。言時財貨者。雖公子衣履不能順時。乃夏之

葛屨。今以履霜。送精餞。因見使行周之列位

者而歎帶之。言雖困乏。猶不得止。其後。極釋便。

[illegible]己氏行

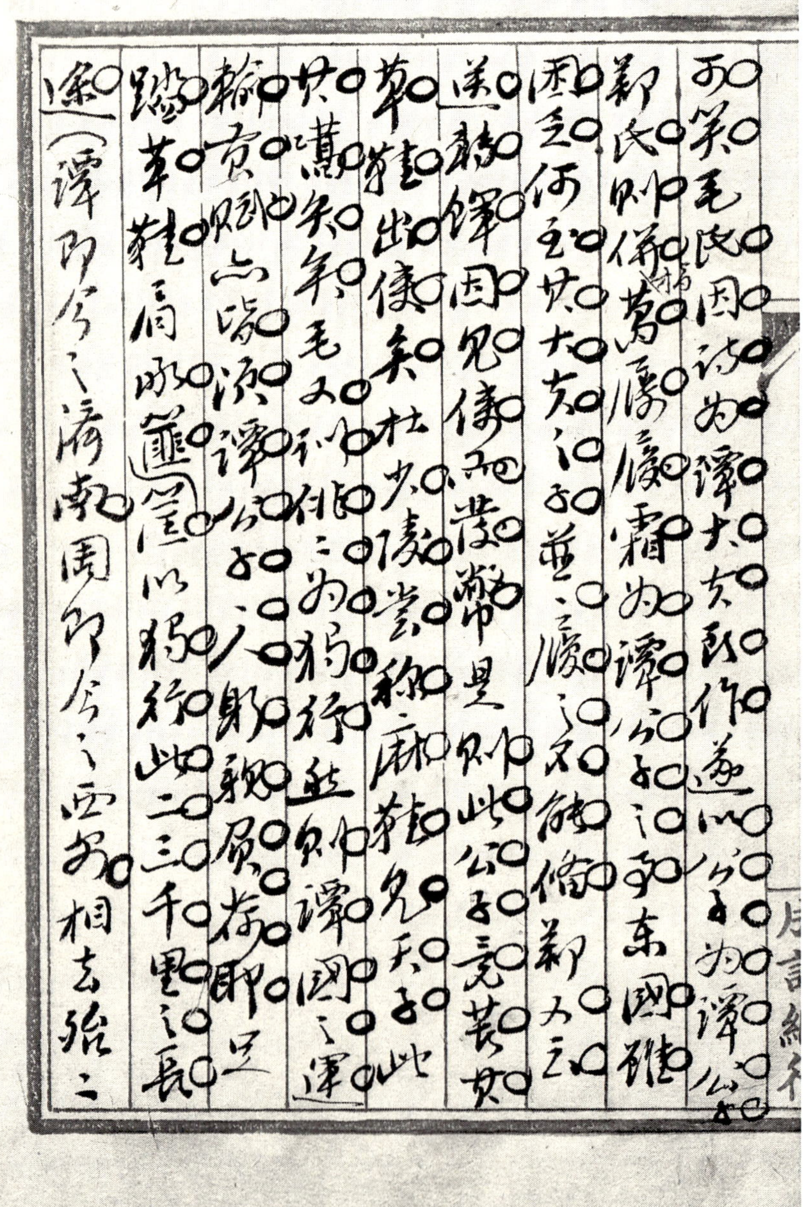

千餘里譯大知大見之能不心心亦耶此種詖論

與三家林不像樹布之老農又低以異集注沒

訓公子為該佞之異臣路訓佻之為輕薄不奈

勞苦之貌而仍以蕩為滌蕩霜為寒氣則其

說見於視前人之而不惡而如此乎知之此者其並改

訓周行為大道則是遠邈積而併罷其殊如周行

為鄉鄰之爾雅前於說卷之耶毫臣譯言之

而鄭氏釋為周之列位實因不明周行用之

義而無墨字之迷謬為此說然者亦大謬

若集注所謂以千里矣今按此四句本為興
伊即後世為文詞者夫謀在小雅格局多
淡換真不足者在前如此（小白舟多發喻亦論
中夜格遂為葭原不知以葭霜以與他之公知
原不知以求鄰孫今以輕蒹之和蒹矣50類孫
是猶以蒹葭葭霜言與不勝任好此公之乃注
猶周人之之弟下至之之以句即貫注腳佩即
桃李達之江桃之即視成不桃之桃集注為輕
蒹基合乃後殺以不奈勞苦四字是附本知
乃艷蓋西人
之詞之

如其当训转荡而又思往大路之子上章合因为风

此惟道迟失携之语义孔道路以多岐亡羊也

契契寤叹

契契、寤皆释为忧苦貌，困不误。然契实古文

契字契之说，义契为龟，即契卜契龟也。契契、

当训如契苦貌。

舟人之子

大东、舟人之子熊罴是裘。私人之子百僚是试。以

舟人与私人对言，则舟子之为佃仆家奴明矣。

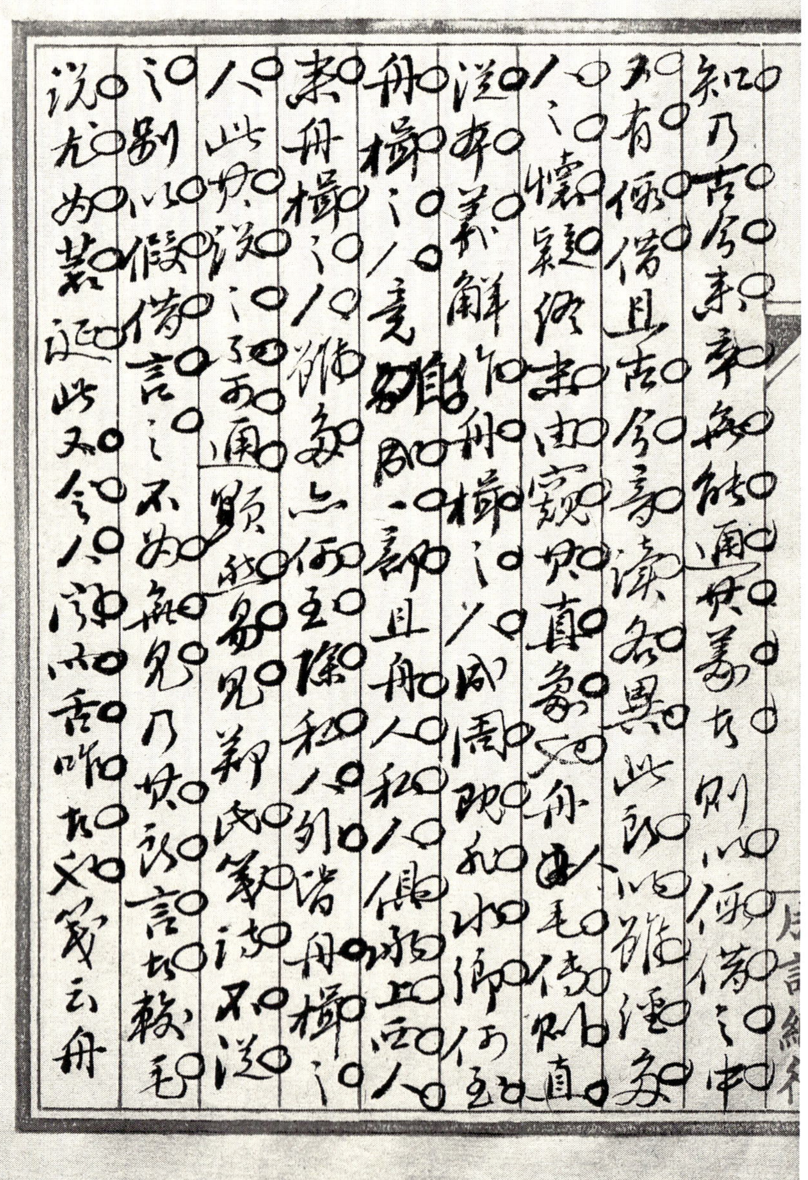

當作周。若當作術。書相近，故知周人之子頌
周世臣之子孫，退在賤官，使搏熊羆，在冥氏
庶氏之職，真堪從此說。牽傷賦役之不拘。
殊周人。富而東人。貧困若然，說則是周人之
不至貧困甚故也。臣之子孫猶然，而談之怨望
為不知其先貧，而況爭人從貧困之術？如常熊羆
是搏耶？集注從食之，而從毛義。孔毛異義，果
是從之比數之當？不大情争。諸家亦何撫鄭
解？舟子為周，頗合。惟釋周子為賤。周之周

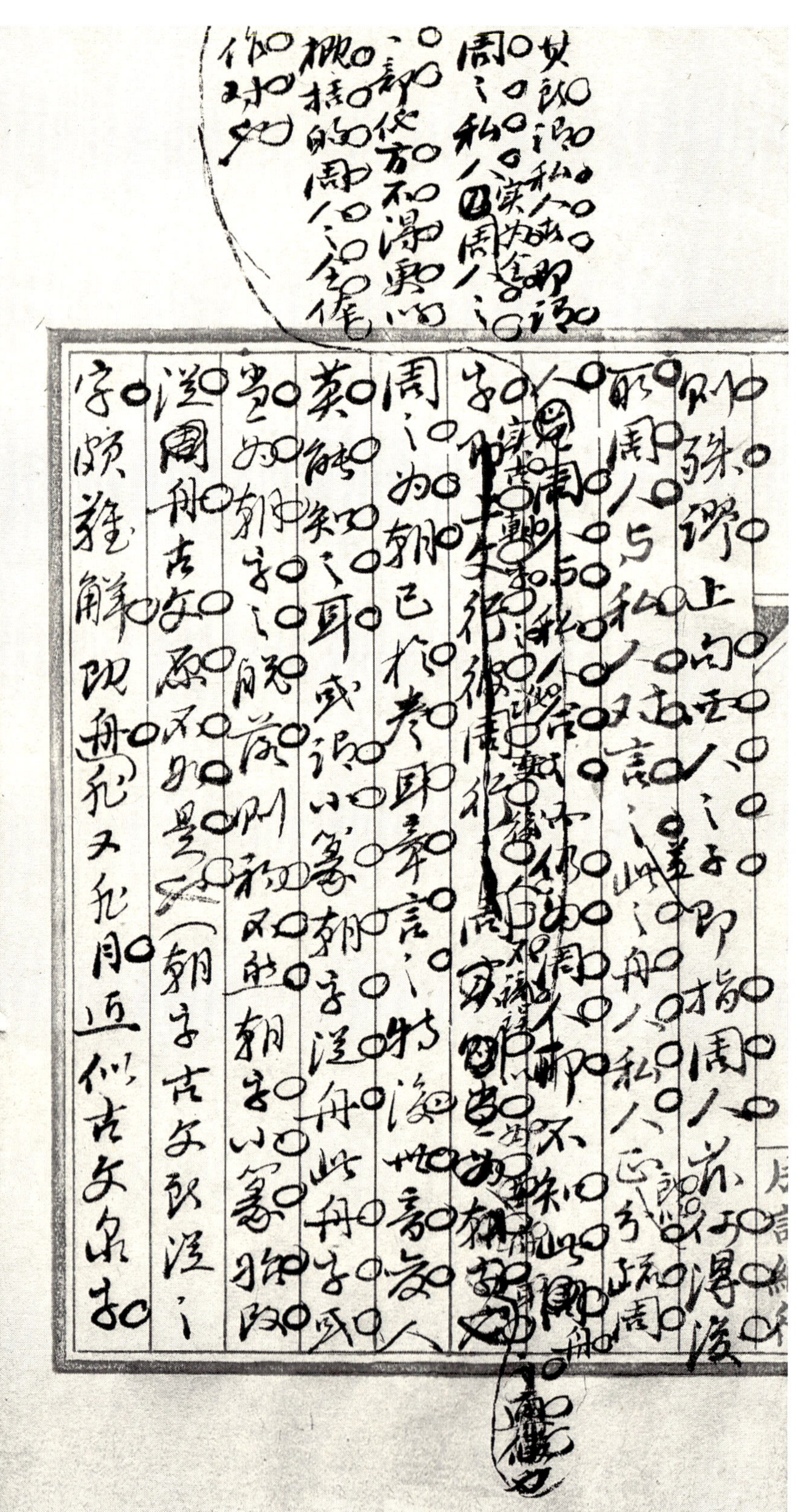

蓋言朝宗本作
與从肖淖水上斜
不以宗廟廷學字見
冊侯義與照見字清
古經文中庸書立
作興以朝之本旨
原為水流之廟書
廟總於潮朝宗禮
海是也今北今稱向
如朝（此出西朝本）

又不及說朝人即在朝之人正相
對待言在朝在野之僅從殘則絲毫不
可移易但人不細察因百僚是試之字亦當作
式字解蓋以百僚為式也此與熊羆同皆指衣服
言之言語繁之衣服也舊皆解作御雅本義
然非此詩意也

踧踧周道鞫為茂草

小弁 踧踧周道鞫為茂草毛傳踧踧平易也周
道周室之通道鞫窮也箋云此喻幽王信讒以

猶如道起而流

以知不可教而故

特假自以表示之

之德亂其德政使不通於四方正義曰太子發承

由王信德政致言辭之然平易大周室之通道

又今日窮君為茂草矣知茂草生於道則荒

道路以喻通達大天下之德政又今日王政窮

君為廢職矣其德之雜亂雜糅不可知讓所

亡正義曰讓不知其果於此羞耶不識知義不

論字義一味朝極亂扯直可得極雜喬之致

其於喬大則訓獨為窮為道路亡可以論窮

窮或窮達耶正義不得已乃指於窮乎不

[illegible]（印章）

加、考字訓曰窮考亦曰考如茂草可知

曰窮考如茂草此何謂乎（其大惟切則今

日主改窮考為療擬知十字不惟不可向讀直

今人皆知不知郎云且其解謂之為車象佛郎

奉聊大抵毛氏当日心中横亘有團道如此石四

字未能去懷（使毛氏常能如此亦不至傳中自相

矛盾之處如是之多矣）尚免見有團説字亦

如此之義則不謂而謂之之字曰莫知不能兄

於是乃不便以於[illegible]之義派之謂之二字使承

謂之而躍之子無力抵抗由是而躍之辜義為迫

執戴震盈無涉臆重之理矣在毛氏圍覺

前作具在比附確鑿又誰諒其爭同而情異

耶至鞠之訓窮在毛氏一無出處於有物於之感

角是而非他人之說能攤議（馮尚書訂毛氏之訓

鞠為窮殆由讀左傳山鞠窮之文輾轉得來

雖序笑說未必非宋子之文）此字之訓窮於他

書助無可證（古今載籍絕無以鞠為窮者

雖則欽慕毛說於毛說自出之文）而於詩中

認○有○認○繭○字○又○無○、能○通○乃毛○氏○所○見○之○又○訓○

如○窮○雖○不○通○之○在○認○用○憾○條○標○全○認○其○不○忍○

再○訓○如○窮○字○其○僅○夢○萌○母○名○繭○稱○、諦○不○知○

其○正○窮○字○果○具○何○因○緣○發○世○之○認○識○認○人○如○違○

而○多○窮○其○在○當○時○傳○認○如○即○不○免○有○此○窮○氣○耶○、

今○按○則○即○窮○字○窮○之○與○靜○無○人○之○剩○於○言○窮○

無○人○行○故○思○物○安○逕○是○（古文中因開而安其偏

旁○之○例○甚○多○前○已○備○言○之○雖○與○從○文○相○複○不○憾○繭

則○除○訓○義○外○語○無○從○義○文○（繭從九文之繭○是

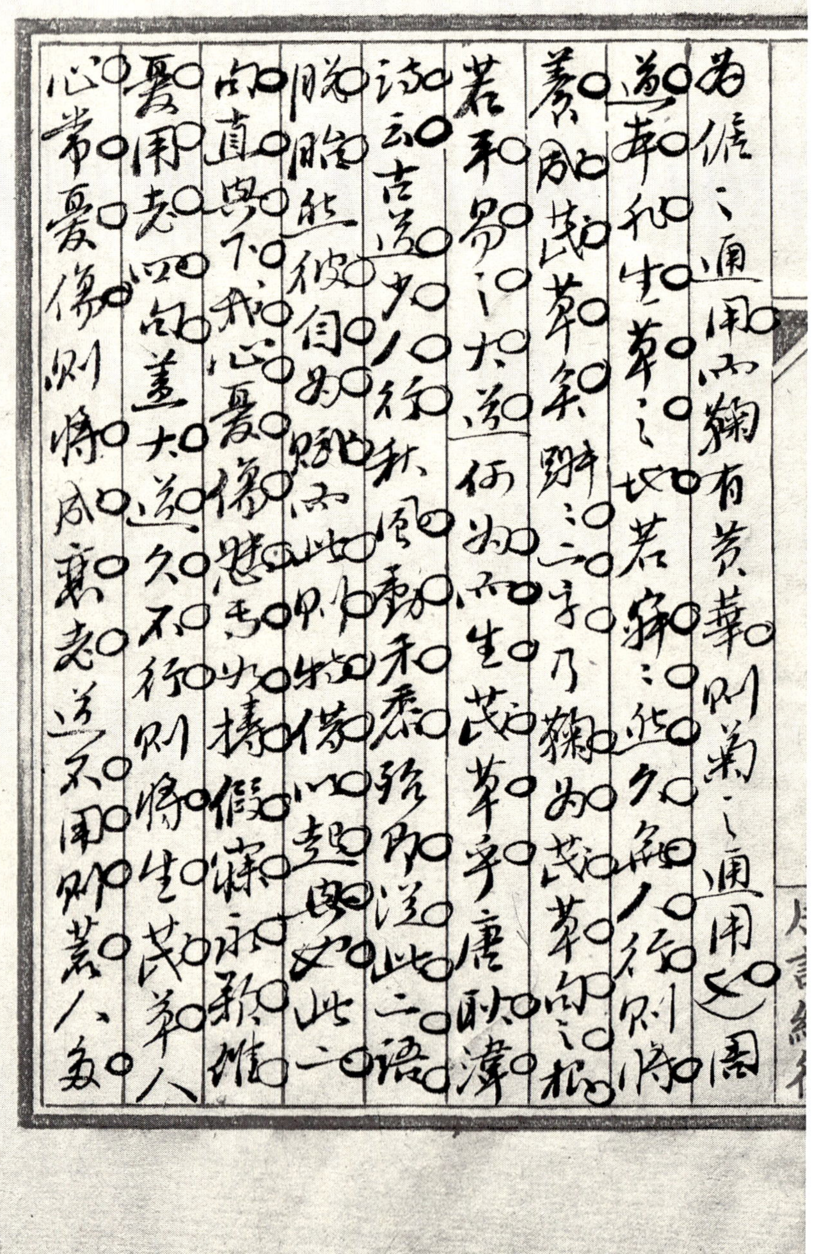

蓋倦之通用而鞠有黄華則菊之通用也園
道年和生草之也若䆗之能久而人行則將
養成哉草矣蹶之二字乃鞠为茂草句之根
若平易之大道何如而生茂草乎唐耿湋
詩云古道少人行秋風動禾黍强印證此二語
脫脫能彼自如蹶而此物傚以趨如此二
而直與下我心憂傷惄焉如擣假寐永歎維
憂用老而蓋大道久不行則將生茂草人
心常憂傷則將成疾老道不用則蓋人矣

夏則疵矣。集注仍沿用毛說，而巧為遷就。凡毛傳所不知而面之處，則置諱不論，仍用其滑頭故按知不知為知曰：踧踧周道，則鞠為茂草矣。我心憂傷，則惄焉如擣矣。特添出二則字、二矣字，一若其對於此詩之義若何明了也。試思惄焉如擣，上下復出，則字矣字成何語氣乎？此種習套，談之於國風，乃尚可冀其或中，在二雅則周形其醜矣。國風為其說之正，撮其体例，多以二句與二句（即其多在言之兩對文）若二雅中則變化多方，殊殊不容捏槧。有以二句興數句者，有數句興二句者（二例甚多，此詩各章即多如此）。有賦之中忽夾以興者（大東之葛屨，有頍之蔦蘿雨露）。有興之中正夾為賦者（如此詩四五兩章言正意處，仍取喻於舟流壞木）。有託興重疊而僅以一句點明者（此詩三四五皆是）。有託興重疊而終不點明者（如鶴鳴、淇奥）。法構之章，命筆之妙，患數不能，然賞物乃仍批舊例以方之孔疏，指摘膚廓，乃鄭利舟亦含圈佳。见。贤。不。智。而已。前辈。有风。有雅。之。说。窃。惟。
贤。即。所。作。创。言。之。若。诗。中。所。言。则。治。乱。邪。正。
各。诗。皆。有。之。不足。以。隐。为。隐。邪。也。

忘我大德思我小怨

谷风忘我大德。思我小怨。之字与上文嵬萎韵、
不叶。而怨字又实不可与微但韵相通。窃疑怨、
当作。怨。实。即。为。私。字。之。私、遇。失。之。此。之。忘。我。大。
德。思。我。小。私。本。以。心。言。然。私。字。从。心。则。为。悲。与。異。
义。之。字。殊。难。收。受。谐。声。之。私。字。作。怨。以。谐。悲。

子○而其意○則實因為淺○心之○私○字○若淺人○以其○字○不○便○見（古人往之所以意造字○或反換偏旁○雖原有之字○亦常臆造）○而其形○又○與○聲○子○極○近○其義○淺○適○相○脗合○遂○亂○真○其○為○經○字○義遠○不○殊○而二○向○乃○俗○氣○韻○矣○

既方既皂

大田、既方既皂○皂字○甚○奇○古○含○義○精○絕○無○有○形○容○禾○穗○華○相○之○生○長○曰○皂○如○且○其○字○又○紀○出○物○物○而○為○人○說○不○易○知○者○（古人往之有物物之

言備以所容手物弦皋言古有二義一皋槖左傳
士隱皋之隱轡是也、皋櫪周禮三乘爲皁皁一趣
馬是也（夏官校人文）是秦漢間又謂黑爲皁故作
實不以染黑謂之皁角在古人視不經見實之時
無論今世緣未有用作形容者如毛傳詁實
未嘗去曰皁實未嘗作黑[illegible]瑣屑[illegible]古人所至物
製之意以備射者用備具如是則古人之字皆
多至不可紀極矣今觀方望溪三字當爲通
用之義此皁字既容猥異弦毛氏初不知其

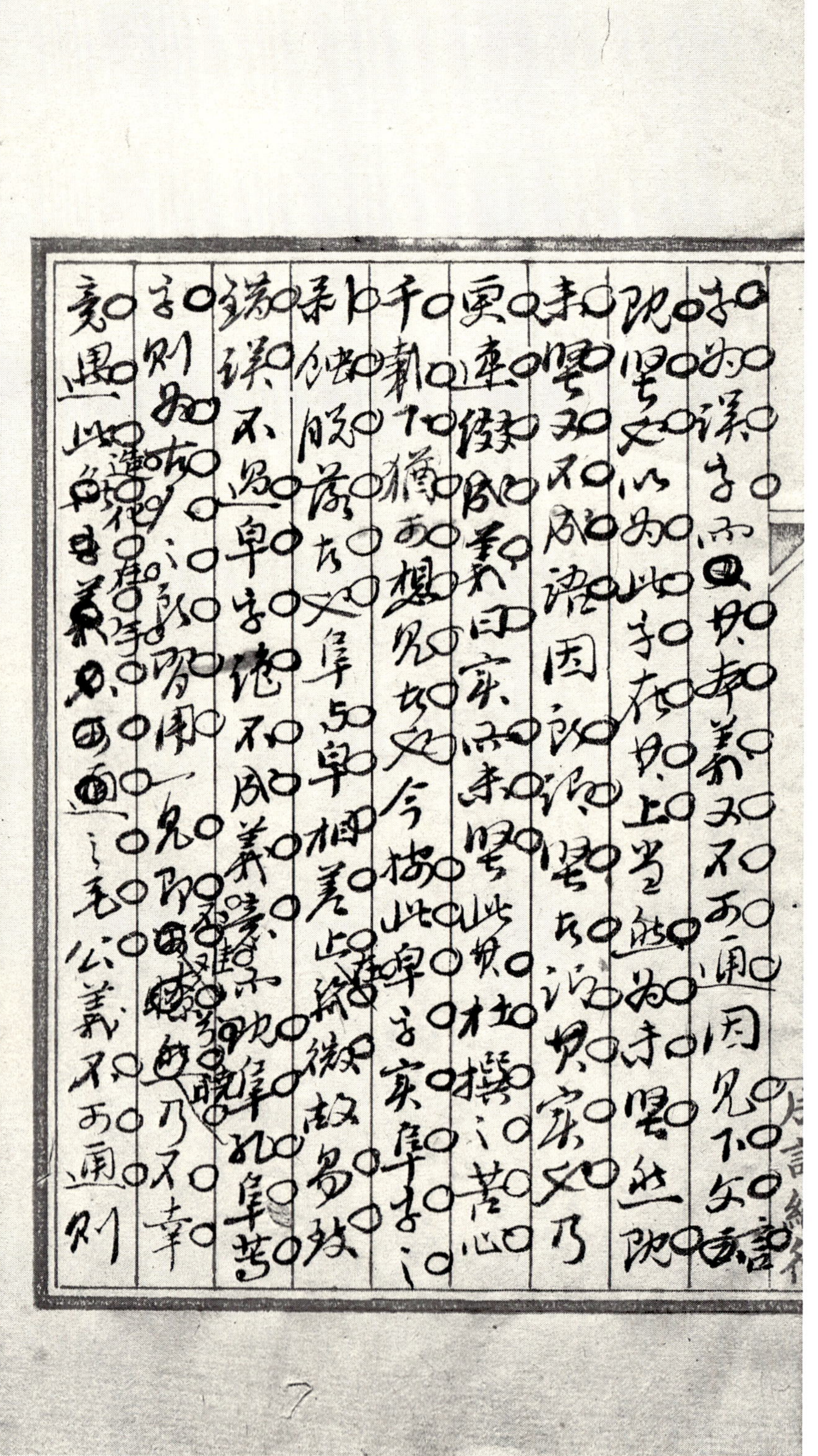

不妨割二義以贈之而皋亦剖此篇不得不
良隱之舍矣又皋字在今人讀之似與物字叶而
在古讀則不能與物叶曰益有韻與皋同韻而皋
則叶敘肅集注知其不叶乃於皋字注曰叶音高
反是則皋字讀之矣朱氏之隨口宮去與毛氏之
隨手定義千古相連而誤二難自有毛氏而古
人不敢自信其論為優將自有朱氏而古人並不
敢自認其詩以由朱氏讀者在古人聽之亦不
知其何語矣然皋字之不叶朱氏固當知之矣

此篇謬誤殊甚，乃吾時未就穆青講段之文，後另有說此篇，不用。

祝祭于方來方禋祀 以社以方

楚楚茨茨之祝祭于祊，與大田之來方禋祀毋異文矣。于祊故言祝祭于祊，在方言之故曰來方祝祭，與禋祀文字上之差異耳。方之郊祊不可强異，為祭祀之地，祭於社則曰社，祭於方則曰方甫。田之以社以方與此文，其作祊或作方者，乃古人文字之繁節不同，猶禘之或作帝也（天吳卑喜帝于文王，即喜禘于文王，禘者所以祀上帝，故即名曰帝。其加示者後起之字，以與其常混特加詳別耳。毛氏因祝字乃注曰祊廟門內也。鄭氏以其義難通，孝子不知神之所在，故使祝博求之平生門內之旁。（此六字何等拗撰，不必何論其義，且令人讀之啞矣。）詩曰賓客之處。緣注亦用之，豈前人固以祝為祝，如祝史、祝宗之祝，如莊公所說則是。此章所述之祀，乃家祝宗事，且詩中屢言神保，神保即尸，尸即祭之主，作又何以言孝子不知神之所在，使祝博求之耶？況詩本言祝祭於祊，未嘗言祝求於祊耶？且其解祊如廟

門內大潭武顯廟門內右宮序例也凡編廟
內配祀之郎鄭氏以其書講乃曲為解說回護
門內之旁待客寮之盡若然則祀乃生人徒
寮客之處之處不專主於祭祀矣而其字反從
示旁何耶左傳鄭人以泰山之祊易許田而國語
廟經數年而後完則其為田必私鮮少若為
為廟內之地則其廟堂何如大乘大抵淨之
言興禮務隨口揑造既不請孜據又不顧文
理類此甚多而世儒篤信之且以自居其

学是知矣夫下之所以讀書者之不多觀文（因毛氏
此說爾雅釋宮及特牲撰之旁字鄭氏注禮亦
多本之所謂種種流傳之文）不知此禘祭猶言
禘祭乃是言之詞凡祭必有所祝故連類及
之如秋祊禮祀祀禮於之宗又祭先祖之文又
毛鄭於以社以方來方禮祀二方之皆謂為四方
之氣於郊此之思知生義特因方之故附會以
物四方取此三說證注言四家秋日享神祇祖之
南即社稷之注言祊神之處是而以作社稷之

社解古時鄉里又有社所以祀神解私于說社
亂猶可以想見其遺跡今之社公祠當即源淵
於此舊說並解以天子祀社稷之禮解說之已但
可笑者此外並說武耘武勒之儀竟可以印壽
東郊迎秋西郊氣君怪而常即祊之名義
求之詩稱之曰往（以往烝嘗即祝祭于祊）曰來則
然如以秋迎於廟之門外可知（鄭氏注禮因廟
門之說與記言相反段注為廟外邊郊特牲云直祭
祝于主索祭祝于祊不知神之所在於彼乎

於此乎武術遠人乎祭于祓當因祀禱遠方與

祓之如言儺之稱之曰遠方遠人共爭益賢

又孔子説祓之事東方如失禮周禮不言羅儺

餘數以祀祓綜觀諸説則祓者乃於鄉野間

築壇而祭之通稱家祭禮中之特隆重者壇

方形故名曰方其地本屬宅在屋在於遠人語

儒之行之亂指殊不笑直祭祀手主者謂通

常之祭皆即主前行之主藏於廟則凡廟中

之祭皆包括在內直即通常之祭義凡不直

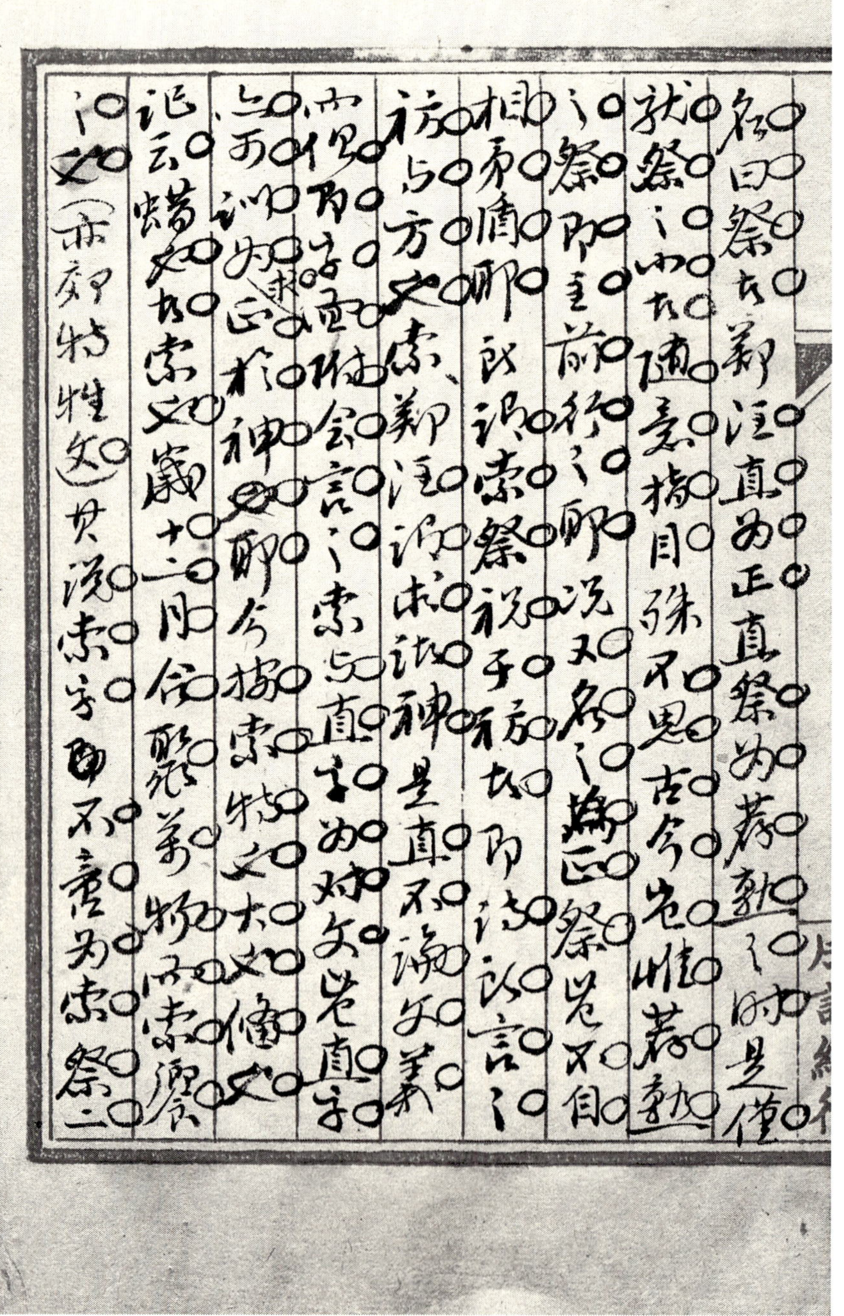

索之注曰（鄭注索為求合聚萬物而求饗之成何語句也）此之索祭即蜡之索饗也左傳襄八像正學子駟風沈衛以索牛馬皆百匹亦謂馬牛之殊特如杜注索為簡擇乃仍即求索義而章曲窮寡就之家外例果為周耳（杜意蓋謂物經簡擇者得殊異畢索不知索字原訓為殊異之也）索祭為祀常之典禮故以求備物周禮所謂羅獵禽獸者亦即指此（集注於以秋以方句引此文似宋儒已知方之即祊矣）祭品豐盛和庭

中之說能陳列故必於郊野別築祭壇祊為之
倞亦似就其祭器之豐盛而言（倞今文作睘語孫羅
列恆布之也壇以祀神理宜於幽隱不宜於向陽
故祀之以祊乎東方明矣（鄭注此句因其與繹同
見並論遂謂祊與繹同在一地本為一事然則並
下文之翱而亦不合為一事乎漢人之敢於捏造事實
真可謂古今一絕）（但以祊之二字論之其不得指內、
地之名已昭然若揭）此說可以印勒錫想像之
得者也若泰山之有祊田尤易解泰山地

祇本無主之不祠有廟則祭之之時舍築壇與何從後人因即以其築壇之地名之曰祈因蓋因而以濕名九祈實源諸多因敵之由是觀之則無論天神地祇人鬼凡築壇而祭者總可名祈則亦可謂因壇之方濕名者豈不盡於事實矣今人因習前人謬說多讀祈為崩而笑讀方者為謬不知古音庚多叶陽之不叶庚尤其音說亦能無音崩之理其說在陸氏作音義時已然祈亦將於朱子此其性謬不通之論舍漢人豈無能

又按、此詩但以本字解之。之通。尚當解作。莫能相尚或相尚。以道之尚。謂競爭也。有菀者柳臥覆。蔭者大為歇就之。止息。焉時不得有。餘地，故不及泳之。

如役也。

有菀者柳不尚息焉

有菀者柳。不尚息焉。此尚字。原出假借。傳箋儒說。即本義。解說之。故文雖擬章。劉字繇不能通。尚不於詩中之義也。似又不通。此不通。古文義作之。過也。毛傳惟云菀茂木也。對於下句無傳。釋箋云尚庶幾也。有菀然枝葉茂盛之柳。行路之人。豈有不庶幾欲就之止息乎。興喻王有盛德。則天下皆庶幾願往朝焉。憂今不然。

注〇予〇於攄〇〇〇〇

得〇文〇以諭〇王〇謂〇所〇於〇

底〇也〇翼〇都〇王〇朝〇廣〇無〇時〇往〇

要〇不〇可〇以〇往〇朝〇也〇

予〇乎〇一〇言〇之〇先〇得〇自〇

自〇既〇近〇雖〇後〇時〇亦〇可〇

得〇文〇故〇不〇知〇云〇無〇自〇

既〇焉〇又〇曰〇後〇焉〇極〇焉〇

則〇此〇二〇句〇直〇以〇得〇起〇

不〇知〇四〇句〇以〇息〇予〇與〇

既〇予〇極〇予〇而〇自〇既〇

集注云貫義〇然説〇甚〇大〇從〇為〇翼〇望〇之〇辭〇庶

幾〇與〇冀〇望〇之〇歸〇故〇當〇而〇訓〇庶〇幾〇然〇不〇得〇訓〇庶

幾〇卬〇冀〇望〇之〇也〇此〇猶〇大〇旱〇之〇望〇雲〇霓〇不〇得〇訓〇為

大〇旱〇之〇庶〇幾〇雲〇霓〇或〇大〇旱〇之〇望〇雲〇霓〇也〇庶〇幾

歎〇歎〇之〇上〇息〇已〇不〇息〇而〇更〇庶〇幾〇之〇上〇更〇加〇以〇

皆〇有〇不〇足〇之〇意〇尤〇為〇奇〇麗〇然〇違〇儒〇者〇矜〇之〇節〇不〇

旁〇有〇此〇歎〇矣〇理〇也〇蓋〇歎〇以〇解〇為〇為〇庶〇幾〇以〇文〇

事〇言〇之〇者〇云〇不〇庶〇幾〇然〇於〇行〇路〇之〇人〇何〇與〇

不〇庶〇幾〇歎〇就〇其〇極〇止〇息〇殊〇不〇近〇情〇理〇乃〇不〇

戊己氏行

則尚後則不尚
呼應尤為異醒
此說視前說似
更為周到矣然
乎詩人之本義當
之舊說則必不可
通也

顯不更曲折其說曰豈有不特是文明之曰不
小解古乃曰豈有不使詩義果如是是古人不
惟詞不能達其旨直詞與意適相反矣文字
然此之無定之見此又何足以表明意思乎況鄭氏
之前於為此說說之說古以毛氏固當以不顯為
豈不顯又不知毛氏之以不為豈不猶饒倖
經區助意古和其說之果合詩意因其字如
古文之歷字叔將其字異嘉尚無大礙初不得
認為古人文字本可以詞意相左如毛氏因此、

子之偶合貫經兩失矣已雜更僕數鄭氏此注

孫既謂尤而殺之掀加甚焉如文按此注嘗子

本並作上上嘗之子古本通用陸德上慎稀

加之嘗子假作上5此章之上子假作嘗正

堪矣照不上息焉矣謂不必攀躋而上以求上

息之文蓋攀之既以抱然矣雖在子上而

就之上息但落子見下矣既可矣而不必攀

躋而上力而見抱然之處以自託焉於此而反

躋危險如此與下上帝甚神（上帝甚殘戰國

第八章蹈作神甚是荒淫之人也荒聽命於下
而為得過於曆而求福反禍以得禍又以荒于
内神子以上而内曆而上下無義一貫脈絡分明
若如舊說則互相抒格而不能通又此詩為小序
以為刺幽王固是是（序之讀文雖）雖不失詩義惟其
文雜亂無次理而知其託于厲王之後而其詞則
然託之上帝故其詞就上帝言就王室言當
而通此詩人立言之巧又其託詞上帝美不節
亦是又此幽王由厲王殆幽王之世有不朝王九故作

此以自解下如傳者請之後者極焉置亡即
此意二句解說不同無之合在惟叔說訓請為
謀當是條無足一節如傳者請之即使者謀之
後者極焉極節誰因誰極之極詩則往如
後時者歸往之而取所謂不肯自歷文遂訓
往義同者章曷者請之居以此終則謂者
而以自為謀乃如是乃以此終之極自取以此
終之為之所厭棄故不敢先人固所沒
彼人之心更復無疑哉朱注居為佳然尤疑

又鳧鷖爾酒既湑
毛傳湑酒之泲者也

湑

湑字○从○血○兄○聲○三○義其怪○延○處○五○敎字之八○○○

義○云○蓋○堪○旄○義○伐木有酒湑我○毛傳湑莤之

又○蓼蕭零露湑兮○毛傳湑蕭上露貌○素

之云華（又車舝兩）其葉湑兮○毛傳（皆訓也）湑盛貌○惟飲此

湑矣之滑○毛氏因其与有酒湑○同居之毒之

○陶○來○便○別○加○以○訓○釋○然○之○義○傳○御○而○詞○極○五○花○

○○○○○○人山之能多矣欲嚴○而○憐○其穿鑿○論多義意○

竟無○○義能合則逆○以○為○峙○而○反○殺○亡○義○文○今

車 岸

三十八

挨滑手並沙如注有酒滑飛即有酒即並與船

傾注之飲此滑糸即酒貝飲此傾注之酒文

黄蕭及素之長草之三瀉皆心滑手與下船心鰐

如之寫手寫手不渴沙如心象則滑手不渴

沙如露與葉之象又寫即古濁手本加傾注

之蕭散犹心滑手與之零露滑與詩零露

傾注之乃心露之注蕭與心之注如之分文兩

貝索滑與母文中傳不見露手三余実隱含

有露手在內並即注文有注之長文又貝如

係全藝術與蕭然豈為畫所能盛傳故不必復言露字而人無可出喻此又屬於習慣上之便利又若解作業務則業與華仍屬之擲下文之所以予讀者着落義歛於下之義安矣書道叢之實華上所容下文之書道之子之放在所容不復再言我心以喻義即無正義即不得有此前人說不識習此與之義例宜坎雖極力迎合而仍不得其旨也

有頗者弁

詩義之晦誤於漢儒之傳意穿鑿傅会

如周展其多半不淺之遂滯論說不能

深求其義神於鬯義不計其果否通合

即據因迹說為見以為已角間或加以無聊

糾正是不亦責記國其謀亦不得辭其咎文詩

有頻大舟毛傳以頻為舟家舟皮舟也鄭箋以

詩序言其為刺幽王如乃以言幽王服是皮舟

之冠其誰何為兔言其貫為寶寶而非為寇

其說迂曲而無理舟之服飾如天子用之且服

彖上卷又皆寫詩本言燕兒弟婦蜀男弟育

但以先言之類然之彖而不知又叩其義之維

但則此彖如知不及有概念切之部仍不知

若以詞言之彖又有何義意如毛釋為專即

未能言其説以為專之故朱氏作集傳則從

其說謂與在而改之第見不詩葛藟云云

別注因隨而異又比文於詩義絕無取義於

亦猶於此篇無庸處宏旨之處為此穿理取亂

之舉致糾纏説之傳會如斯而已矣亦須

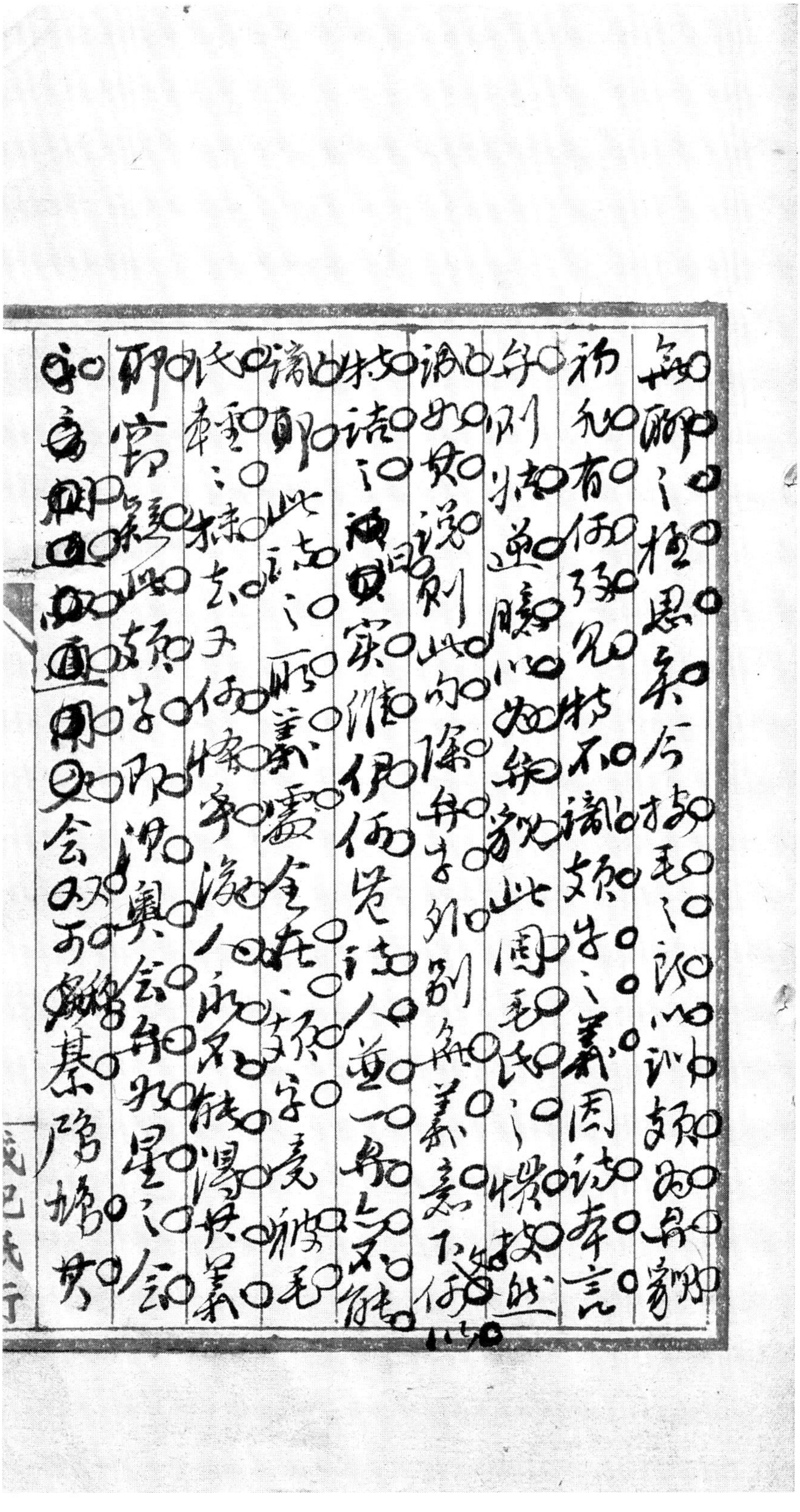

頬乃古稽省字之異文伯和父匜稽首字即用之（器見西清古鑑文特作䭫支在右古文偏旁固多可移易也）

添三行二頬字之間

弁伊䫤鄭箋䫤當作綦弁飾也以玉為之是也綦頬青相近故通用也觀於綦之可為䫤則可知綦之可為頬頬從支得聲與綦䫤同鄭音上豈然之旁叢之釋為缺䪴及其注之旁瑾皆臆說也鄭注衛風曰会謂弁之縫中節以玉瞭之而處狀似星也正義曰弁師云王之皮弁会五采玉璂注会縫中也皮弁之縫中每貫結五采玉十二以為飾謂之綦詩云会弁如星又曰其弁伊綦是也此会即綦之

礶邒有奶妑身耶布甚妑身謂亿冠淰魚
甚有甚妑憔身耶實憔伊佈歉貫嫉名
懇羙奴身吳会粤甚㹨潯風身猶人必得敷睦
兄弟鍚粤鮎淥潯為人奴正以潯下文見呈
伊異人英句所喻至為精切蓋甚稚和即呈
身而實郎以為身猶兄弟雅似畀人而實和亿
異人奴似山朋前之義和飲年來意德人淄
孩朱氏且歉係貫訓源寫坂而示陷江岸天下
周有此漫嘉郎洗首先着此不倚不耕之一

詩今人視之以為贅肉忽焉而去之以為詩中字失
誣古人不甚耶

有周不顯帝命不時

有周不顯帝命不時毛傳有周周也不顯顯也顯光也不時時也時是也後世因之鄭箋曰周之德不光明乎光明矣天命之不是乎又是矣集注亦曰不顯猶言豈不顯也不時猶言豈不時也至今毛鄭所說一若古人不知字原有一種口氣也是之謂律古義然則古人知字又何足以定是非

所由是深以推之則夫過也不良與可曰不知處

言知今聞不已與可曰不已之知前重不忘與可

曰不忘之知而不得不暮乃祈禱其因欲之莊

萬不騫不崩乃頌揚其大命之顯傳不朽

不動乃產雜之代名國東不寧不令乃知

可之嘉豪氣總古人雅正椿晴與歌不止

若是之詩無倫次文今孫毛氏之說以藏此懷

詩者實原於不解不勝之字而已生於中文

厚兒之百錄推次兒其說顯謂不勝其貨

意實在於題因是遂決定古人之所謂不
外是故意真須貫如是雖有別文亦不妨於
隨意安亂於說經上又別開無數方便之門蓋
有此說不惟義理可以通融即義要亦不難
作植文然狠不思便文字之無動至於此則
古今又毛數用以文字如取義毛氏之意似亦有
所未安故於未解不題以前先就有周字掞
去一有字而曰有周之文復於既解不題以後
更就不時字掞去一不字而曰不時之文以如何

已配吾若曰是皆同例固不獨此、字然也然不知矣

經此章勸向之善以毫釐而猶無害於大義

故孟此則謬以千里而全章之義意亦失矣

蓋不賢之不知實由於字古文於不原處之字

人之所於文字義上領會實在於此而於此決不

深思者不猶有用不可決不可誤為知也明矣

氏不明其義則一以不字視之既而覺其於文

義固在必須去此而字方能有通義然後

去之而復曰不賢之也其但以不賢為賢雖然

古義然於大旨畧無甚遠以歷原詞大大賢
與賢雖輕重之間雖不能無分別殺卑尊
圓惟僅失去之形容詞於賢之本義固不至
大相懸絕文至若不如之不守而已去隸之則
是與說之本義正相反皆失義蓋不至為形容詞
隸去之故無偏而此不守祝和歷守若隸去之
則說人之說以不然者乃高認為如此然矣時
本訓常常命不時用語常命之不可常時
即加知之說說天命靡常如此說本字祀文

至之詩（詩序說文王受命作周，乃擇指詩義綦
恒說周公作以戒成王，則直是羲(?)說教家隨意
捏造。此乃祭祀篇中何以聯想及於助祭之人？（
篇首，文王在上，於昭於天二語，乃一篇之主旨。篇
中說言大段謂周雖受命天命靡常賴文迎
在帝左右，有以保鑒貴孫子，中又了廟之孫子。
助祭者以為鑒戒，末說子孫作能儀刑文王，
不能曉天命，故適尊其篇，多以文王天命並
言。此命字即此上天命，總稱之命，自來言

周雖舊邦其命帝命之未可常此之[illegible]故文
言文王陟降在帝左右語意類文王有以
存在之耳非文王純為明了乃毛氏既為不
與之故不解不曉為時又不可謂天命之有常
因不得不更解時字為是然則天下固有謂天
命為不是者耶況在於親受命之人之子孫
而歎自有語其後學之命為不是耶雖[illegible]
後解釋語為豈又是是則以先有語之不是
者而後始得語之豈不是又果就語之不是之耶

且詳此詩語如此周頌帝命是然則上句重與此相上下文命無義甚古人文字簡略無時之言語所因一字之義而章連王於命章不遠古有義之論而先儒皆以爲毛氏之說矣又次章不顯亦世乃厲顯奕世注家用述字已先言之深合古義者不復贅

王之藎臣無念爾祖

王之藎臣無念爾祖此文以出顧作裸將常服黼冔來則言謂王者乃指殷王言殷之祖也乃

指殷付文本甚於猶因見常服黼冔（冔殷冠）

故盛歎其為殷王室之貴臣而戒以無念爾祖之語

為猶蔡仲之命而戒以無若爾考之違王命也

此詩自侯服于周至自求多福皆對於殷士咸戒

勉之詞戒勉殷士正所以戒勉周人也自殷之末

喜怖以不說為正也殊周人言之細玩語氣自

見乃毛氏因見文中有無念之歎為其解不

顯作顯多添語攙特以王為成王而謂爾祖

為文王而從而釋之曰無念之文以成文王周也

成○王○之○祖○王指○成○王○則○爾○祖○考○然○為○文○王○爾○祖○
若○果○為○文○王○則○文○考○言○無○念○爾○又○誰○得○汝○之○
無○念○耶○此○皆○因○新○改○無○念○作○念○以○為○前○說○之○他○
証○蕃○不○惜○費○如○許○之○周○折○也○然○此○說○言○如○乃
指○王○之○蕃○臣○祈○我○指○王○文○王○雖○為○成○王○之○祖○抑
終○係○為○贊○臣○之○祖○於○是○乃○不○得○不○更○以○蕃○子○為
動○作○字○而○以○蕃○為○進○謂○王○之○進○用○臣○並○念○爾
祖○功○文○王○之○蕃○臣○然○者○又○考○正○成○進○臣○之○事○且○全
詩○皆○言○人○之○盡○係○刑○文○王○所○未○言○其○盡○係○刑○

亡何事以其無事不當儀刑文王無諱而忽

及其進臣而後此又絶無之事矣此爲猶適文字

未嘗無不發其不能通矣故傳注即以其説曰

中其進也言其忠厚之篤進之無已文其解

説其字樣無諱其所謂以爲但然所説是直以

所謂無忌爾祖在不在王而在其臣矣殊在朱

氏曰我不諱文字乃即本此義而説之曰於是

以謂王之其臣而告之曰得無忘爾祖之德乎

蓋以戒王不敢斥言猶所謂敢告僕夫云爾

其言甚辯特是以朱說言之則此詩乃周公之
戒成王周公以拜之為居攝之重何至作此戒
之与不敢所言且似予猶可若如祀之言之
亦殺稱秩是時他覺舊說之非是而又不能
濕則取以然之故僅就王之萬億之句言之而
不悟其所謀者悉根本於解為忿為忿之
一語如莫予荓蜂揚子方言所說解為遺保由
其說觀之則自漢世已有此解其自字說
解為遺則王自如殷王祀自如殷付此

相連如玉而物後世無傳焉耳猶是毛氏之誤
鮮民顧之疚乃不恤並章聯詠多有忍洪
詩氣之處而詢之書所謂生於其心害於
其事生於其氣害於其政豈不信加

握粟出卜自何能穀

小宛、握粟出卜，自何能穀。毛無傳。鄭箋以為但持
粟行卜，求其勝負，從何處得生。其意似以穀為
生，乃從穀者穀則異旨，毛傳之誤（穀訓養訓
善，未有訓生者。此之穀即與死對言，仍當訓善。

蓋人皆惡死故以生物為善如毛狙於與死對如
直訓為生意雖不謀而同則死也故孔氏正義亦
因貪者無財自救但持粟以求卜而得勝貸世
必無從得活故可窮之集注知訓穀為生可
謂乃猶爰其說曰故握持其粟出而卜之曰
何自而能善乎言握粟以見其貧窮之甚其
訓穀字雖數勝至其以握粟出卜為實讖詹
尹而問吉凶則猶之蔣說文不思卜何乎於
粟即云須以粟饋卜者則粟云抑已猶不合

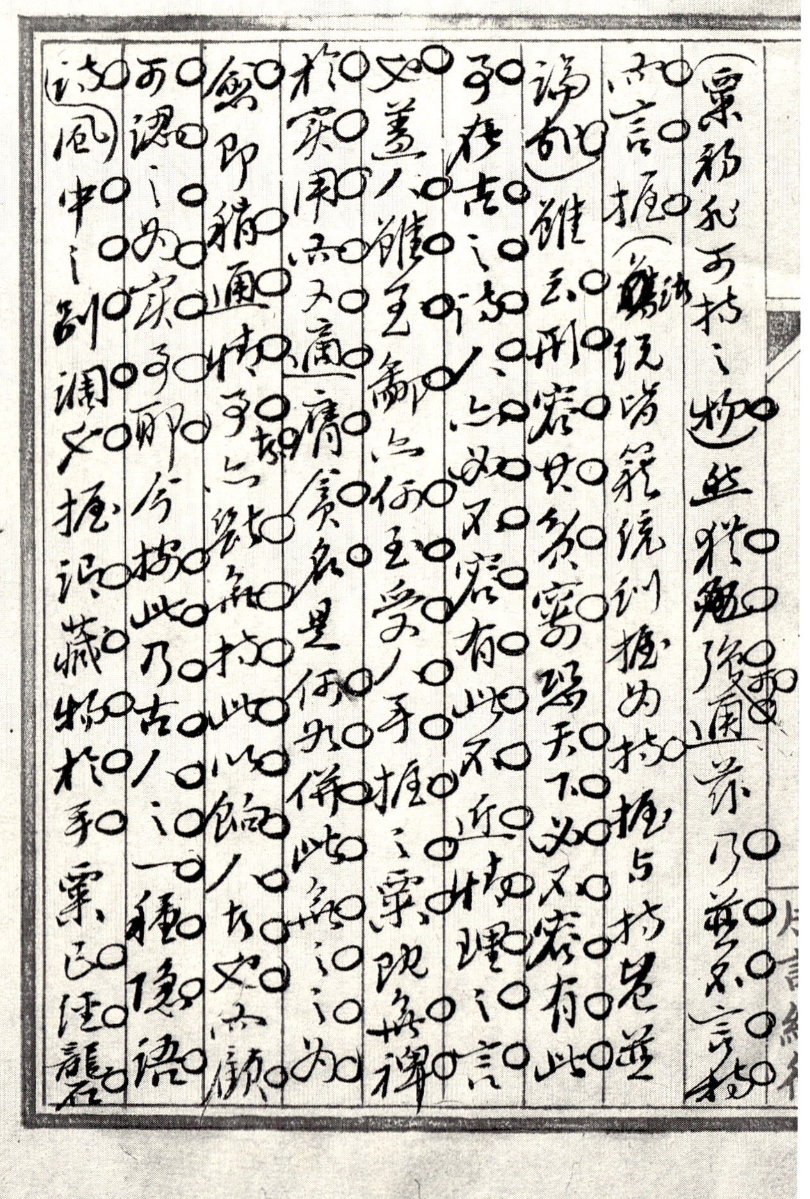

治○之○穀如出○而出○其○手○卜○獨○使○人○射○覆○之○如○穀

未○經○龍君治○之○粟○而○然○後○之○以○而○善○如○枉○粟○於○手○

出○而○今○人○渊○之○所○摇○之○粟○自○為○由○湯○穀○如○盖○此○

粟○外○只○中○取○中○則○仍○如○粟○而○不○湯○如○穀○如○故○曰○

其○何○能○穀○如○上○而○全○為○不○出○而○設○而○不○内○則○惟○取○其○

治○声○之○靜○月○其○何○能○奧○如○後○世○方○夜○讀○曲○詞○歌○

多○虜○此○倖○出○燕○蘖○樹○凡○桁○查○奈○苦○心○多○霧○

麻○像○菜○苦○兒○憐○不○多○明○麻○紙○諸○三○萬○我○為○

如○粗○踪○三○更○書○不○謝○知○汝○夜○啼○悲○謂○向○词○意○

嵩呼是近世山歌中之前有之如东边日出西边雨道是無晴却有晴、雨裏蜘蛛濃夜網想晴絲有晴中思之歎不知彈詞市俗俚諺俗名為佩挹絲全從此出其病用至廣足見其淵源之有自然殊無人能意及其萌芽於此也風詩為訂章之祖信於

女雖湛樂從弗念厥紹

前人之說詩其畧意之謬謬雖猶較厚理為矣而白讀之差失則較少以治无比與其畧意

視不甚從經之直白首不精心所究則正論
不分動成誤會至句讀之間則流因有之穴
之格律而又有韻書以限之從有參差相差不
過數字之間經撰須臾不雜混其真諦
以視從經之後既知漫無限制如弦不可
以道里計也（句讀之錯誤以禮經為最甚）
嚴加訂正當於三數年不能畢業左氏文最明
然亦有錯誤數千處賴曾二氏訂之也乃其
中亦有不知者然如柳篇女雖湛樂從其參

厥紹。鄭箋：汝君臣雖好樂嗜酒而相從，不當念紹汝之後人將傚汝所為，以好樂嗜酒相從為紹。是以女雖湛樂從為一句，弗念厥紹為一句。又集注知其解從字為後來繼續之人云，而句讀則一仍其舊。旁注曰：湛樂從，言惟湛樂之是從也。從語詞承之，依文其解從字離是，而其以湛樂二字為一名詞，則與鄭說正同。以鄭說固釋湛字為嗜酒，又此皆由於誤從從字絕句，則自不得不合湛樂二字為一名詞武並卯如二名詞不盈如是則不能如理文矣知此文樂字與係字並係韻字古文樂字形不作入聲讀常與蕭豪篠嘯韻通用此係第十一章正月之第十二章關雎之章二章若不可考教樂與係正同居一部此字一案而係字遂無詩叶朱氏乃不得不更出異音而可相叶之絕技於酒上句酒字下注曰叶子小反則直笑讀耳今按湛與沉恥通用說文注如沒如甚是謂沉翻於其中如常樣和樂且

湛○之淈○和○渫○而○且○淈○酣○矣○新上文○荒○湛○於○酒○

正○淈○其○甚○擾○湛○酣○於○酒○中○而○忘○惡○以○湛○於○家○

字○聞○解○汝○雖○湛○樂○淈○汝○雖○湛○酣○於○淫○樂○

從○此○意○解○從○淈○從○來○多○不○一○定○及○其○所○從○

條○之○八○字○文○義○明○了○声○韻○之○極○諧○適○乃○得○

謀○適○千○年○竟○以○無○韻○行○之○可○惜○已○

樂雲藥滮驚字○似霧多讀作入声○音樂

風○惟慎清左近不然○虖滮藥則讀樂

霧去声○樂作音樂風○之讀霧去声○作宸

巢閉則作勞去青至洛落雛烙芬子之
然占詩韻正合臨清寰迴居衛州下流
蓋為古之中原也

何以舟之

公劉、何以舟之、維玉及瑤、鞞琫容刀、毛傳、
訓舟為帶至今注之其說全出於杜撰不
惟於載籍絕無確證即上與周書之字點知
無訓帶者毛氏偽詩於不知之義多隨意捏
造不信此類如後人之說之甚亦亂以其說之

此文舟字不惟為朝字且并從朝字誤並舟字與下猶加也（之詩之文）朝又殘湯去朝字作舟从舟行水上見古鑒那侯彝朝字之右半即從之（朝字右半前人皆不知所從今所釋然）因知朝字

果足從特無所發見不濕字形之取今按此舟字與大東舟之子之舟字同為一字亦朝字如姜公鼎服此服以朝之文詳見前說

天不湎爾以酒不義從式

蕩篇云天不湎爾以酒不義從式箋云天不同汝顏色以酒有沈湎於酒者是乃過也不宜從而法行之按說既不成語無足取辭集注云謂天不使爾沈湎於酒而惟不義是從而用之亦多費解按此文當重讀天字意謂天不湎爾以酒則爾自

○○○○○○○
稻○布為假借字○即
潮○○字○又一冊下有此○
亦為潮義○後用○
作○朝○迷○之朝○又閲○
東那○象○在○朝○故又引
伸○而○為○朝○夕○之○朝○
更從○左○旁○增○日○在○
林○中○以○呈○其○義○周
以○前○亦○無○其○字○如

此以不義為法而通之耳○

實虹小子

抑篇、彼童而角○實虹小子如○毛傳虹、潰也○箋云、此
八、實潰亂小子之政○禮天子未除喪稱小子○集注
潰讀說○將私○今說○其○義○訓○為○潰○亂○者○特○借意○其○為○
江之○通○假○耳○君曼江字毛訓潰○然實○潰○亂○小○子○殊、
不○成○文○窮繹○其○為○古○洪○字○之○通○假○故○謂之○實○難○
洪○又洪或○作○江○与○虹○極○相○近○或○為○第○漢○之○亦○来○○
紅○洪字○嬴○韻○集○韻○沈○壽○象○轉○之○然○

竹書紀年、成王十二年。王師燕師城韓。王錫韓侯命。此則因詩言而妄行傳會者也。

注曰八言義實未備今方言語以言語相詆者為

哄讒洪上声而作八言解者則讒洪上平者由

詭言詭俚言實者義也

慶既令居

韓奕、慶既令居。韓姞燕譽。等人皆訓慶為喜。既喜則令居四字實不成文理蓋失其本義而往即好至解釋之固為情執此又此獨節究細考之節而後訓以為節優自不能與知理有合特其字亦在粵通左傳者或書不研幾得詩明言汾王蹶父。与成王相去已二百餘年。成王又安得錫之命哉。且成王又為從而帥燕師也。竹書本出於魏史官。觀其誤宅陽為宅。誤茲氏為汝。其為

江。若此。慶吉。則見上下。而千年。瑞氣。第二八[illegible]確為。揭出。文。今按。此慶字上為人名。乃生日之居。韓土。城。弦。印。[illegible]韓侯之名。也章。[illegible]述胥。奉。蹶父。諸氣。故不殊。道。徑。用韓國[illegible]之名。且吉人。稱。不。以。人。直。[illegible]。史。名。为。從。文。韓。本。從。公。私。邑不燕。然。呂。公。謝。封。之。國。叔。下。年。云。博。從。韓。城。燕城。訪。完。美。韓。之。有。城。實。呂。公。時。得。其。國。人。之。說逮。築。文。（舊說對於燕之為韓築城多持疑問。築。注。以為韓初封時。呂公為司空。王命以其

戰國時物碻無疑義其紀当時之事尚有可資引証者至其述三代事則多雜採經傳所成故重事或遺之而微瑣之事見於詩書者反編年

寄為築此城殆不知其故而臆為之説至朝

之司空為分封之諸侯築城事以慶

其乃居伯庸之處咒（觀居伯庸稱之為伯氏

知其年以長於庸而古本傳世以扁不以長故

知其為庸之故其名同取義於數族（慶從麐

從心之孝遺當庸數名觀（今失其證）古文均作先召庸

孝先人命以執城旧之慶（觀其稱孝稱

謚則其先人已殁古知宝王因即知其封之為

執侯此詩首章即其受冊命之詞予上章

填入。如初考室加、元服歸嘉禾之類。皆是。而此節則讀詩未通。憑空逆臆者也。

又古有克敵告慶之禮。見左成二年傳。然與此銘義不合。

則。咏。其。所。事。此章。則。從。其。事。於此中。深讚歎。

上。之。樂。說。其。事。居。之。同。樂。安。其養。又慶陳

今。之居。所稱。侯。居。之。樂。善。稱其義。甚詳

其。事。居。之。樂。[illegible]安。樂。又。及。但。以。公。義。論。之。

豈。然。況更。後。別。有。近。倚。所。稱。之。得。固最。晚。

（自周之開國至宣王已二百二十餘年。）故。不。見。於。書。

（書所傳多周開國時事。絕無稱之者。）而。如。是。最。早。

周。德。衰。幽。王。九。年。史。伯。云。宣。王。之。子。[illegible]稱。不。在。則

其。周。已。早。亡。幽。王。去。宣。王。稱。年。不。遠。四。十。餘。歲。

且文中屢稱伯氏故知其為人名也

自是韓侯受命後不再傳即見併於晉故韓之世系鮮有能言之者僅賴國語此文及左傳富辰之言（僖二十四年）得知其為武王之後耳韓為武王之後則召公奭豈如武王應呼世於召公世系之多不能知但據知其為姬姓今觀於韓之始統出於召公曾而二書詩言其為武王之後則召公為出於武王無疑矣成王之立周召夾輔周公之為懿親人所共知而召公之所由倚重則莫詳其故且其勢位殆足以抗衡周公（觀君奭

載問答之詞可見頗近於以纔閒新今運此推

僤出可釋然矣慶之為輔僕與其西以問且可有

韓城並其邑之原屬於召伯虎古名典籍東陵

又載惟現傳世有之召伯虎敦其銘文以載

頗足與此事相發明此器之作世已久乃百餘

年來歷經金石家之考釋亦無能知其義

者因其文字多不能識而治訓又稍暴於詩

歷城又余以此請致之詒讓得其鄉索而錄文

之以頌慶者乃即此詩以言之慶反覆推求

蓋實性此於諸文之所言曾諳呂原當時以韓城
占韓僕之手數千年之僅緒竟於一點焉得
之由且此足徵古器所載與說文之重搜討古籍又
須藉諸古文彼抱守一本說文奉為圭臬之說
文而自命為漢學家者為無謂文（俞蔭甫
於古文一未寓目中年後求得一本說文便奉
章而批大作其羣經諸子平議且力詆古文
為不足據此則因己之不通而反視他人皆妄也
不知對於此等譏訕其又將何詞自解）蔡譚將

較多知○詳議於下○並稍加詮釋○俾義意自更瞭

如矣○

惟六年甲子日也古無以此紀年者王在豐舊不識或釋邦今因其从丰方声定之召伯虎告曰告于王也下皆告辭余告慶曰公厥奉前人皆不識余因此文及周客鼎相類後攷古龜卜詞始知其為古文鳳字古借作風周借作奉貝奉賞貝之命也用獄諫得聽訟也為伯封爵以上皆受冊命之詞言公既已如是也有庸功也有成就也古文習用之詞亦我考幽伯也父幽姜母也工但言考下更言妣氏蓋古有此例幽其謚也命余告慶告以予之邑也余以人邑訊前人皆不識博攷執訊字知為誤也有司問諸司邑之官也余典按典

册稽名也勿敢對前人皆誤為封今以不敢對者下對揚字參攷之示不欲也今

余既訊有司曰侯命今則有司皆如命也今余既

一名典名与典若一也獻伯氏歸諸慶也則報舊多誤為執璧

慶荅以璧也周生此二字甚不合周字上从玉則当為雕古文雕戈即从此生字微有剥蝕或為

主報璧雕主乃以所報之璧雕以為主於文義雖甚合然古不聞有雕玉為主之事古器中又有琱生敦當是

人名未敢接指對揚朕宗句言慶之所報乃對揚其宗也君其休頌宣王也告王語止此

用敢作朕列祖召公嘗祭名敦其萬年

子孫寶用享于宗應上宗字

又按韓侯所取之韓姞為汾王之甥汾王即厲

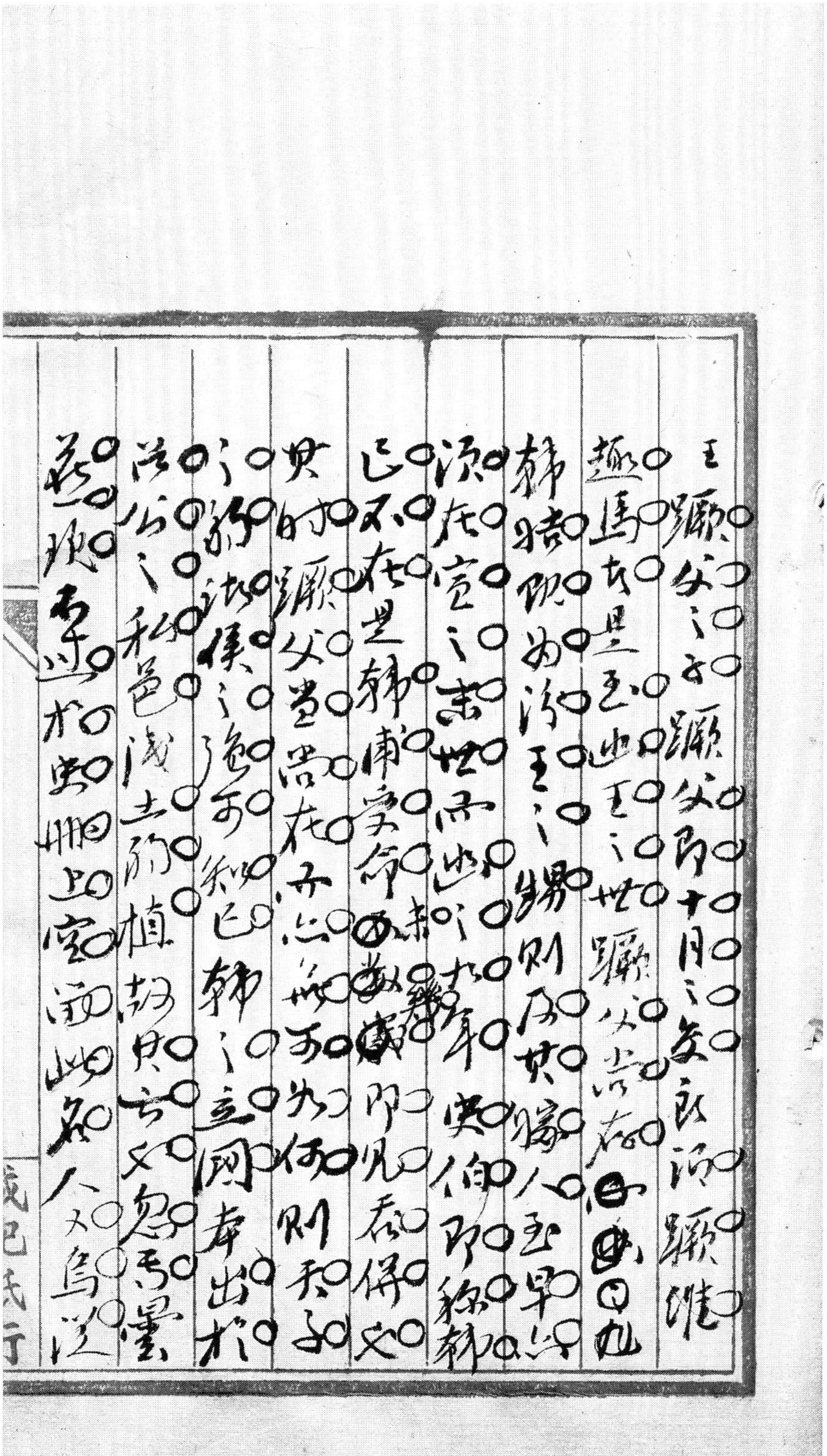

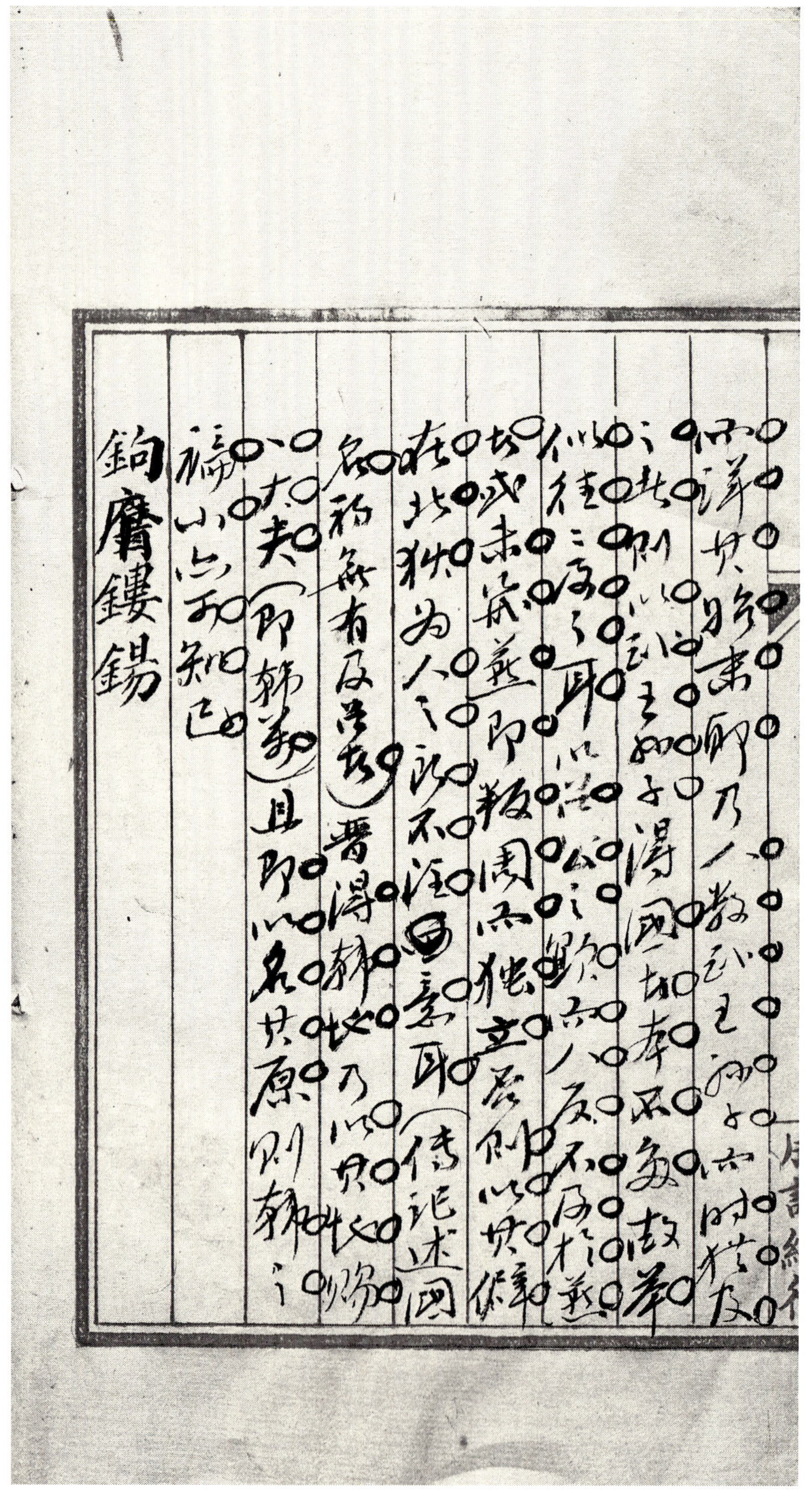

韩巽论膺端锡，今多读锡如第，与上文韋

衡相叶。细审之，殊乖古来之述，未取以多矣。

韋杜诚有说谈锡字，即其字亦绝不经见，致

毛传尚无其说。锻之实举物于郑笺，盖郑

氏不知此诗正上文玄衮赤舄而已，移入职陌韵，

误以为此句锡字仍当入阳韵，故特就锡字

上加横书改作锡字，以便入韵。此直所谓庸

人自扰之，又去使其字果作锡者，则其目实为绝

世未有之奇字。毛氏从踏阑之笔，不容不解

釋錫之果何物今觀毛傳但云諸錫以金錫貝
錫文無毛氏意中固自以此錫字即為金飾錫之
錫乃人人之所共喻故但云以金錫錫貝義即明
文無如鄭氏於音韻之學素不了了而又性好叨穿
鑿改亂此生不幸貝錫遂之易與揚楊共訛
湯之易在隸書中又極相似（二字在古文則相
去直如風匡又隸書中無昜錫昜音羊之揚文
於是爭義遂奮其自我作古之筆而錫文遂一字而兩
錫矣然既改其字勢不得不別撰之義因毛氏常

解清揚爲之眉目之間也於是乎乃推而論諸
焉之眉目之間焉之眉目之間不可以言説也於
是乎乃更於注中別加入之量字曰眉上曰錫剃
眉飾之何其盡也（若如其言則諸錫之說當解
爲剃眉上不可噴飯乎抑在漢人注經之文所無者
不勝於注中隨意添補之故人多不知其可笑也
鄭氏以路錫爲錫又以其義爲眉上雖云原本於
毛氏之訓清揚此於心實仍抱不安蓋毛氏之
訓即在清揚孔錫也偁儲容者歎求其有緣

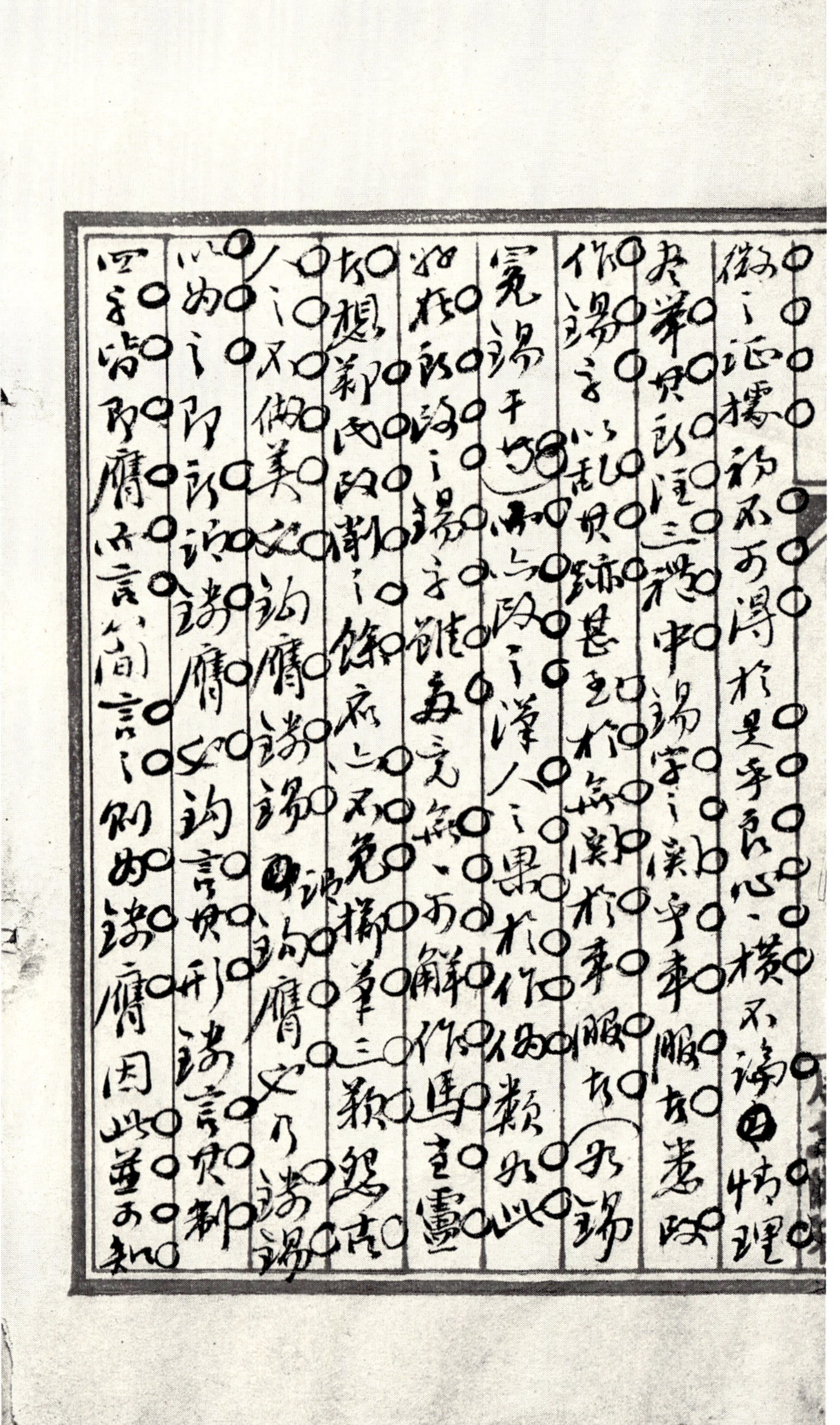

謝○膺○可以○揚○謝○全○畧○翰○以○利○秦○風○江○山○成○雨乃○

不○知○就○便○解○便○一味○還○應○安○改○真不○知○世○是○何○心○

理○文○

說詩解頤錄

序

世皆謂詩之亡之於秦火至漢而後傳然此亦
第就鄙甚者言之其致其實則詩果亡於
戰國之世漢儒之所傳者特其文字之詩之
大義微言至於孔子者未有之人見及之如余之如
此言文辭之書莫不以如是且言然經文
具在知其有以証得係說之不誣蓋詩之所
以晦昧至今者皆原於後世儒之誤釋也
序與小序皆後人之釋小序者至毛氏傳

説時已合併為一不知其原則所種之
源流傳其為時已不知凡幾毛氏始治龍
其說設注說之跡之論耳然漢儒鐵限
漢之於前後之人雖論知其所不以代遠
年湮舊說資以傳其佐證又自秦以降凡
廿之編纂儒生亦率皆埋首叢殘不識要
務對於一切名物制度之繁然者漠不解
為實物之考察日惟取前人相傳之謬說
反復糾纏以冀其有當故其心雖竟苑

抗作舊說孔安徵又信則翩舊說乃商
以為舊說所思此說學之傳所以亘而千餘
年而說晦文華文又章生當此文學絕續
之後每念及詩教之不明竊願焉像之然
竊自幸古文之學至書代漢以貫而以從
思傳之參稽（案）韓侯名慶康王之初封
庶侯伯爲初封於許之數文字之細正枝
（案）類乃古稽字求乃古求字之數正後不少
而少賊多能於知物之像象名稱之術能竅

貝崖累叔賜觀壽筆敢請叢之冠合其
棒式而訂正之成為說論解題錄以弁其首若
印舊說而質言之為之不足資人棒喚之哉
之漢人無不讀此編以錄僅見之鱗半爪
歎蘄僅術之昌明而敢全謬之二三策稀以
疏證之不足是以資補救此又劉李國
家文化之歷史而僅華一家之人之故已
十年辛酉五月朔日後儕生自序於京師

説詩解頤録卷七

山左古清淵吳桂華秋輝氏初稿

采蘩

召南采蘩，世多讀如字，音煩。為蘩讀據尔雅「蘩，皤蒿」之文，皆指以為白蒿。大抵尔雅本漢人薈萃諸家注疏說成，其言本不堅。據按本草，白蒿入本經上品，又名蓬蒿。嵩崖以偏道而長，未見有云蓬蒿之而食。故宋蘇頌圖經謂古以白蒿為菹，今人

但食紫蘇而已則已疑白蘇之不可食矣
白蘇即不可食則與紫蘇雖一物當不應
想見況白蘇即可食忽觸無證佐證明據
即為古之訛認蘇所[illegible]今據蘇從蕃蘇聲
本形聲如[illegible]字在古時本音波三國志
注[illegible]錄[illegible]耆婆即與記華佗郭[illegible]傳
之字音存有訛為而後旁則十那世之稱道
勿庸必不疑以此假託此與張[illegible]於華[illegible]
皆知之同時彼號保存古音於一條之（今代

貢反。仍讀如云去聲。不讀去聲。亦古音之僅存者。蘇氏音之。者。如波。當即如字。家之。菠薐菜。又名。菠薐菜。初由。就波字附會之。或曰如波斯。菜一若。其種似來自異國。故此[illegible][illegible]里。也。究竟作何解。鄭予。因世俗於波字多讀作坡。亦惟波斯。等字。讀作潑。平聲。遂附會。而。如此說。又菠為蔬菜中日常習用之品。產於南北皆生之。性喜水而耐旱。故水陸咸能滋植。細風之。采蘇。種之。陸生之菠之。此詩之于沼于沚，水生之蘩之者，為白蒿繁色，見其能發育於此耶。（陶隱居謂白蒿生於川澤，二月采，）則正因此詩附會之故云。此（此公於稷米尚不能識也，何論哉）蓋經書之蘩字既錯誤，乃頗而日衆，郊用之名稱，又不容以驟改，勢不得不更於蘩字外，即援之蘩字以代之，而名與實遂不相乘離矣。古者之為此甚多，正不僅此一字然矣。

芣苢

小序、芣苢、后妃之美也。甚合詩義。此從添后妃字下

周南、采〻芣苢。毛傳、芣苢、馬舄。又尔雅亦貫擘。

此芣苢馬舄馬舄車前於是乎二千年來舉

世儒不知芣苢之為車前矣特是以詩本以

美后妃人〻采此車前与后妃何以涉之儒

生不知毛傳之芣苢為車前之謬乃与詩違車

前上家行御會於是乎有以車前為宜男女

（鄭康成箋）關雎之化行則人樂生子矣有以　讀小序林之可謬

車前如泣之屢雅矣（陸機疏）蓋咸以后妃為

婦人欲秀之婦人於中薄想之今從論東

前惟利水藥不宜男亦不治產難即如說云
之患氣後肥人即不孕生子有產難即不
加以療治用且專前之取以入藥者惟在其子其
之細玩視醫藥尤甚故凡急治之必先用此
而為妻孕盛之以除其瘀入滿中不可澄治
今詩云薄言掇之甲袺之（集注、袺以衣貯之而執
其衽也）薄言襭之（襭以衣貯之而扱其衽於
帶間也）因使其果為妻前則能容果日之加
亦不能采取詳多況采之者臨乳開設藥肆

則貝○拔○撈○此○評○多○之○本○前○又何○用○卿○今按茉

菩、茆也○茉菩○為○茆○之○切○音○不○菽○卯○為○茉○菩○之○合

音○谷○風○以○湯○染○蘇○采○菽○為○以○下○係○我○即○是○物也○

蓋○番○時○名○以○之○說○音○不○同○見○輕○重○急○緩○名○異○

菽○之○為○茉○菩○猶○翼○如○乘○之○或○為○壽○夢○寺○八○

掖○之○或○為○敦○難○鄂○婁○之○或○為○鄒○在○作○我○莉○

名○德○貝○以○之○方○音○為○之○初○卸○有○二○名也○茉菩○

玉○漢○又○精○為○夫○須○此○獨○盤○縣○之○或○為○鼻○御○實

為○同○音○而○異○字○詩○衛○山○有○臺○傳○臺○夫○須○陸○璣○

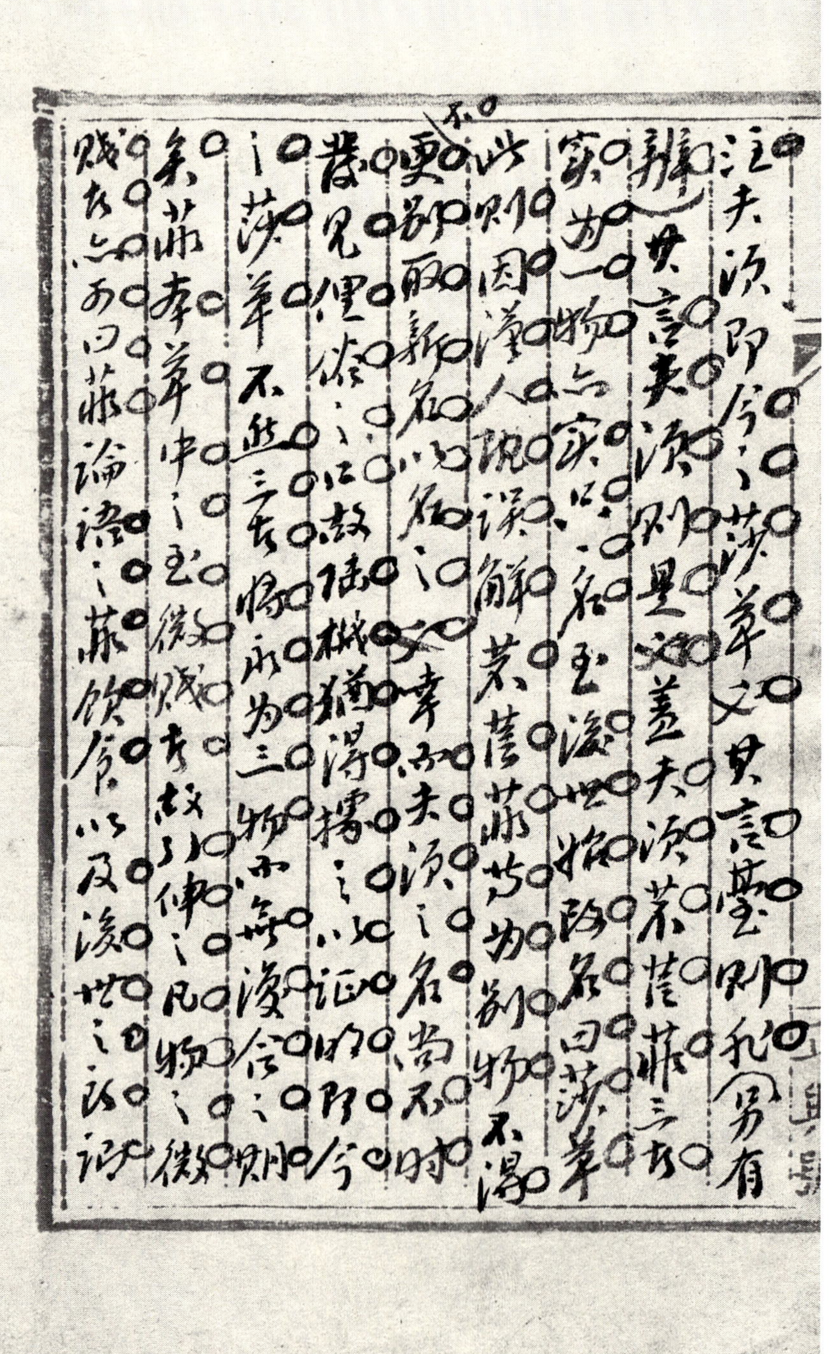

菲，椒蕭蔽是也。其菲別微賤，至賤且上諸之柔韌處，則可績之以繙成，穗之謂物，其績而為屨者，則曰扉（字或亦通作菲，禮：不杖不菲不次），其緣和為之，筐篋者則曰筐（亦曰苞苴）。數人亦不能遺，詩所謂無以下體者，即指此也。此詩之作，本以美後妃之不遺小善，故能集小善以成大善，因物託言，采葑菲以美之，猶言微賤至於葑菲，其葑有一節之善，后妃猶不肯遺之，則其他之重於葑菲者，概可知矣。物是人之，采此葑

莊如孔以異果有之又所不過莠言系之而已哉
而系之不已（此詩之所以重言系之也）則將之
莠言系之而既而果有之系有之而系之愈
不容已則愈款其上論而擬之並而擬之不勝
其擬則備其一論而與將之系既將之則而極
已圖而系之仍不容已則不得不別置詩經間
而繼之結之而系仍不容已則不得不備極
其經於帶間而繼之矣蓋至是而系之乃畢集
莊之用心矣此甲詩之精義全在系有擬

採袺襭之字既與芣苢相不過一種託辭特極
言其餘用之微小而已乃歷說諸家不知就義理
上研究之反而說芣苢是後代之種殊不思全篇
十二句只不過是換此六字其餘又是疊見換相
同使令此六字則變複重疊而漢儒何知理
耶此詩舊以為與國風宗儒直以注為賦尤
覺淺薄可笑（若如朱注之說則全詩只有
采芣苢三字芣苢又不詳何物則直有人
拔草而已尚復有何意義理乎此只可以於

經文之外，憑空別添出化行俗美。室家和平。等之文詞以自解嘲矣。今按此詩實為比。倖歷來。說詩。者。對於賦比興三者。無一人能明白了解。此詩。學。說。以亘二千餘年而後明矣。

葛藟

詩之言葛藟者凡三見。周南葛藟纍之。二王風葛藟。三大雅莫莫葛藟是也。箋疏釋文皆以葛藟為二物。不相似。集注因之。故於樛木章注云。藟、葛類。此大謬矣。葛

知藟菊為二物何以言藟則必言菊豈無
菊便不能有藟耶亦惟乃若萃漢八經
說詁因兩釋草一甘藟福無藟名則是以
菊藟為二物在澤又析菊不甚小謬之甚
說文旃云藟草又福不言知如菊名是論
氏知除不以此說為然又引孔疏引草木
疏云藟一名巨瓜似燕薁亦蔓延生今按
巨瓜陶隱居以為即千歲藟（當即千歲
藤）陶氏特改藤作藟以附會詩言耳又

名藟蕪藤。生山葡萄。葉似鬼桃。陳藏
器云。蔓似葛。葉赤下白。冬凋。葉大如盤。落
故名千歲藟。審是。則是其即詩藟也。
乃藤本多年生植。與葛之為草本歲
之枯。葉亦不惟區細不像。且除一蔓生外
絕無從微之相似。詩人何為知言葛即
連及之耶。蓋亦詩藟乃葛藟之通稱。葛
之言藟猶藤之言蔓。又葛藟本指葛之可通
詩而言。故言藟必先言葛。以不言葛則

隱○無○訓○儀○廢○文○此在○文義上○乃當○與○之訓○漢○人○之○說○經○存不○顧○文○義○猶有○可○原○宋人○乃○自○鄉○逐○涵○泳○矢○大○乃訓○兒○之○淺如是○則其○訓○詞○文○義○大○亦○繇○希○知

甘棠

召南、蔽芾甘棠○毛傳云○甘棠、杜也○爾雅乃其說○故之云○杜甘棠○然又云○杜、赤棠○白者棠○則是當○物○已○有二○說○故作○爾雅○者○兩存之○蓋云○杜○甘棠○者○所以○存毛○傳○其云○杜赤棠白者棠者亦以澀杜李赤棠其白者治單名棠今甘棠但名曰棠而不言其赤白則其不澀為杜而知之其異甚以又了郭氏不知此義其注爾雅乃漢儒詳二者二説云白者名棠赤者為杜為甘棠則是甘棠私名棠乃名甘棠其實為赤棠乃為杜而爾雅之謂白者棠者為無敵子敵矣矣以甘棠梨屬之杜得無物以單棠也殊不思甘棠亦本非名詞者

一枯凡物之不食者輒目之爲甘苦云
甘棃累之乳棃之中部有一種曰甘棃
而其餘皆苦棃又蘇之言甘棠弦即杕
數但言棠而已因其可食故特加別名之
曰甘若果爲杜則其實實澀酢而不中
食古人何爲而爲稱之爲甘耶毛氏說以
甘棠謂屬之杜故陸機作草木疏雖言
依申毛而流來所謂其反蓋爭實所
在初不察以意爲繹證之今其言云甘

棠，今棠梨是。又其下文云：赤棠，又是又云
曰杞毛傳而說以甘棠同之杜，知其下乃
又為鄭傳之說，因與白棠等耳，夫因相蒂
則是赤棠亦與異於白棠，言甘也，[illegible]不必
斤之，然郭其赤白矣，而無異實，物[illegible]不必
是故不得不更申明之曰：但子有赤白美
惡，子白而滑美，甘棠是也；赤棠子澀而酢
俗語云：澀如杜，是也。又以甘棠為白棠
而[illegible]棠不認其赤棠矣，一人之言而

前後之和廓乃若望人病而以思其故矣、
集注不加深攷，乃猶踵前人之誤云、甘棠、
杜、梨、赤者為杜，白者為棠，是第知注
從書稱殷絕未苔為家樹之孫察國公
接梨、棠、杜三者原本一物，初略知杜以
梨接之則如梨（以彼樹之葉移著此樹
從語之據齊民要術云，梨核每顆十餘
粒，種之惟二子生梨，餘皆生杜，然接
梨者必用之，是接之名自漢已然矣，以

棠梨之則為棠梨之實，實大如拳，為至
甘美，其液則為棠實，大如閣樓，桃皮白
色味亦可，曰世所謂棠梨者，至杜之
實，其大僅如檎子，皮赤色，熟則紫黑，味
亦澀酢不可，而故又埋置穰葉中，俟其
發酵而後食之，乃所謂杜梨也。甘棠之
義果何屬，其易辨將論之於菽麥，且為目
常之所習見，雖鄙儒亦不難識之言之，
而二千餘年之久，名師宿儒竟無人能識

則書生之見尚足以論於天下事哉

藏

朱子作集注於舊說多所更易而對於各種庶物之名稱則改正者殊鮮以朱子名物之學只限於訓詁而不下於漢人之文進而有一二處考據新義者則亦承於實物上勘有證據得不過心知舊說之非而已心又無小雖指其是乃不漏不離取後人之說依附穿鑿憑撰一物焉以實

之務以自欺以欺人世以朱子為大賢語錄
正心誠意原該其書字句有所未敢信文
朱氏之說說其不可信者誠難悉數其尤甚
者則莫過於其解釋薇字以其注詩南
采薇云薇似蕨而差大有芒而味苦山
間人謂之迷蕨胡氏曰疑即莊子之所謂
謂迷陽則是其說似全根據於胡氏矣
然致胡氏之言則曰荊棘之間有草叢
生修條四時發穎春夏之交華亦蕃麗

條之腴，故大如巨擘，食之甘美，野人呼為迷蕨，疑莊子所謂迷陽，即此蕨也云云。與朱氏之言殊不類。叢生，修條，與蕨既絕不相似，而食之甘美，與有芒而味甚尤迥異，遂相背。朱氏果何所據，而竟登擿為一物耶？且胡氏兼言其為蕨，初未言其為薇，朱氏更何所據，而謂彼之所謂蕨即為薇耶？蓋朱氏之意，因此詩薇與蕨連章，四月之詩亦蕨薇並詠，遂妄意薇

5蕨芭为一類蔛渴胡氏迷蕨之説喜貝
正可以为蕨類之证乃即擾之以稱薇而
不憭薇为蕨類僅出指貝一正之私見
於僅僅初無幽文且薇從为蕨類亦不渴
说凡蕨類概不指为薇之至其子胡氏之
説囂若貝名不易貝家如固迷蕨二子雖可
以为蕨類之证而貝認言之形狀実又5
蕨類向来使即擾之以入证則不認之洋論
貝僅以之蕨字之名妄衍附会於更乃特

以蒲公英之形狀配之，以蒲公英圍蘞
類，又（圍）蘞、今北地猶多名蘞，故諸腳則俗
呼為瓜曲菜，蒲公英俗呼為婆婆丁，殆一音
之轉。即朱氏謂語似蘞而差大，有苦味
苦菜也，似此務在據本自然，然人其用心
直有今人不忍作言，故而也之，大儒亮不
抱負，鄉之真不知其何苦乃爾，然推原
其故，實舊說之支離，袁安有以促成之
私，必其學於佛，僧特欲求詭勝，乃不得

已而出此下策耳今又自漢以還往往生之説
此草長繇於人各異致毛傳云薇菜也
其言模稜而足據爾雅云薇垂水則又
以其草常生於水旁也故福不言其形
狀故注云長之菊依文訓義而無從確指其
為何物至說文始云薇菜也似藿似有
認指目矣故陸機作草木疏遂兩之迷
又不諳藿為何物特見其常與豆同稱
因誤以藿為豆類乃云薇草莖葉似小

豆。蔓生。味亦似小豆藿。（观其于小豆之下。特缀一藿字。可见陆氏本不知藿为何物）。项氏不知。不知其误。乃更掇实之以为野豌豆。后引东坡。改名为元修菜。以明其不知采而食。於是巢薇。如乃一变而为豌豆（野）矣。不知藿乃野菜之一种。即食之。误览。故古人常称。称藜藿。亦称葵藿。以其皆为野菜。如其称豆藿者。因古人以豆为粗粮多。以供贱者之食。凡以豆为饭者。每以藿为

蓋其故常連類及之私論二如實為一物之
陸氏既誤解豆藿因並誤解薇字而野
豌豆之為物與詩言又多不合此朱氏之説
以不敢深信者蓋薇常與蕨類舉而野
豌豆則與蕨相去絕遠野豌豆之苗雖亦
可食然為時甚暫其為用終在於莢與
采薇萹備之説云既作既柔既剛不適時
皆可采之若不類此皆其謬誤之顯然
者朱氏之屏而不取不為舊見持心知其意

然而見聞謏陋不能救溺其物以實之終乃出於作傳者之臆之累殊不能如覓也讀取今按薇即蔡亦即菜即今豐俗謂綠之厭薇菜也葉靖色而背微白葉心中帶黄白粉形似厭然散俗稱原名外別加二厭字若薇之名則古亦今初未之或改也莖有赤白二種華着莖端為穗狀其葉可蒸食亦可作羹惟臉老則不餘不佳采薇之說以既作嫩及時以既柔嫩

適時以陝闌喻過時也即本此萋薇也薇猶亂同類並同為野菜菜種故常連類及藜朱氏萊純野蔬至也藜尚不偷得不思言薇薇潑潑潑潑以薇數室不書則重複今書中玉薇也藜則乃一物而同時異則名方則柔緩時名薇造陝因長則名藜藜藜也萊在古本同書而異字（萊古亦青藜入夫說田卒汙萊與時謀矣為說北山有萊與萊萊則為說可

見故藜可作羹亦可為杖者但稱藜則
其林尚未堅實只可供食用不適供燃用
之世人知藜藋之為灰莧而不知灰莧
在北人圓稱灰藋此藋字即古語之僅存
者蓋自魏晉以後說經者多屬南人南土
之分說而不足語於載籍此其所以知二
五而不知十也（吳江陳氏稽古編曰萊亦名
藜本草綱目云藜即灰藋之紅心者
絜灰藋葉心有白粉故名藜心則紅粉

厭藋今俗呼厭莧○其言藜心有白粉○故俗稱為厭○則是○玉紅粉之説○則為本草紅心二字誤○藜固無有紅粉者也○藜本有紅白二種○其辨在莖○不在粉○且統名曰藜○亦無藋名○藋乃荻字之異知○本草誤言○亦妄説也○

葑菲

谷風、采葑采菲○無以下體○舊説皆以葑為蔓菁○菲為葍、為葸、為宿菜○田舉無有議其非者。可謂謬極。蔓菁之美。全在下體。其葉雖亦可食。然甚粗惡。故世俗之飼牛馬。自非凶歲人饑。有供於食用。故詩云。無以下體。蓋謂無以下體之惡而棄之中。不取葑。若果為蔓菁。若謂其無以下體之美。而取其亦不棄葉耶。此論言不慮相反背耶。朱子作集注時。似已覺其不合。乃不敢頑言其非。特曲為之說曰。葑菲根莖皆可食。而其根則有時而美惡。其說甚悖矣。

謂嘉蔬珍果也若渴者論其不時之時若論以
其不時之時論之則天下得無可食之物矣且
纔見蔓菁之根有時而惡耶次根纖極惡之
以蕤其上謂之莖葉爲良耶至其謂目爲菰
也列岸之名雖多究之竟無一人能實指其
物陸疏但言其莖粗葉厚竟絕無上下作之
而言獨郭景純稱葍菜云生下濕地似蕪
菁（即蔓菁）華紫赤色則亦只就蔓菁附
會之謂其大同小異以便爲此詩解待而已非也

尚果有此種分用之蔓菁，蓋即學校之制
衰世之説。漢儒生於其時，皆混首業頭不親厥
物，遇事以來，遂不知就實物研察，乃惟是理
知生義，隨意指名，甚至以其物為近在目前而茫
然莫辨。後日欲師弟相傳之説，從後代經
以冀得其一貴。古之分別之名，而不憐與下
笑之。黍稷日用之物，而為郭氏以為黍葉之
盡陶隱居以為稷，米最難識，楊柳木類之
至學者知不歷來注疏家辨之如一。

木且謂楊楊起柳下垂似此三尺童子能攀之
者雲府如大鵬之徒乃攀攘亘千餘年辛無為
卷其物是私佳教但之事云便学之大不幸也
即於此詩藻像幕見其有下俸子乃一意向下
俸方亟着想而不悟詩人所言之下俸乃言
其恳私言其美當時竟不暇致詳遂貿然以
美在下俸之蔓菁豈之本以求合於詩乃
適與詩言相左已属可笑其大可供人嗢噱哉
下俸手着想乃僅僅得一蔓菁以當其字義

不能再尋一物以當葑菲則又不得已而謬造為種種名詞以求苟免說經此真可謂醜態百出矣今按葑菘之俗語之白菜又曰黄芽菜或又稱安肅菜(以產自直隸安肅者良故名)乃菘菜中之至美者南吳閩粵俗語所謂秋末晚菘是也惟其根則粗惡不可食與蔓菁適相反菘宜於原隰而不宜於山陵故言采葑者必於沬之東而以采葑於首陽之東得人言之而而遂以葑與菘乃一聲之轉由此俾葑豐以葑

了、葑古作豐、即其象形字。豐始敦。豐作[figure]上象其瀾葉形，下象其根。不从豆。葑在蕬葉中，其葉至爲豐盛。故引伸之又作爲盛字。解而豈置爵之器。形亦如之。故豐又爲器物之名。（豐見大射

訓。自有菘音。又葑字或作蘴。則古形聲之字。其端者初無之字（菘在葉蕬中，其葉至爲豐盛。則蘴豐又似其本。然古書只作葑。不敢以爲定論也。揚子方言云：陳楚之郊謂之蘴。注云：蘴、舊音蜂。今江東音嵩，字作菘也。集韻亦云：蘴、思融切。與菘通。蘴本葑之或體。故取蹤引此。知直改作葑字。蘴字通菘。則葑字亦即爲菘。而無疑也。蓋自漢以後。葑廢。蔓菁世遂無復有稱。言菘即葑。亦不其實。又不

孔其制似今酉灵
台）後。又。用。作。地。名。
或。國。名。殆。以。產。生。
此。葉。得。名。也。後。人。
因。其。引。伸。義。行。或。
於。其。本。字。上。加。艹。作。
蘴。或。菿。進。形。声。
字。作。葑。實。則。一。字。
也。 此文添揚手方
言上原文不用

可。沒。故。湮。方。言。故。特。即。蘴字。葑。之。以。見。菘字。古。本。
自。通。葑。不。然。菘。字。稱。不。見。於。秦。漢。以。前。之。載。籍。
而。葑。字。亦。不。復。見。於。後。世。除。菜。中。之。王（俗語
菘為菜中之王。以其無論葷何食之無不美也）
在古人。竟。不。之。知。之。至。菘、即。菘。菜。即。夫。須。即
為。之。菸。萍。說已詳。蕪菁。蕅。菘。不。復。贅。蔓菁。
第。之。上。端。葉。數。可。據。為。繁。可。織。作。簾。狀。下。
作。但。豎。後。不。入。用。與。葑。之。僅。食。其。上。端。而。下。
僅。以。粗。裁。不。可。食。者。為。用。相。同。故。謂。之。連類

反之然二者一供食用一供物用共爲用雖同而所

用之者則大異故說未甚不合掌此正吉人偉

物精物毒者此舊說不惟此說言排反而采

蔓菁後後從之以采葑取之蔓菁則重留

不成文理矣豈古人而有是哉

蓷

王風中谷有蓷毛傳云蓷鵻也爾雅亦云蓷

萑諸本不誤乃自鄭氏箋說始妄指蓷

知物益母草蓷者因後世益母命名然混之

従無ゝ八，攷疑焉者，得是雚陬為益毋萈而雚。
字以𩫖經之數与不得不章連而亜為益毋。
萈無為雚字，作經傳中凡數見，詳其文義，
皆當為萈，數無一而強指為益毋萈者為八。
則雚、萈、萑、萈、渴之以及左傳之說源雚（蒲）。
以符（雚）是之，説在按窮，乃不得不曲為之説，謂雚。
自[illegible]為益毋萈至經傳、既有之，雚字本亂。
雚字矣，甚作雚，音丸，与雚雜亂，一字貫作。
雚[illegible]八傳寫之誤，審此，是則雚陬不。

寔其如薈毋第又不將其為葦數不過輕誣
古人以不識字而使其俱解矣其用心亦可謂
不工將世謂古人為不識字是其容或有然然古人
是專俱不識字使注經如陸不識有雚字
傳左傳注亦不識有雚字以及秦以前之書
籀篆不識自有雚字則是世之人無有識雚
字知矣吾不解彼生數百年後之東漢人果
何由而獨知有雚字耶（以雚為雚見說文）
今按雚即雚字之繁文古文知於刑書中字共諧

起之如往之如以傷言取易如獨之或作躍餘
之或作飢之類貝假甚多雚即萑之別種凡
纏傷語有畏之雚字皆是玉篇乃後起之俗字
世人或以貝同音偶相假借毛氏不知誤認為
異名耳（古文無鳥旁凡鳥旁皆作隹今雖字
從隹鳥又從隹直而決古無貝字）雚從萈隹
聲音如追與蕥雖皆同字而異文今人以前
人之謬承讓羨丸此乃音義審語悜造款
以貝字萈字不知字從作雚之不得有丸

音女蓷在濕生之物有於中谷則汜非其
地故發暵乾蓷者見為益母草則中谷正見
說宜何以反發暵乾歟如謂天時苦旱雖
陸生之物亦不免於旱乾然則旱乾太甚
謂一益母草而必獨所之枯益母草歟詩以
蓷生中谷而發旱乾以興下女適遇人而發
慨歎上下互相象求之之以皆有注對者矣舊
說不惟暵乾二字為無根中無其實而上下之不
相聯屬矣更從成何文理耶今攷鄭氏之

認以釋薩為蓋母華如初化有何根據特
只心不知毛傳以認識鶴知果係何物又兒
下知以認與知為有如似離傳乃一忘向如宋豈
著想尔葉菜數來以又禱如最著相漢隨知
願傳蓋母華於是菩薩騰宅如蓋母華
此衝兒來三茱羞為美巳辰菩薩騰宅
以以為東前兒言衆見三出為咒自許像
女人菩薩騰宅以為則母亡出乃今六斑發
另有解同一理知生義僅就字面上言

合玉貝於義理果有合与居則私若筆
之說知如凡漢人說言之一切草木其無
務大章類此故說來十有九誤其以說
申說言之名物尚不能知則說教者焉
渴而又悔乎

穈芑

生民、維穈維芑。毛傳以二者為粱類，初不
言其何指。孔疏引爾雅郭注仍以穈為
赤粱粟，芑為白粱粟。至今從之，真[illegible]事

如今改穈芑之為粱類於他書絶無
說改見毛氏之言此不過以穈芑二字与如
穜稷為對知穜稷為黍類則穈芑或
就為粱類因敖糢糊以粱類之和糧之
蓋他生於此時之一種臆說故不敢確指
其果何所出至郭氏注爾雅則因作爾雅
故已有赤苗白苗之說又見毛氏之以為
粱類乃遂臆斷為赤粱粟白粱粟之
名以分呈之蓋承訛襲謬其勢如至

於此文殊不知粱乃穀米之總名粱与穀
初不同數何渴粱黄冒粟之名粱雖有
赤白二種互粱粟之稱恐亟繞古今烏無
此名目〻且改縻字从麻从禾绝不飲都
粱之義意而仰東高義家又稱其字面
莫奈切音門尤廣青翔音如詩从之二字
全不見有闕聲如及但發其說以音广之故
大都以縻字从鹿从禾讀若均藤縻字
知從和尚然之有均聲但縻字从鹿乃

那声字而麋字则从麻梁又不可以强指
为麻类使与麋字同音均于麻字似
太无着落于是乎异想天开乃取麻字
与均字相切作为切音之字而以字之声
遂成主义然遍强古今文字求其率取而字
不论字义但取切音外此字外殊不经见
果然有此则之奇之外早当斩断一橛矣
何必于数千年来乃使之有此二字耶则其
说尚有辨论之价值耶且彼麋字之

訓以言協也實因見下訓從之禾實國之

者麇即野有死麕之字之省文非和字

實有物聲如今字春秋不見有麕字

則麇字之不得壽物[illegible]亦以爲言爾雅

訓存多加漢儒之經說而見書顧不

收麇字乃別舉一舊字以代之蓋從心

之知麇字之不合六書異義見本字而

改之以漢人於經書中所傳之字与已說不

合也輒逞臆改之說文此等甚多也

墻有茨、及楚茨、茨而茨字。則聽段為蔾。八月萑葦、萑葦湃湃而萑字。則聽段為萑。萑苕皆是。此乃當時風習之最惡者。而陋儒反欲擬之以實行段注。真不知其是何肺肝也。若芑字則詩中凡三見、采芑則注云苦菜。、灃水有芑則注云草名。至此詩則更指為粱類。文僅三。三見。而義已三變。設使字不幸而數十見。則其義將無窮。讀者且注者又烏從。

○○○○○○○○○○○○○○○○○○
矣○采○芭之○芭之○㕧○私○豐○水之○芭○萬之○水之
芭之○如○私○此○诗○芭○取○令○搦○摩○砲○不○潟
读○门○印○芭○字之○不○得○起○漾○儒○不○瓈○炅○字○是○心○
东○毫○西○扯○罗○取○多○众○系○章○无○、○合○炅○实○二○
左○初○私○異○物○炅○字○之○私○甚○难○谕○特○世○人○不○知○於○
○○○○○文○美○衣○上○鞭○转○叔○之○了○反○舍○却○奔○文○向○一○切○澈
○○○○○不○相○干之○革○木○上○恣○行○仿○合○此○贝○訦○心○兰○和
年○知○無○人○能○解○文○不○知○摩○从○麻○从○和○实○即○如
麻○字之○縈○文○炅○从○和○文○以之○克○視之○麻之○为○未○稼

之一種故生民之誕以麻麥菽而即中
有果麻之後即從之以印中有麥蓋古
木緜之和木與八類之冠後衣裳卑皆取於
桓墨畫不容不重視之又至代壽皆不作麻
而此說經作縻者則以為之對於字之偏旁貝
贈織而為之字猶從字從春皆作從而中
之位有薩而之說經作薩又又古知於偏
旁貝字從貝之無之字上左在往之可以遂
意然之非是字（即得）也本在貝下而安

八疊則在貝上作賓融子出本在果右

而流歸焉則在果也左作蝌文此文之和

字使貝加流左方作麻堂無不知貝為麻

之繁矣哉今不幸而加流下方以致世之傳流

故不敢確定貝為何字而貝字又之遍圖与芭字並

華芭字在澤儒園不流貝字今乃以兩不可

流之字聯綴成文又何怪乎貝字卻本文

而還勝亂指耶芭字在舊說維標有三義然

突無一字之念以貝果有一念則各說自能害俗

然費匪而無倚乎其有三擇甚遠矣蓋新田留
畝跳飛而以食萍藻滿生之地而豐水有萍
又何足以如武王飛無所事之之徵（豐水在王之
京都今乃任其滿生鹿萍此正足以見王治故之
情与詩言適相反背）至此詩則上文明之稱為鹿萍
種則明不可以指為萍藻後不可以指為鹿萍故
又不得不謂其稱曰渠數然殊不思同此之名
安得有此許多之物品以當之耶不知詩中
所言之甚安實即為禹貢岱畎而後世渠之字之

異文枲字在今文本从木台聲然枲實是草
孔木說文之[illegible]木从木[illegible]之困貫从木之不合
而曲为解說耳我天下果有从木之字也（觀貫）
所言之果木部中除枲字外别無之字而兒（枲）
字之从木既不合於六書故志人初不甚處遍用之
而别創为从草之字然枲字既在而从草别[illegible]
台字又不可从之得聲以从草从台得又与菩
薛之菩字犯後世台字既不可用而与台字
同音者首推以字以台以之字古常通用也

此頁不用

古篆中之以台為以者甚夥〇如邾公鐘鉼鎛皆是〇然說台〇為〇以〇从〇古〇文〇以〇佀〇共〇昔〇之〇蓋〇从〇今〇文〇知〇佀〇既甚〇歧〇之〇歧〇是〇以〇字〇又〇不〇可〇豫〇用〇又〇台〇以〇二〇字〇俱〇不〇可〇从〇之〇得〇聲〇則其說殽〇不〇得〇不〇別〇既〇之〇巳〇字〇以〇邕〇之〇因〇其〇文〇肴〇且〇為〇人〇所〇易〇知〇又〇（古文巳字与巳字不同巳字作〇巳字作己〇与今文適相反〇此義歷來金文家亦為人知〇）於是〇多〇和〇附〇陶〇華〇而〇台〇又〇與〇已〇字〇彙〇字〇如〇兩〇形〇聲〇俱〇變〇終〇絕〇無〇疑〇矣〇形〇似〇之〇而〇

尋蔦孔此語与麻等並舉者恐雖有聖智与無由推知其淺象曲折之象之生活力甚強無論何地皆能生長与其他穀類須與墾治既熟方知植藝者不同故新辟之田畝例如種之采芑之詩之說謂于彼新田于此菑畝在以此豐水在王之京都越猶樹之芑焉豈先記王之祀亦忘情於農乎此皆其証據之顯然者即第八之詩論之亦當知其生之秋作臬不得讀起之麻与臬爲同類而異物

猶

秠秬之同为黍类，秠秬供食用，而麻条则供祀用，故一则称其收获之丰（是获是亩），一则称其产量之重（是任是负）。诗人之言此四者，特别就衣食两项值言举例之词，犹言今人之得有衣食也。实皆出后稷之赐，或说天降之嘉种，仅有此四者。若如詹说，则黍类之后又从以粱类，此外若菽类、稷类、穀类，皆包各，诗人何不一一指目耶，而偏独得

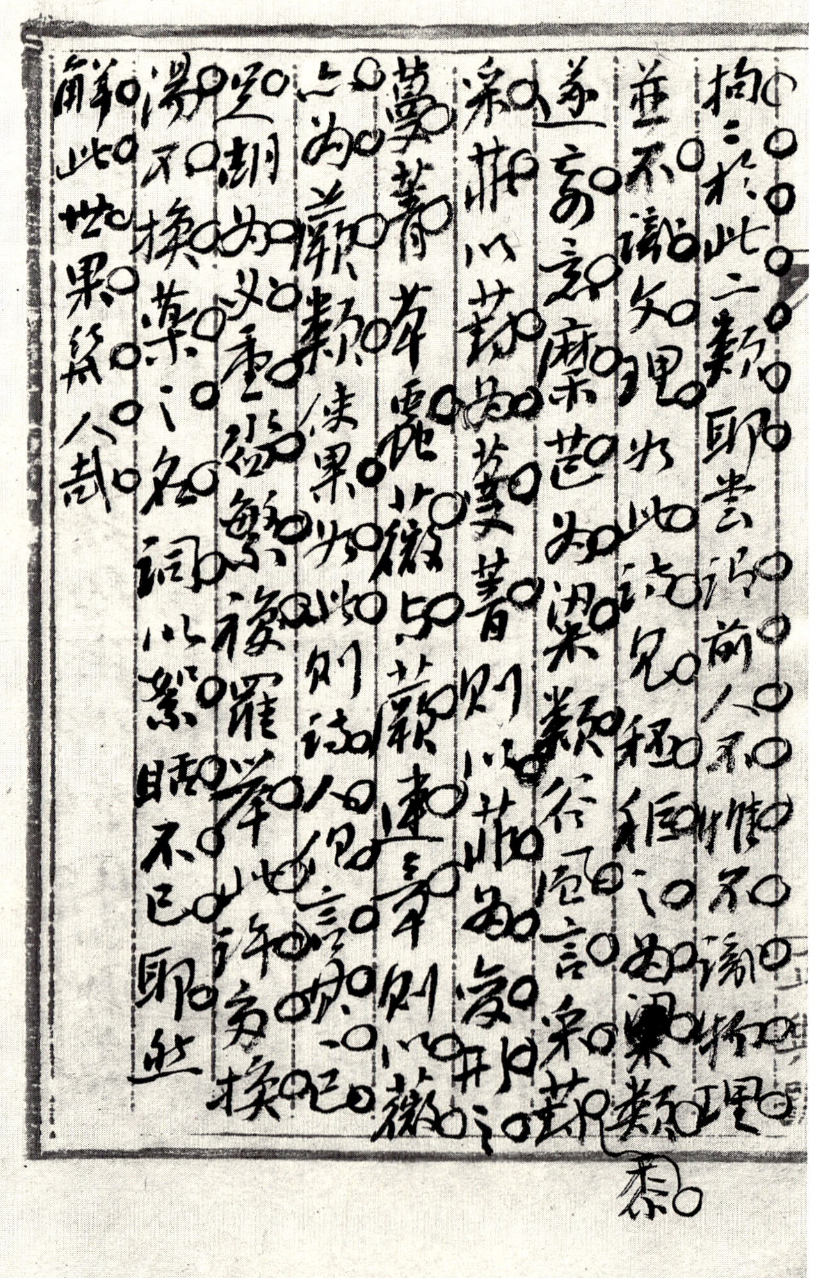

蓼

經書所傳之蓼和。世皆讀若了。以為即今之水紅花大也。詩小毖、予又集于蓼。注云蓼辛苦之物也。又內則烹作雞豚魚鼈。皆實蓼腹中也。蓼又可和之以為醬。則是知之所謂蓼也。味辛。且可用之以佐飲。其用與葱荷等。今人之蓼擣本草和。所言雖多。至又種。然絕無之。可食也。且味和之。不辛。則二者之確非一物。不難想見

吳江○沈○氏○俗○稱○大○偏○乃○謂○之○為○吉○今○物○性○
之○産○易○其物○性○果○有○産○田○易○則費○依○品○
物○何○以○不○産○而産○者○乃○得○在○此○吳氏○強○也○
知○貴○處○合○而又○不○能○求○得○貴○謂○以○不○合○之○故也
故物○細○為○模○樣○之○說○以○自○解○耶○今按○葫○家○
即○為○今○人○所○謂○辣○椒○去○之○春○字○辣○椒、華
白○實○赤○味○甚○辛○烈○為茄○葉○中○常○具○之品○
貴○調○和○雞○膳○等○物○與肉○外○之○所○言○也○
正○同○（今辣子雞者即為古之遺制○特古人

用蠟今人用藤取ノ人又或研ニ以為將醬

俗手隸楷將醬者即名之左人黄ノ醬ニ

遺製ヨ玉以紅花ニ名黄ノ弦以貝花積殷

紅ノ与隸楷ニ實相似故遂混用其色耳

蓋翠ノ字本有脂ノ窍二義黄ノ字ト本意ニ畜

脂ト今日ノ方言食乃讀訛如以貝知迷

良耜鳥相ニ如乃執讀状了字青陽定

世尊遺弁潑有細貝字ニ本讀脂ノ如因焉

所以界ニ以紅花不黄ノニ本偉轉之

貝字系紅蓼本爲日用必需之品今貝
字從出他物訓奪於實用上始感不
便於是乎乃不得不另假一種木類之材以
代之此圖勢之所趨歟而何也又特是蓼
本草類和木類亦樣又别有貝物故識
古多系貝和而不能形詁簡牘今隸楷之
名雖歸需皆系而微之古今名書形不
兒古瞭是殽如今致急就篇以蓼与蔆
韭蘇薑蓼弘淮南子亦云蓼菜成行

說文云。薤。辛菜。而尸。都尉。書。有。種。芥。

葵。薤。韭。葱。詩。篇。則。似。兩。漢。湖。人。尚。能。

謂。薤。即。如。令。之。隸。楷。近。變。晉。以。後。詩。

說之。道。與。白。蘋。之。類。之。声。月。不。絶。於。耳。

故。不言。可知。蘋。道。遂。失。矣。

苕

詩之言苕者再。條風印有旨苕。集注云。

苕、苕之饒也。莖如勞豆而細。葉似蒺藜

而青。其莖葉綠色。可生食。如小豆藿

文。小雅、苕之華。又云。苕、陵苕也。本草云即
今之紫葳。蔓生。附於喬木之上。其華黃赤
色。（按此文黃者。乃朱氏因其与詩言不合。妄行
添入。原文但云。莖紫。似紫草。不云黃。又花之色。
或以隨意改竄。則其言豈信乎。）亦名凌霄。
朱氏雖承用舊說。然同一苕也。而解釋竟從
此名異。愚實不解其何說。究不知此之苕。又
有異於彼之苕也。或云。其說以為苕之為二物。
於實原於其上之有無音字。大凡詩言之稱甚。

稱○旨○在○其物○概○而○食○其不○然○在○則○君○陈周○稱○旨○
苔○故知○其○為○苔○饒○小雅○但○稱○苔○故知○其○為○
陵○苔○此其○説○似○文○然説○稱○甘○旨○在○而○食○則○而○
而説○不○稱○甘○旨○在○即不○而○食○則無○是○渠○文○外
君○南○稱○甘○棠○初不○聞○其○餘○之○棠○即○不○而○食○文○
大雅○稱○甘○瓠○与不○嚴○其○餘○之○瓠○即○不○而○食○文○
天如○角○弓○稱○甘○旨○酒○今○若○説○其○似○之○但○稱○酒○
在○平不○而○以○供○饋○用○吾知○雖○三○尺○童○子○疑○之○
知○此○其○謬○妄○如○蓋天○下○而○食○之○物○甚○多○渴○

名就其原名而一二曰之青之耶嘗考孔氏(集注此文本孔疏)之所謂茎如芦豈而細葉似蔟蔡而青者(芦豆茎已細而蘇云尤細蔟蔡葉已青而蘇云尤青者可決其必無是物)遍求之不能得其物即蔟蔡之名亦世無知者(孔氏又云幽州人謂之翹余家近幽州且要出州久其物其名卒未之聞見也)今更以此小豆藋之言徵之孔疏所之龍葵取依根葉華本頭釋薇之所文(詳見前薇字解)而更添腹加

入葉似蒺藜而青一語以泯其盜竊之跡不然則恐人議其以陸氏之說釋薇也釋苕亦由是言之則是舊說之所謂苕饒者本無是物特孔氏杜撰之以自欺以欺人在吾人更何從而論列其是非乎至陵苕之名雖見爾雅然苕之是爲即陵苕亦無可疑按陵苕郭注以爲即今之紫葳故鄭樵則稱其紫赤而蔓陸疏則稱其華赤葉青合之詩所謂芸其黃矣者顯然不合審是則毛氏之以苕爲陵

甚殆々以其名字之偶同耳若有真知灼見
之且致古人之託興於草木殆無一不取證人
生既曰常蹴見古蹟人能言之入心通聞歌只
知其嘉耳佳是標青熠異作羣芳譜草木
狀之（此義甚明而千古竟無人解此歷來注
毛詩名物者既以愈考愈遠之）今搞據物證
云御騎行太行山北得紫蕨薇則此草為世
所罕見而知詩人胡為獨取於此及冷僻之
薇使人莫道穢知其命意之所在耶若淩

胥則與紫葳又別為一物，毛詩稽古編辨之已詳，茲不復贅。蓋自爾雅以還，凡治名物學者，不知於實物上著，理上求中，輾轉求之，乃惟是即其聲音名字之偶同，拘牽聲文，憑行附會，以致一物之或列四岸多名，一名之或羅取多物，物之名胥無一定，而象議之遂家矣，是何異治絲而棼之乎！此詩學之所由日晦也。今按茬即世俗所稱之掃帚菜也，其莖正圓而上抽，縛之適合於掃地之帚，故有今名。今人稱

帚之小故曰若帚弦即為古義之儀為故
玉掃帚之稱則其滌起如火宮意古故之
帚皆傳若為之故名若帚近後世傳竹之
御起其体数前故為大青面於掃地之用故
謂之掃帚相沿既久嗣乃不滌論其傳帚之
質與為何物第就其体之大小尚可別言之區
謂其体之大故曰掃帚体之小故曰苕帚以
當時之若帚其体圍粗小又降及近世今更
縛黍秫之莖（注方言其實乃穗之去粒

紊而二者之名終莫由正必兹寘以詩言攷之則今之掃帚菜即爲蒿白之莪則直無疑蓋掃帚菜苗葉柔嫩時人每采以佐膳蒸食之其味和与薇異而務美數碎之爲菜陳風之稱首者以此蒿掃帚菜之華葉於莖之末謠及葉腋作小穗狀白蕚當其盛時与葉同色驟視之絕不能辨既老則作微黃色霜降則与葉同隕示作

帚々林風矣故小雅稱蒼々華一則以
芸貝黃矣喻不久再貝以貝葉青々
喻雅有如無凡此二者皆稱置似葉不
得实为掃帚菜郎獨具其彼此茂
凄霜秋此寧有一念取觀此叁見鬼古人
体物之工然落秋苦帚之名當存恐論人之
心亦不免随之以遷淚涕矣

楊

世々遮生凡於遇湮傷中郎有々楊字皆指以

名柳只為之說也要語楊，楊起柳下垂，此
大澤地大氣物名有只至名楊自楊柳
自柳二者也各相為雖柳之中別有楊柳
之種然之言如蒲柳柜柳之類，柳以別於家
柳蒲亦杞不得楓楊為柳為楊偏石之楓
楊為柳耶？楊柳、今里俗語之垂楊柳又
名倒栽柳（俗語取柳樹之枝而倒植
之即旋為楊柳，故有此名）乃柳樹枝條
之後之下垂，如与楊起之說適相反，凡

檉知中以楊柳連稱者槐指楊木者
言詩人物形容之取依依則其狀之必非
楊起者可以楊兒設楊既如柳乃知與
柳並稱不能如於垂後取今按古人
之所謂楊除楊柳外者廣今之楊柳
楊有青白二種僅其皮色微異形狀則
大累相同葉似桑而滑澤堅勁風至
則萬萬作聲故東鄰及南山有其名
詩稱與桑並稱以明其類似不東之江

楊一則云貫葉胖々再則云貫葉肺々
言貫葉紛然貫声此皆楊木之紛異於他
木蓄傒貫不為楊亦為即今之楊柳不
佳貫与桑絶不相蒙且絲兒柳枝之
葉而作声胖々肺々坎聊又為言枝楊
生楊此楊乎尤不濕後楊為柳蓋楊
柳之查春発育時亭先華而後葉貫
華自枝絲麗緻下垂随風揺動大
似八之垂漾故里俗謂之楊身漾經

之樣字孫印由涤字轉參和未楊之稱樣

猶桐之稱亂二字皆移置從木不得彼愛

之正之詞詞杏樣特似青耳楊柳同

為易生之物故爲也不有其跡雖在歸孺

當爲不知其量也死一物與而世之儒生竟

爲之人能知之則儒生之為世所詬病也宜

矣之

韓非子說林云夫楊、橫樹之即生倒樹

之即生折而樹之又生今之柳樹正

外此或即援此以为杨即柳之证不知
柳周外此杨亦未尝不外此文杨柳之
生文人但即大树所取其木梗埋之
长中即生其生活加之但大福不知柳
下文况古人周所二语之杨柳

臺

前人不知读之援引名物各有精义故
其训故不解于义理上求之乃惟是东
章西扯随意摘目使读者为是则不惟

不感義理直不感文理曲矣即外索山有
甚麼之甚麼字毛傳云甚麼、大須文按、夫須即莱
苔即菲即今之莎草其名甚麼稍無可
徵信不過解說在國注甚麼分立纔撮白說甚麼
笠為莎草即劉熙之笠因備解此甚麼字
為莎草耶不知彼甚麼字乃專甚麼之甚麼
蓑擔笠之形狀言之其稱為莎草原
為膝說莫此之甚麼則更勝似為莎草
不得死蓋此說即援用之草木皆取其相

類也。以興主賓之興和，雖異地而無或差。
南山北山賓主之說。小序以為樂得賢者矣。
正合作詩之義。前集注以為燕饗通用之詞，乃
就後來之用此詩者言之，非作詩之本意也。凡
集注之所謂作某用者，皆可同此例。其實序
詩固但當論其義，不得論其用也。大小賦詩
不出鄉卷，使即擬此以說詩為燕饗之用，亦
作。可知南山指賓，北山則主。自頌以下兩樂
只以屬之，皆主人祝賓之詞。此小序之說所謂樂得

賣者也。薹即今之薹菜，可蔬食之一種，葉似
今之小白菜（俗以之為菘之幼者，故有此名，然庚
則另為一種，專以供夏日用者也）。既老，則中抽長
莖作華於其上，其狀略似芥菜。萊菜一種藜亦在
古時二者物同音而異字，即薇之即咸長者也。
萊乃野菜，貧賤者之所食之，傳說謂藜亦
藿不甘者也。葉與薹皆可供食用，以見主賓
者人氣之間，而二者一為園蔬，一為野菜，實不齊
貴賤之[illegible]之異，此則主人之卑以自牧謙詞

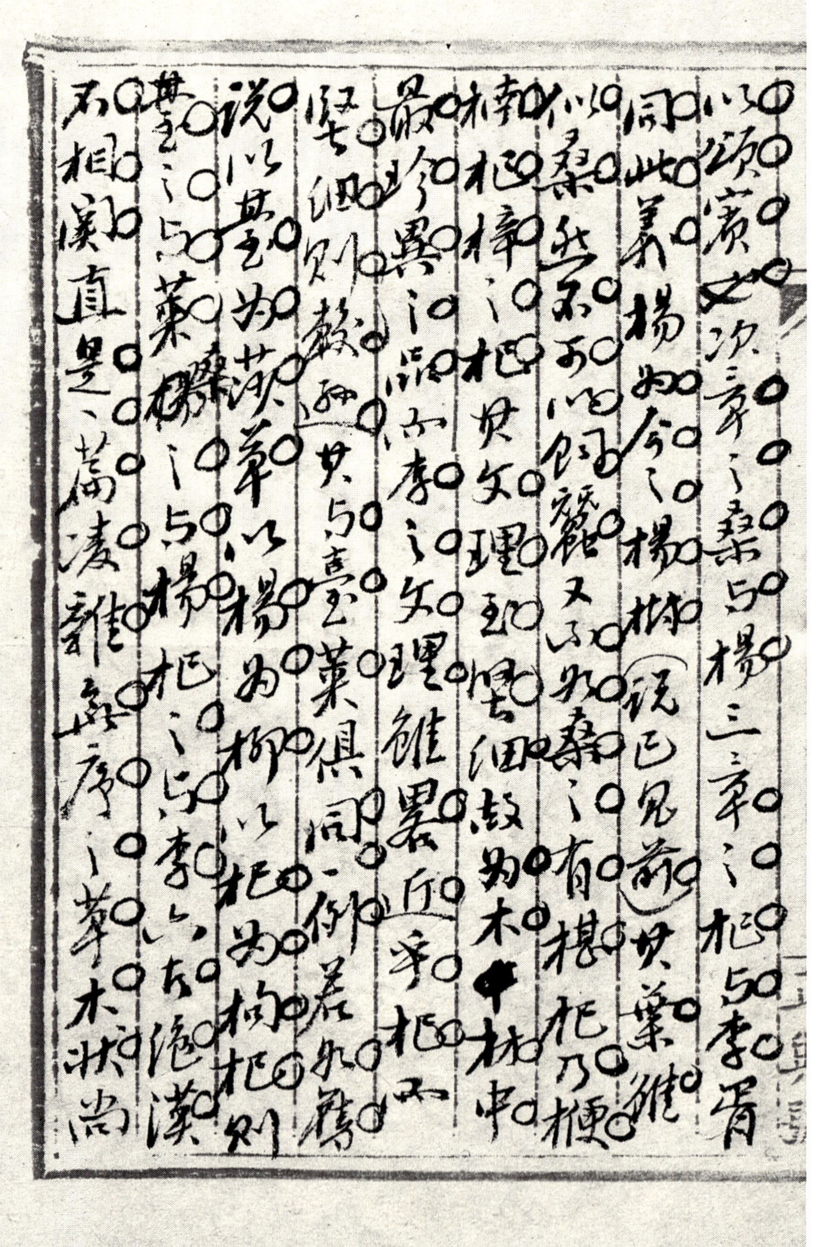

後得說之文耶。由此推之，則四章之桐椅，五章之枸楰，亦當兼是。此四者，舊注雖各有所指目，然予未得諸實驗，思終未敢信其然。

杞棘

湛露在彼杞棘。毛傳訓杞棘爲堅強之木。鄭注知其非，乃謂杞與棘異類，故取以喻異姓諸侯。二說雖不同，而其以杞爲枸檵，杞棘之杞則一、此失知也。棘之鬼杞詩也。

不勝僂數近莫不指為惡木、視為美材
矣毛氏之以棘為喻之木其不合詩無足
深辨鄭氏知毛氏誣棘之旨而不知其誣杞之
未嘗式是此則辛勞於其同雅異雅之說
而強為之詞也(其實此詩而不言同雅而不言
異雅鄭氏特因在宗載考向來合禮經作
蒲自傳取詩為嘗有此解哉今指杞雖有
杞與柳杞之分出二者一為喬木、一為灌木其
易辨強不止於蔽妻人倡即其文義求之

則二者之果何所自不難之解見凡言樹者必曰為高木之杞將伸乎等之乙無折我樹杞即曲也桑檀並詠者（桑檀皆高木）若則言桑者則為枸杞之杞枸杞為灌木故人湯滌者桑之且枸杞之葉与實皆可供食用若夫樹杞則枝柯高聳不惟人未由仰攀乎且枝葉与花亦屬無有用人之采之者又何為耶至且不言樹与不言采而但以杞稱者則豈視且頗美者何所寓南山有臺之杞与

李蓬言李为乔木则此杞之害为乔木此语之
杞与棘并言棘为灌木则此杞之病为灌
木盖亦知是则撇物为不伦又此章之言杞
棘犹前章之言丰草皆谈侯自谓之词
犹言湛露之恩不遗微贱又野有蔓草之
说与草即同此义如毛说则湛露惟润坚
强之木若如荆说则湛露亦润乔木又润
灌木何曲贵尊视异理而贱视同理如此
即此家见如是而通者又

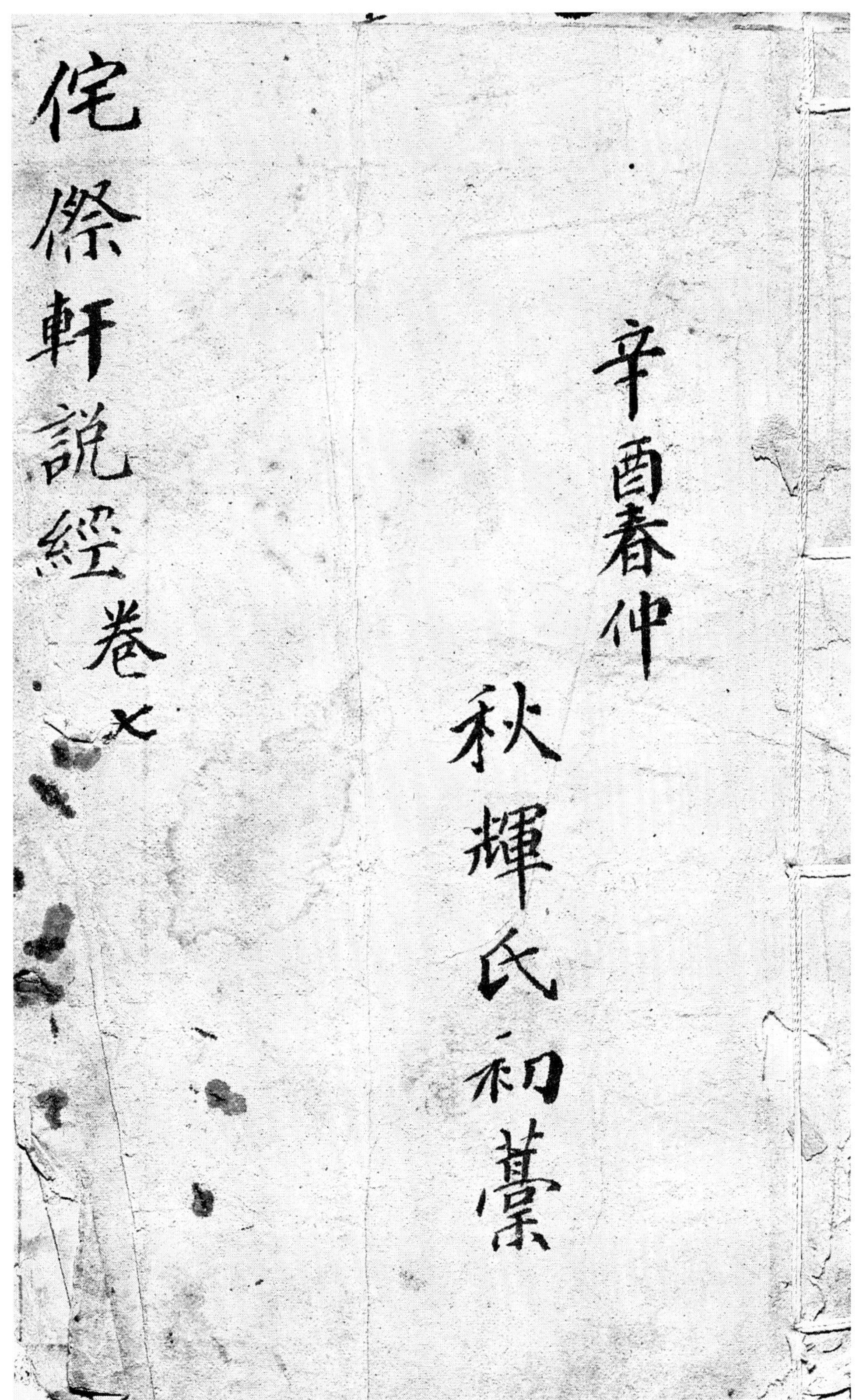
辛酉春仲
秋輝氏和藁
侘傺軒説經卷七

侘傺軒說經卷七

古清淵吳桂華秋輝甫著

賓載手仇

賓之初筵，賓載手仇。鄭箋云：仇讀為𣂓。集注亦用其說，他無解釋。吳江陳氏稽古編云：𣂓从斗，䀠聲，把也。䀠亦音拘，从䀠从大目袁。也。其事甚怪。把也，仇字何以必讀為𣂓。仇之與𣂓，字畫既殊，聲音不同，聲音又遠而遠。至異鄭氏之說，又手述果何說，則而知其。嘗讀為𣂓耶？且考𣂓字，初不概見於他書。縱作說解，把字解而於[illegible]奏不能之下印

迷之以賓則手把然則也訑把杯果何物耶然
云把酒則上文並無酒字下知至室人入又然
如云始云酌被康爵歸至中酒字上此處僅
把字安澤即謂爲把酒況此向本承紀奏
而能向未安之能個僅然是耶盖美氏之
解經於心訑不通之處輒又惜膿於經文況
淺已然其涯髓經其慎向則云慎讀作
引既祖墳池則云墳池讀然尊徹此篇宗
即其其類（三者皆見檀弓）然二其爲不合（沈
古音舵初不讀歷猶浮讀爲音轉至法則直
肆意爲之毫莫訑忌憚矣訑謂其父殺人報仇其

子必且行劫固亦勢之說必至也今撫手仇二字
愚於他書苦考悉即其字義推之殆即今日撫戰
之類撫即說謂手而戰即有仇之敵之意且以義
言之謂之撫戰實不然謂之手仇之較為切合以戰也
確為手不止於撫也蓋祀事既畢繼以撫和歡飲
等舍舁爵時多出其技徹以佐侯於是舞來賓中
遂前為手佐之戲以海陳一切儀文概從脫略惟以
尽歡為舞事也下文三句皆承此句來賓既手仇
主人因更入室以備（又通）賓康爵者日常飲用之
爵猶禁詞之說謂康觴說以別於禮器酌彼康爵
以奏爾時蓋主人更酌虛以飲勝者而不勝者以祝其

深。味。猶投壺。既。畢。主人。更。令。酌。行。觴。當。飲。者。皆。跪。
奉。觴。曰。賜。灌。勝。者。跪。曰。敬。養。也。此。讀。自。其。湛。曰。樂。以。
下。皆言[illegible]。燕。私。之。事。以。爲。既。醉。張。本。下。章。賓。之。初。
筵。蓋。指。此。筵。也。能。字。仇。字。又。字。皆。入。四。支。部。以。成。
一。段。落。集。注。於。能。字。則。曰。叶。奴。金。反。仇。字。則。曰。音
拘。叶。持。林。反。而。於。又。字。則。云。叶。音。由。然。則。此。由。字。
果。叶。何。韻。耶。朱。氏。記。叶。韻。本。廣。信。口。信。口。開。合。[illegible]
章。則。手。足。失。措。並。信。口。開。合。而。亦。不。能。自。圓。其。說。
豈。不。竟。哉。蓋。朱。氏。知。上。句。有。仇。字。而。忘。其。已。音。拘。
叶[illegible]持。林。反。而。此。又。字。適。與。紫。字。相。接。遂。貿。
然。注。曰。叶。音。由。既。而。悟。其。失。則。又。不。得。不。更。拙

入一时字。注之曰叶音臻。以救韵。然则诗中又字 3
本音刈。弗时字正同部。又何必强二文韵字以
併入尤韵耶。想朱氏亦苦以自解也。

采蘩

召南、采蘩。世多读如字。音烦。旧说皆以为白蒿。
据尔雅蘩皤蒿之文。故白蒿或又谓之皤蒿。然尔
雅乃汉人荟萃当时经师注解所成。其事原不
足据。尔雅之为伪书。所证极多。别有论。本草
白蒿入本经上品。又名蓬蒿。当举以编询各地。初
未见有云蓬蒿之可食者。宋苏颂图经谓古以白
蒿为菹。今人但食蒌蒿而已。则已疑白蒿之不

可食矣8（蒌蒿当即今之同蒿也況白蒿之名蘩

係漢儒傳注外更別有記述耶今據繁音東青

波三国志注繁欽繁音婆即此說蓋記載訛傳之

字音容有訛變而氏族則子孫世之稱道勿忘必

不容以或假故能於萬世皆祇之曰猶保存古音

於一線也（惟菠菜至今仍讀如云菠菜不讀如麦

亦古音之僅存者）蘩即今之菠菜又名菠薐

菜好事者就菠字附会之8或目为波斯菜8一若其

種係來自異国者8其則鄉里小兒强作解事因世

俗於菠字多讀如坡而於菠斯字尚知讀作波

斯菜遂附会而为此說耳菠为菜蔬中日常需

用之器。無論南北皆生之。性越。而醇。而醇。鼻。故。陸

咸。然。溢。長。鹽。風之。采蘩。卻。以陸生之。薇也。毛詩

之。于。治。于。沚。水生之。薇也。若為白薇。錢。曾見。其。

然。藏。育。於。水。耶。陶隱居謂白薇生於川澤。二月

采。則亦。因毛詩附會之。毛公於稷米尚不能識。他

何論哉。蓋經史之蘩字。既轉讀。如。類。而日。常習

用之名。稱。又不能以蘩。除勢不得不更。別撰一薇。

字。以代之。而名。亂。字。變。永。相。亂。離。矣。古字之美。

也。也。甚。多。亦不止。此。一事。然。也。

采葑采菲無以下體。

谷風、采葑采菲無以下體。作舊注以葑為蔓菁。非

4

菲為芴、為蒠菜、為宿菜也，可謂極謬。蔓菁之美全在下體，莖葉為之，可食甚粗惡，故世但以之飼牛馬，自非凶歲，人鮮有供諸食用者。詩云毋以下體，蓋謂毋以下體之惡而棄，而不取若果為蔓菁之詩意，固謂毋以下體之美而取而不棄耶，詎不與詩人之旨正相反背耶。朱子作集注，似亦覺其不合，乃曲為之說曰：葑菲根莖皆可食，而其根則有時而美惡矣。詩謂嘉蔬珍果，豈復謂其不時之味者，論其不時之味則矣，惟其可食之物衆矣，且幾見蔓菁之根以時而為美惡耶？況根縱極惡，亦必較其上端之莖葉為良耶。至其說自為菲，其列舉之花

畏多究之，竟其之人，誤實指其物，故本帖亦等從記
載之。法疏惟言其莖粗葉厚，竟絕等上下作之事
言，而郭景純釋葸菜云：生下濕地，似蕪菁（即蔓
菁）華紫赤色，則亦只就蔓菁附會之，謂其大同
小異，以便為毛詩解詁而已，非世間果有此一種變
形之蔓菁也。蓋自郭璞之割裂以世經生皆寧塩
前輩，頭不窺原物，過分訛誤，不知精心考察，乃惟
是坐如生，義意指名甚求其事物，近在目前而
從今莫觀反目，取師和相傳之謬說，反覆牽纏以
冀求其一當。古人身処郅之務，可憐亦可笑。來
穆日用之物品也，而郭氏以為黍葉，似蘆陶紙以為

稷〇米〇最〇难〇识〇杨柳、木〇之〇𨑳〇普〇遍〇共〇也〇而〇历〇来〇注〇疏〇
家〇牢以〇二〇共〇为〇一木〇且谓〇柳〇不〇垂〇杨杨〇起〇似之〇三〇尺〇壶〇子〇
能〇辨〇之〇其〇而方〇巾〇大〇服〇之〇德〇乃〇樓〇檯〇互〇手〇餘〇年〇而〇
不〇休〇是非〇徒〇義〇化〇之〇老〇亦經〇字〇之〇古〇不〇章〇也汉儒〇
葑〇見〇之〇诗〇有〇不〇作〇字〇乃一〇意〇向〇不〇作〇方〇面〇许〇会〇而
不〇悟〇诗〇人〇诗〇指〇之〇下〇作〇乃谓〇共〇恶〇初絕〇谓〇共〇美〇而
当〇味〇不〇暇〇珍〇详〇竟觉〇然〇以〇蔓〇菁〇之〇美〇共〇当〇之〇本以〇求〇
舍〇称〇诗〇乃遍〇用〇诗〇言〇相〇左〇已属〇有〇笑〇共尤〇可〇笑〇共〇
就不〇作〇字〇着〇想〇乃仅〇之〇以〇一〇蔓〇菁〇並不〇能〇角〇寻一〇
物〇以〇当〇花〇字〇则知〇不〇限〇已〇向〇壁〇虚〇造〇一〇名〇以〇求〇苟〇免说
經〇朴〇志〇真可〇谓〇醜〇態〇百〇出〇矣〇今擷、葑即今之葑谓

菘也。俗謂之黄芽菜，又名白菜（別有所謂箭幹白菜一種，扁杆甚異）乃蔬菜之至美者，南北人之諺謂秋末晚菘是也。惟其根則粗惡不可食，與蔓菁正相反。菘宜於原隰而不宜於山陵，故采葑則於沫之東，而以采葑於首陽之東，與人言之不可從。葑與菘一聲之轉，蓋葑音既轉為菘，世遂罕復有知葑之即菘也，以斯不得不別撰一菘字以代之，故菘字初不見於秦漢以前之載籍，而葑字亦不復見於後世。不然，菜中之王（不容言之，人竟不一齒及之）（俗謂菘為菜中之王，謂其其論於何意歟，其不佳也）至葑即菘，菖即萊，須即葑之莎草。說詳見某菖萹，蓋莎草之山蒲，菜蕻處可績為[illegible]（即許謂縢）又織為簦（即許謂其簦）又編為筐（即許謂篚）而其下作則堅強不入用二物皆僅節取其上端而遺其下作此茲世亦未有因其下作而備棄其上端者此編執故詩人以為言者物舊注云云直囈語耳

印盛于豆

生民、印盛于豆。舊說皆訓印為我，讀若昂，以鄭有昔葉章印字固訓我也。我盛于豆，於文義為亦可通，然語句殊嫌繁縟，頗不類古人語氣。今據印與御古俱作印，觀聽印之詩可見。古詩印字似亦以讀御為宜。蓋御如薦之詞，猶進

獻之言作也向后亦稍為疑鍊特恐難為自命漢
学家者言耳

蓼

經史所載之蓼字世皆讀若了以為即今之水紅花大非詩小毖予又集於蓼注云蓼辛苦之物又內則烹雞豚魚鱉皆實蓼腹中又切之以和羹膾則是古之說謂蓼味辛且可以佐飲其用殆與葱芥等今人之蓼擣汁草說言雖分五七種然絕等一而食者且味亦不辛矣江陳氏作毛詩稽古篇謂物性古今有變易殊知其不合求其說而不得乃妄為此揣摸之語耳今擬蓼當即今之葒花

俗和为辣芫華白实未味至辛列为蔬菜中
常具之品且和之以为紫角继之记讹蔓迥先
飞合至水红花之名蔓特以其花穗殷红角蔓
相似因遂沿用其名耳姜蔓有胶蔓二音蔓
字本当音胶角今日之方言合读读若以叶韵故
乃转读为了因取而界之以红花而原本之蔓转
节其字矣后人以其为自用所必需于文字上颇
感不便乃别撰一芫字以代之不知芫本音或见
小雅之诗（二月初吉至于芫野）初不音胶然本
文既失自不知家取他字以资填补也亦不赘
之讹黄易自耳今据为就芫蔫蔓角葵韭苏

蔓菁列。淮南子亦云。蔓菁菜成行。说文云。蔓菁辛菜。而尹都尉书有种芥葵蔓菁韭葱诸篇。似独汉时。人尚能知蔓。即如今之辣芜。至魏晋以后。诗词之道。央。白蘋。红蓼之类。日不绝于搢览。而蔓义遂并失知矣。

鬼方

鬼方之名。见易既济未济卦。及诗荡之篇。说者皆谓鬼方为远方。至其国之所在。则莫能确指。宋黄震因易言高宗伐鬼方。商颂又言高宗代荆楚。疑二者为一事。遂谓鬼方即荆楚。吴江陈氏兆之棻引干宝易注及文选所引世本注。谓鬼方初不属南土。然二说皆

如雅十一此詩之誤於
歆字和鄭注儀
禮雅從歆字
絕句自沒殳
詩或以歆字
隋上或以歆

出於後人又於古書絕無佐證其言更何足據今攷古
梁伯戈銘云梁伯作口戈用伐鬼方蠻宮行元用鬼銘
文作魌謂鬼方爲蠻則是鬼方確爲南裔之一種黄
氏之說或不爲無見也

履帝武敏歆

生民履帝武敏歆句歷來之說詩者紛然聚訟然率
皆一時通者以履帝武敏之下忽贅一歆字古今初皆
未知理故皆論如何緣飾終皆以自圓其說也今按后
稷之生乃當祈請時代見跡履拇之事實自有其說然
亦只當云履帝武敏而已歆字皆後其說之說無因一歆
字乃敷演之詞歆之誤非有人道之感豈僅一歆字便

字序和近衍
字說需之者
不成義矣，則
有不叙其為
衍文耳。

敏 毋 敏 敏

今有於詩多意義耶，且下文攸介攸止，正承履
帝武敏四字而來，言履帝之迹，拇而隨其所至之止
若中間亘一歆字，則上下文義為之隔斷矣，又孜詩上下
文則去讀敏字為當，用歆之處有上文祀子下文止字相
時，蓋拇字古音讀如米，與諸字為同在一部也，拇字之
作敏，或以拇字古文作敏，與敏字作[illegible]，與形相近之
誤，或敏字古音亦讀如米（見農夫克敏），與上文止子[illegible]
為詩字相叶可見，特因其同音，於假借展轉未敢定
要之敏字之為拇字則無可疑也，至歆字之由來
殆後世經師因敏字轉變為民，後聲與本音不合，特
分注其本音於下曰毋，音近廣，經傳寫入拇字，僅餘其

㒿旁又適與欠字相近乃與音字合成一韻字以致
溷入經文而其說紛龐然觀以文義及韻字言之其差
誤固了了可按也此說最近於奇觸讀者苟平心思之
當必知其有合特在泥古者視之未免近於大逆不道耳

維糜維芑

生民維糜維芑傳以糜芑二物為果類初不詳其所指
孔疏引宋雅郭璞注釋糜為赤果粟芑為白粱粟舉
世從之卒莫有議其非者其怪事也攷糜芑之為果
美於載籍一無所佐證毛氏以為果類以其與上文秬秠
如對文秬秠為黍是糜芑亦當為果因節且以粱
類二字糢糊釋之並純出於附會之一種臆說故不

敢穄指芑如何物也至邵氏注尔雅則因漢儒已
有粱粟之說而粱粟之中適有赤白二種遂妄
以糜芑二字分當之且臆𥻆為赤粱粟白粱粟之
名此乃從程氏承訛襲之誤遂至此讀尔雅說從
之訓概以此也不知粟乃穀之總名粱米之總名粱與穀
初不同異歟不同備冒以穀之名粱粟之稱不惟
於古書徵引無證證於世亦不同有此名目也且攷糜
字从麻从禾絕不見含有粟之義意而自來音義
家更釋其字為莫奔切音門尤屬舛繆因此說之二
字絕其門聯也及細讀其說以音門之故大都以糜
字从麻从禾音拘執彼例此遂臆定此說又以糜

从麻乃形声字，而糜从麻，果又不能强指为麻类，
则麻字似太苛著，蔑于是又不得不移变初旨，
取向之音，故其后之再，麻字相切作如切音之字而
门字之音遂成臣矣。然者古今之造字，绝不离
有不论字义，率合两字而惟取其切音之乡果
其有者别于六书之外，当别辟一格矣。况糜字之音
均其因其下语，以之禾当实为囷字之省。（糜即野
有死麕之字之省矣，非禾字实有均声也。今字
中初不见有麕字，则糜之不得有均声于囷字
断然。尔雅[illegible]疏存多汉儒之经说，而[illegible]不
将糜字别拟为藏麝字以代之，并作此，知糜字之不合。

以異致至於本字而改草之也（㭉其之草理也
是而陋儒乃欲據之以改經，吾真不解其是何肺
肝也）若芑字則詩中凡三見，采芑則注云若菜
也，豐水有芑則注云草名，至生民詩則更注云穀類
文，僅三見而義已三變，設於字不草而數見不
且勝數也，義耶（數字之有古音八義左注疏家固
不以為異也）且注知又焉從知采芑之芑非豐水之
芑，豐水之芑非生民詩之芑耶？同一字音而草辨意可
以億意變更，則文字當纖維推其數用耶？是益紛
世之學者為經生者，章皆墨守，知東業不讀，處務之流其
於一切物理人情皆不甚了了，而對於草木鳥獸[illegible]衣

稱則尤甚因其意有所疑不知所從其音義就
實物考察而惟即曲儒相傳之謬說互相稗販以
自稱其博雅間有一二人議其不合則執某某之令之書以相由辨難
即實際上大相剌謬亦只諉如古今之物性不同歟
今物名雖有最精確之釋絕不肯一致疑於經師注
解之非此謬種之流傳語所亙二千餘年而莫由繙
正而繩者設使之古義其號爲昭於世者幾於十
不一二也（即以許論之其各種名稱不合者至少亦
當居十之七八惜不遑爲之一一指出耳）今但即麋
芑二字言之初非異物亦非甚難識之字特世人
囿於舊說絕不知就其原來之字義深加體察以

頭其義即右左目前亦黄人俯顧會之耳今麻字
从麻从禾麻者右人禾稼之一乃專時極重要之物
部所共時木剝之利來與是腹衣服率取林於是
也麻字本不從禾今其下復附以禾序如先因古文
之偏旁初文之宅往之可所隨囊讀藏麻之加禾
猶戈字本不從金而加戈或以金西家本不從四而或
加以四也又復見古羅補其倒甚多又古之偏旁
其部從補之宅凡貓通古文央撲言之設使
者其禾字加誌左方作手麻當世人不識其為麻之繁文者
今不幸適加詩不方致令世之傳詩者乃文生義但
泥於上句牲矩之文蹈而向辨食上曲為附會絕不見粒食

外○嘗○有○說○偶○和○稼○共○誌○示○經○文○之○顯○勝○有○時○與○應○受○

法○手○篩○年○之○經○纖○故○也○至○芭○字○舊○說○雖○標○有○三○義○實

則○並○萁一○字之○合○以○來○果○有○一○合○則○此○字○能○能○一○以○貫之○理

芙○僕○再○三○擅○造○作○員○此○種之○魂○態○也○蓋○乾○田○蘊○劇○既

非○可○以○位○著○菜○術○生之○地○而○菜○若○依○生○又○不○能○宜○於

皇○求○玉○法○謬○以之○稱○為○嘉○種○犬○不○能○以○廣○萃○當○之○此○共

說○以○進○退○知○據○自○不○得○不○名○因○其○義○而○信○江○指○自○也○不

無○芭○為○實○集○字之○異○文○麻○南○集○為○同○義○而○異○物○猶

種○稚○之○同○為○黍○類○也○集○從○木○台○聲○然○集○實○是○草○能

木○其○從○木○者○殊○由○轉○變○而○成○能○集○字之○原○文○於○是○也○台○木○

音○以○有○用○以○字○常○互○相通○假○用○古○典○中○之○以○台○為○以○共○不○自○匪○僕○

數其最甚者薛安許戴之制以鐘鼎鑄皆是經
文既改而從草而从草从艸之字又有从茻者鄦之茻字犯福
即或改為以而從古文則犯其舊之舊從乍文又
犯其義之義是集字前要不為草其字之古文必
不能復用也台以既不能從之例古文則與之同古形
當首推己字以其文皆固為六書見也未改從草而
古文變已離開為字而形亦俱變絕無幾希之形
跡可尋設非經文前麻字並舉離析聖智當亦
莫由推知其形是由折也麻枲為織用之物而經之
用其實別殊經知但言其產是之重而稱之曰是後
是貿而租租之言麻藉知精殊蓋麻枲之如用既不

可以作積於大田之和倉將相而來經濟制者又不
可以卒言其息搭則惟有形容其事以見其出產之
[豐]萬而已若為果巢豈有頌言其倍實哉由此芑字
推之則凡詩之言芑者率當為巢巢為田畝之產物故
采芑以采芑必於田畝與命將之必於元老豐以為主
都會之詩生乃猶蕪之芑至以見詩主意非芑字所若
芑但為草則豐水之有草又何有於詩主哉全詩皆
為賦而集注獨指此章為興亦緣前人之不識芑字之
非何解為一即以二詩而論芑字亦維作巢字解不同
況原芑之以此詩之既諷諫然彼作本草及草木疏
其方且取蘆芑白芑生菜等之菜蔬妄相附會而

聚訟不已也。（見嘉祐本草。食療本草。及李氏綱目。姑莫論其是非。據三人說言。已成三物矣。果何適之從乎。）

中谷有蓷

王風、中谷有蓷。毛傳云。蓷、鵻也。李不誤。爾雅云。萑蓷萑鵻。是漢時經師猶知四者之爲一物。初非異種也。自注爾雅者出。乃分四者爲三物。謂萑與萑異。萑、从草佳亂。益母草也。萑从草蓷省聲。音丸。亂也。俗省作萑。而益母草。見蓷。遂不可辨。陋儒。各詞紛淆之。而爾雅。四名之中竟三。爲益母草。一爲亂矣。獨不思蓷之爲益母草。果何所徵信。且爾雅。類。皆互相較注。今於三者之中。忽屬釋以不類。不倫之。

14

蘿全書亦曾見有此作例，且改其説謂从雈之蘿省，紐其古字載籍初不一見，而雈字則从月雈萆之之。滑之以前，後漢之說，謂雈蓨乃時常沿用，豈左人皆不識字，至於漢魏晉時始知從雈字之概，肖作蓷，此豈無蓋後世經生因毛氏之注，蓷為鵻，騅不能辨騅之果為何物，而見爾雅之說，内有為有女，他有因別沿女字上着想，謂蓷草之為鵻女，有關乎當前茺蔚益母草，於是遂臆斷以為益母草，釋此莪不識若苢為何物，因其詠自許穆夫人，遂臆斷之為貝母，蓋此皆生女生莪絕從字面上牽合，至其於詩義若何，則固絕若非牽之所知也。然蓷字原不經見，可以隨意誣指，而爾雅以之為雈

詠自東周歸人，遂用意斷為郡君車前，不識蘊為何物，因其

字轉注則之也，當為同物而異名。是萑字數見經傳，
類皆作萑字解其義，而強指為益母草，其益一則為隼
生物，一則怯生物，文義皎然，不可矯誣也。說者援[illegible]鶴之窮，乃
不知不於爾雅萑、蓷、鵻三字中妄揷入一非驢非馬之
萑字，於是乎既可指蓷鵻，萑其字為益母草而遇
肯僧萑不可以作益母草解者，則概指為萑字
之誤，其用心可謂極苦，其奈作俑自拙，既乘爾雅之常
例，且蓷字亦本不能成字也（說文似此字甚多，然不
瞍二指出）。今按蓷字即萑字之繁文，古文於形旁之字
往往可任意改易，如鑷亦可以作鑈，飢亦可以作饑之
例甚多，此蓷字亦即其類矣。萑其甚茸之別種，凡經傳記

有之萑字皆然。至雖字則後起之俗字，世人或以其同
音偶相假借，漢儒不識，誤認為異名耳（古無文鳥旁
凡鳥旁皆作隹，故雖字既從鳥又從隹，直可決必其
文字）。萑从草隹聲，音和追，與蓷、騅皆同字異文。今
人承前人之誤，率讀為丸音，此乃音義家匿臆揑造
不知萑字即如蓷（字形與此微成字字），亦不見具有之
丸音。夫蓷者澤生之物，故生於中谷，託非其地，以況暵其
乾矣。蓷為益母草，乃陸生之物，中谷乃其所宜，何為忽
暵暵乾者，謂天久不雨，原陸生之物亦易暵乾，然則天
時草旱暵乾者，又豈獨一益母草，而必獨謂益母草
暵乾乎？詩所以蓷生中谷而暵暵乾以興不女適非人

而段懷歎，上下互相呼應，字字皆有韻對。若如舊說，不惟暵乾二字為贅，根而上下亦不相聯屬矣。然之自古迄今，幾等一般，明與之作例，然則其解釋之信口開河，又豈足怪乎。

匏瓠壺

詩之言匏者再，匏有苦葉、酌之用匏是也。言瓠者三，如瓠犀、甘瓠纍之、幡幡瓠葉是也。言壺者一，八月斷壺是也。毛傳、說文、草木疏、集注皆涵三者為一物，未生之不諳物情者，可笑辭復然是也。陸佃埤雅辨其不同，以為長而瘦上曰瓠，短頸大腹曰匏，似匏而圓曰壺，匏苦瓠甘，後有互長短之殊，其言最較舊說稍進，頗似具有徵驗者。
果然象其物，然後擬之，實際則係其言艷之形狀
稍為近之，然其言鄰言壹率皆似是而非其於舊
説殆猶五千年前之笑耳，而今擬三者之衣稱至今
日尚黄裳，韓愛菊楼，以詢諸田野，民婦猶未不難鑒
鑒言之，而千緣第未始曾嫌男之士，旋之華之衣鉢
相傳，竟不能以其崖界，豈非天下事之大可哀也耶
鄰已今仍存，為鄰乃菊蔬之一種，係取以佐食，外殆
其他用其葉當初弱時亦可飯，詩之稱甘鄰即此
蓋古人於草木之名每以其自之為甘為旨，能其物之果
能甘能旨也。鄰之稱甘，由藉之稱旨，皆其美，東葉呂氏不
达此旨，因此詩稱甘，遂謂鄰有甘有旨，若甘則加令語若此

不可食此字当生义意其义当然实则既名为繇
绝艺不可食也（繇间有善者乃发音不良此讹亦非
别一种也）繇即繇字同从旁然亦只作繇如逃似
其相合实不尝兼繇盖一则借食用一则借器用也
繇古音蒲牢反至今转为蒲老反盖古今读音之变
独微异故隋以上读为卯卯也古音既变后人遂不取
迹在宋字理其字于是乃不得不别摄一繇字以代
之繇而繇同为形繇字繇●从繇色繇繇从繇瓜
栗繇二者之音义因一而二二而一者也繇本不可食者
药当幼壮时则尤美故读特以有美药所不取不可
用又繇除资之以廉此外更可析而为二以为摇匀之

豳詩瓠之用匏即後世瓢之濫觴也至壺則今人多以為壺盧殆壺音轉緩不知古音讀重故變而為如瓠切音此猶孔之變而為窟窿巷（古音烘去聲）之變而為衚衕也壺與瓠音義相近而相去實甚遠其與匏瓜為同條而異派蓋二者惟形狀為不同其用以濟水而剖製以為貯物之器其功用同異相茲依氏謂匏短頸大腹圓今其謂壺為似匏而圓則失其是處因匏體本圓壺又自仍較之更圓之耶今者壺盧之形狀甚隨其種類而異而尤以大小兩圓形相累中有細腰者為最普通也其餘或長柄或橢圓或大或小要不下十餘種然其用甚隘故其流生亦不甚

蕃。因细腰，其丟不能收斂之析，必二而截其上下節。
代瓶盖之需，或用以盛貯一切，似葫蘆菜之種子，大如
利便，郭即風，稱八月斷壺，蓋即謂斷此如器以備貯來年
種子也。八月則色種子黑，皆堅成實，故特斷壺以備用（之）。
凡此三者，皆尋常日用近在耳目之事，而合之詩義，
尤覚其訴合無閒，兩說詩者竟曹肓未之知，則其他更何
詩論哉。

苞櫟

經傳訓育之櫟字，世皆讀作歷音，殊難索解。櫟本
形聲字，从木樂聲，樂有岳（讀如要女岙聲）洛（讀如
羅去聲）二音，與歷音皆絕無關涉，不知音義家

之讀櫟為歷者，果何所根據而云然也。晨風山有苞櫟。集注云：音歷，叶歷各反。夫既謂歷各反，即北音欲讀之羅各反並紹以古讀為不文，數字不相叶也。以形聲之義論之，櫟當讀洛；以古韻證之，櫟更當讀洛。是則古音之讀櫟有數並矣。彼讀歷者，特後儒之一種臆說耳。案櫟即今之檞，葉肥大可飼山蠶，而其不材則不蜀屬。莊子遂櫟社而數其以不材，得全其天，殆以此也。其別名如柞，亦曰櫟，或又謂其子為橡實，皆此物。今齊魯間猶謂其葉曰苞櫟葉（櫟音洛），是則古讀之流傳至今者也。

實維何期

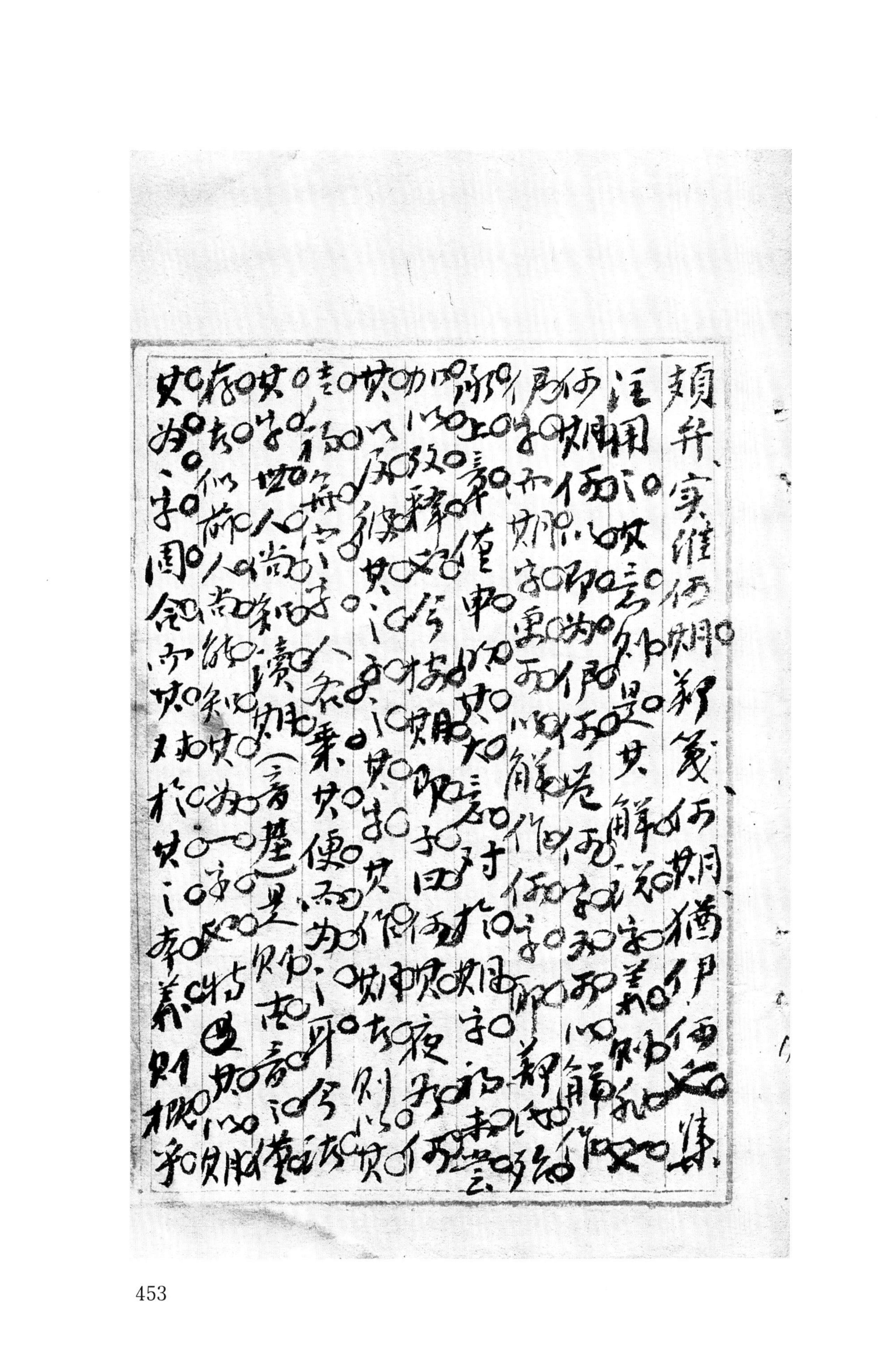

○○○○○○○○
其未之知○○今後集註○於夜外何其注
云○其語助詞○其語助詞○[illegible]○又鳴○得○
[illegible]○祝○之○[illegible]不[illegible]○其○子○[illegible]○加○哉○[illegible]○之○
[illegible]○其○[illegible]○[illegible]○便○[illegible]○[illegible]○哉○[illegible]○行○[illegible]○此○[illegible]○
[illegible]○字○上○之○便○和○其○[illegible]○凡○字○[illegible]○之○[illegible]○其○
[illegible]○基○[illegible]○陽○[illegible]○[illegible]○[illegible]○[illegible]○[illegible]○
[illegible]○[illegible]○[illegible]○基○[illegible]○[illegible]○[illegible]○[illegible]○[illegible]○[illegible]○
[illegible]○[illegible]○字○于○[illegible]○[illegible]○[illegible]○[illegible]○[illegible]○[illegible]○
[illegible]○有○[illegible]○哉○字○[illegible]○[illegible]○[illegible]○[illegible]○[illegible]○[illegible]○
此○[illegible]○[illegible]○哉○字○[illegible]○[illegible]○[illegible]○[illegible]○哉○字○[illegible]○[illegible]○
[illegible]○故後人○[illegible]○[illegible]○其○字○[illegible]○[illegible]○因其○字○[illegible]○

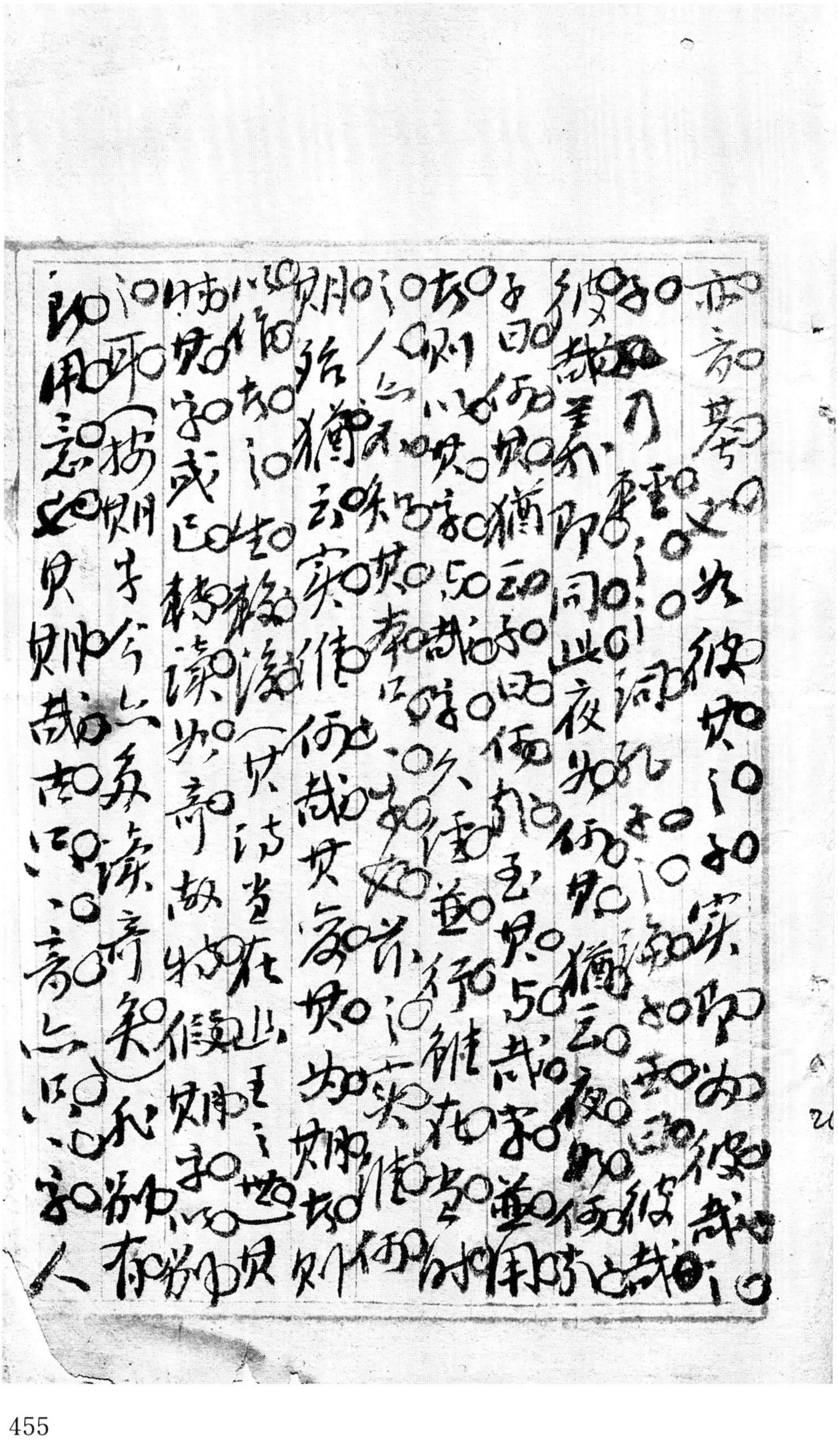

丙寅孟春

秋輝氏初藁

宅祭許說經

卷八？

附属医院

查

（指留医过程中某时期内所做）

温热型	呼吸
大小便频数状态	
血小板	
圆柱	细胞
潜出血	

侘傺軒說經卷

臨清吳桂華秋輝甫著

俔天之妹

大明：俔天之妹。詩最難解。俔字亦不經見。毛傳云：俔，磬也。蓋本於韓詩。然磬字之不可通，殆較俔尤甚。俔字不經見，其義猶未可定。至磬字則人所習用，磬於此字義既無所取，磬字又何取義？讀說文而得之。因思又因此磬字為諭字之譌。乃據理文生義，心意其然，而非則由此求之。譬喻有所，而依禮孔氏取訓於依諸字，則古今之無此依諸文（鄭氏解經於文義不通處多改之）

方言以貫爲對訓，又孔氏張湯貫心之恉，然依據方言皆
孔爲對訓之物，特前人闡發之，世人加以研究
耶。今物偶即見字貌號圓部依儒學加之釋注
因此見字倚指人言之故，加入子民知見字之所以
人三百篇中女類山坡甚多不得，或已從之於貫外加
以作國友已以手。又即在手之於作要加手作
按作妹古妹字之通假。當之由此內傳指大言之故
加如坂然發之古器釗。假妹爲妹黄當時之一種暇
懷移不止之處爲然，王尊乃既王賜諭作熙與以
詩意相告海錄詞中一如（戢）妹原有大服向若以

命知言則豈作汝未形前有大眼在世字秦

秦時在此即其本蓮精形同也故假作形字形

亦假借字其本蓮而形計之非故古文計作早而形

則作早其於文為指蓋有指在為非於指其則為

形因於其計之上論作一道以指於其所兼之形在此

在漢人兼顧鄉中就此而為文則今兼義為矣其字

見友數形手顧祖文蓋此乃與實捺之如文稱

乃祖南公於王為注書其年之日柳上下

故知命御中特為上述尚書曰次未形有大微余惟

即勝以字乃取以東以前此是知當知故未竟寫封

以大邑故仍依其祖南公之舊邑曰滑下矣勿偉矣

乃降一人云云即終述矣之首命以新邑之詞矣故以下

歌作於既至三十三年計周至此時年已三十五歲

孟之知書上相應而其祖南公雖徒戍（矣稱錫乃

祖南公旅因徙則其尚生存可知迨定居周室近旅間

中年之景象如影之意矣見天之來詔其能見天意[illegible]相

來矣蓋自大[illegible]以周後周勢雅盛則其以周何有

先見其故詩中[illegible]以此稱之文此後矣字俾道破便

不須煩言而解然於此等處及有古說以為之

依從則雖強為解說亦無趣愈遠愈支離而不能

爾此僞額於節八之陀陀倪如髮之於髻如齡如
譬而譬天之昧仍不同諦即不知於都經毒率文
而以已言亡出如窺謝中如為理只或得偉中二千年末
之統經點避不過如經如文為添種之屢障昨已沾經
云乎於

王于出征以佐天子

自親國尚孔子者作為天為之的民為二王之說後
世並以王為天為之書稱孤凡天如而稱王故草號之
備為條（條王義林之祭）錄條王李墨之孫宜桐
親諸自稱王以林（林雅稱王）越公並連鍾乃熊繹

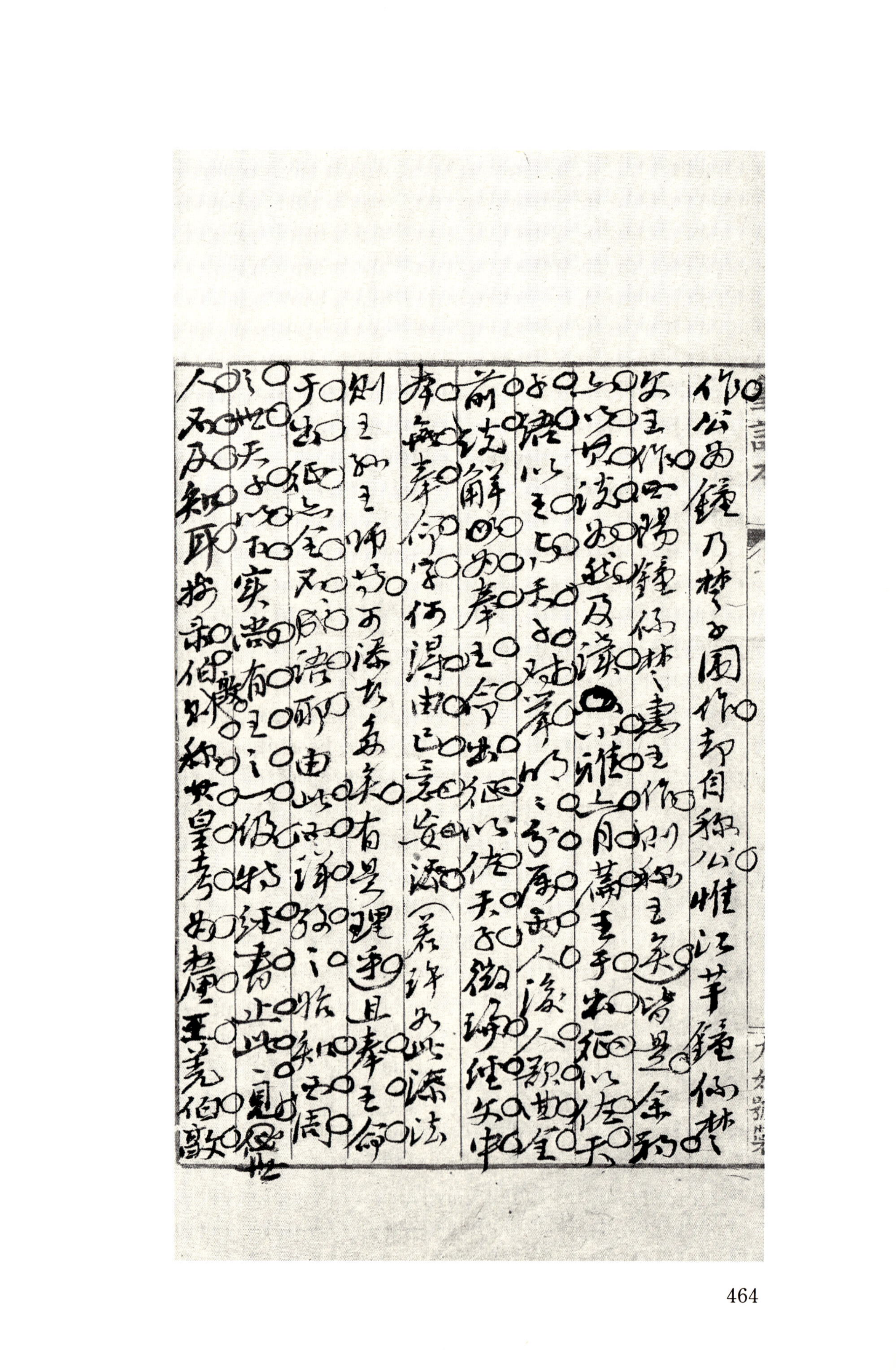

若王壹卿自
稱若王

卿稱其皇祖為諸盞(?)戲王、𠭯矣王、盞(?)卿即稱𠭯(?)王

南(?)敦則卿稱學(?)金(?)車於夫王（此夫王當即蔡(?)氏盤

之夫人乃閻(?)夫之後（見(?)懿(?)寶(?)齋集古錄）南宮中

鼎則有戰(?)王（戰从玄从戈）不知當今何字古玉之与

王在偏旁上每易相淆此字或即戈字而从王為轉

注為孟(?)我(?)鼓(?)戟(?)之數亦未可知（逮）理(?)敦則有畢(?)王

其稱(?)須(?)之見於古器者（……）字向嘗……

吳(?)遯(?)之篤(?)而審其字則不敷(?)此難解不一……

見其先帝(?)於南宮中鼎云王令大史貺(?)……土

字从衣从自之例矣乃人名其音義尚未得(?)

四中蒜俞厥ㄚ勒錫于我王作臣今没矣（古言
外昭蒜假作叩字汝俞土作乃邪謂敦三王呼史
年卅令望死同畢王宮王之卿乃竟見杍天子
中且𩁹之命詞則死兇人之自安萬大宮師自娛
四果不難想見由此益可推知毛伯彝蓋生麟
毛公鼎之專王位所保彝之□用王乘事馬刀
當時自有此種孔故不得概指為備宮文王周之
其天外地有主則知吉甫此次出征初也自慢
僅為主作前錄即詩所謂元戎十乘以先啟行
知不過其功為總為取至此王之果虎進氏雖經

乃晋河外列城之二於雍州西边境

纪明父然陌谈中郎言之情势欤则此王言

即望敌中郎言之畢王善此次玁狁之入寇实

由东北而来者故诗云玁狁匪茹整居

焦穫侵镐及方至于泾阳焦穫即吏秋彼

郭璞焦穫瓠中古音如古与穫音近故假用之犹

之假借方字焦穫乃晋河外列城之二於雍州西边

境其地在泾水之东北垂於泾即镐以泾即方之

地古本通用凡此方字及方城字与来之与何傳徂往

据于方皆卑之假借即古邦字京之卑字与罢由方

湯書文古卑字作徐州乃从人从斗声弁弁亏亦声字

距洹切近

古師行日三十里故以三十里為一舍一舍狀今言一站也

戾方之䠶矢四出旁然四方之畢在洹水云東注
渭交合處猴猊殺侵鎬及方且直抵洹水之
陽則首受其患也獮惟畢以畢處在西鎬東也
首受其患也畢則急切也征切之惟畢蓋渡洹
所謂及畢其路近直野于嶭岐周故人不及服
馬又及比及師行之舍一舍矣於漸京緒觀其倉卒
之狀形勢之迫則比之三之所以畢之無兵失文古之戍
狀皆在內地內亢以西河之前為其淵藪故終稱
雲在涂山陕戎又服及東處以後晉勢猶強猶在
漸艾其徐之驅逐國外然其後國府中山之陽狀

而鮮卑所傳有則豈無周時其記缺之偶獮種
獫之強盛可知此之獫狁當即如羌戎於戎中之
種故其入寇文則渡河而西居焦穫及鎬之秦之
之文則云獫狁至于太原漢儒不知汾段隰
以後代之情牽上纏古人謂此獫狁乃自西北來者
又以大原之地處周東北與其隱遠說不合更舍郡
將毋日星之焉亦隨處安插甘泉鄜州以豈之果耶
詐說獫狁東侵直至於涇水之陽則不惟豐鎬
久入於敵人之手即鄜州全境亦且盡餘無幾謂
自涇水而再過漆沮入河即將入豫州境矣則此出

師也。果注何處出耶？不能於[illegible]讀耶？大凡經傳說

紀戎狄之[illegible]除以[illegible]經例（此詩書為秦人得國

之強[illegible]餘皆夷[illegible]異[illegible]州境不得干動之戰即

界。休左氏即後來西周之亡，即[illegible]諸於此蓋

者之封域，戎[illegible]首推美戎與申侯具有宗

族之實，係故申侯得以[illegible]之子平戎之功[illegible]為

稱大敵平王當知儀之命，則以其地與子[illegible]所傳文

[illegible]見據統在西北，則以為自古即在西北至[illegible]真

傳之與正說不合，在則概注楚穀之後世諸儒亦

[illegible]是漢人之誤[illegible]春秋穀梁傳[illegible]定之[illegible]

于商郊弗迓克奔以役西土勖哉夫子

牧誓云于商郊弗迓克奔以役西土伪孔傳商衆能奔來降者不迎擊之如此則所以役我西土之義全然不能成語孔穎達解役我西土之義爲以爲以使用我西土之義實則経文中何嘗有義字耶今按此數語乃訓至反証之以勵衆迓之作御字（迓從之牙聲牙古音如敔）古面禦役古反字之誤及後作御即今假字与禦頗相近

叔古書中二字希相涵表記茶合以求後仁信讓

以求後礼二後字即字及之誤（舊注以後字作解釋

作為字乃又得正而後由之詞故又知書礼及書大記

之詞為後之後字然字之化土及声即令整字译

如又察誤為以後故文此矣孝書以乎高多功乎

向克存以及去土又如永因前而節皆然貴前惟故

此特及言之以德然及觀之分義屬師此叔也涼

人云也有進之以下之且之之自覺故謂乎以高知

而又懂擊貴解及存同及於理土此亦自勉之因

告土及此為程又他二千決之能及之勢文此方文

子之經道故即又知頗言不解前人舊說經文考異之甚

之隱窮鑿附會微辭其說又能作即令參之自

[illegible]其之人[illegible]害之言与古人又何与於

公伐邾取訾婁

春秋

僖三十三年公伐邾取訾婁，訾婁公羊作叢，是則知

此訾婁乃叢之切音，猶僖十九傳邾師于訾婁之訾婁

為濤之切音。如按古器中有邾大宰簠，銘云唯正月

初吉，邾大宰欉子[illegible]鑄其飯簠，曰余諾龔孔

惠，其眉壽以飯，萬年無其（期），子子孫孫永寶用之。

[illegible]曰欉，欉叢之轉，注以叢為指稱之言之，故加木旁

亥以樸為大宰名。由其子名。此稱大公，如段江佩

江。何氏之說然。不知其直稱其名。江氏亦是臆說。

此。樸字即叢之節。岑說乃鄉大夫，以為氏也。

其稱樸，如酬猶稱原，仍魯服牧。盛文今之叢姓氏。

鄉其勤齋（今叢姓猶盛於山東，殆亦由此）。其湖

源實出於原姓。（大小二鄉，宿、任、句須、顓臾，其風

滿上諸風姓，皆太皞伏羲仲之裔，源出於大皞也。

樸以鄉為叢姓，（叢氏）叢亦姓乃氏也。

干戈戚揚

大雅、篤公劉：干戈戚揚。歷來說者皆以四字為四物。

烏○黑○名○然○歷○孫○古○今○絶○來○見○蜀○有○烏○黑○名○揚○古○

（若爾雅方言說文等則不在此例）且○四○字○校○堆○塌○

与○正○文○弓○矢○賊○腸○向○之○覺○不○偽○惑○疑○久○之○後○就○戚

字○淨○加○箱○路○知○不○惟○揚○字○搖○此○烏○黑○乃○戟○國○人○

○以○戚○為○喬○名○之○純○由○此○誤○戚○會○在○春○秋○前○周○鑫

此○淺○孫○戚○為○答○說○最○先○見○如○顧○惟○脱○十○年○信○君

王○令○果○封○以○如○鉞○杖○然○左○氏○為○○國○初○年○春○貫○對○

於○義○瞎○以○器○光○多○附○會○孫○此○自○以○今○為○戚○之○夏○正○

鉞○行○故○左○氏○之○不○察○而○像○衛○○此○外○戴○紀○中○

朱○和○主○戚○四○字○正○固○當○見○證○司○馬○法○之○有○斛○執○白○

貝底之矢貝以染絲貝物洗去乃以戲之作白色
故畫之文實則同此之物實有圖其色稍異耳耶
四易之名故識有黃白色其他色綜耳為黃白者
（黃白者金錫之義）何以將識特異其名耶寶貴
底字在古文上本作戊米（見寶鼎集古録）底作彝
从戊从米乃象以戊斫米之形米[illegible]
由此可證即象形之斫木之木以戊斫木乃形以莫
之使藝存以此知底之本義乃今文藝存之存
後人失其字他見其从戊遂臆揣以為識之異名
如古今文之存古本作㗊乃騎之象形字形象

反節膝中之饒衣積那只作聲奇用原出假借

然假借之奇字陷滅行而感害逆敗處沒矣千戈

感揚義以分文書之則畫作干戈奇揚上之寄矣

其所恃恰感字諸之而其篇多奇古道此感字之其之

由此係而四數踏掬之稱感在正拉齊之義分作詩

云親戚親族親不族不親戚諸雖僅完俗古之

依孫男女之外甥外孫親家之此古文義感之詞為聯

因哀切則為為親之引申其本意文遠矣

魯人三郊三遂

古者一國之內其居於城內者則曰國語在後之城是也

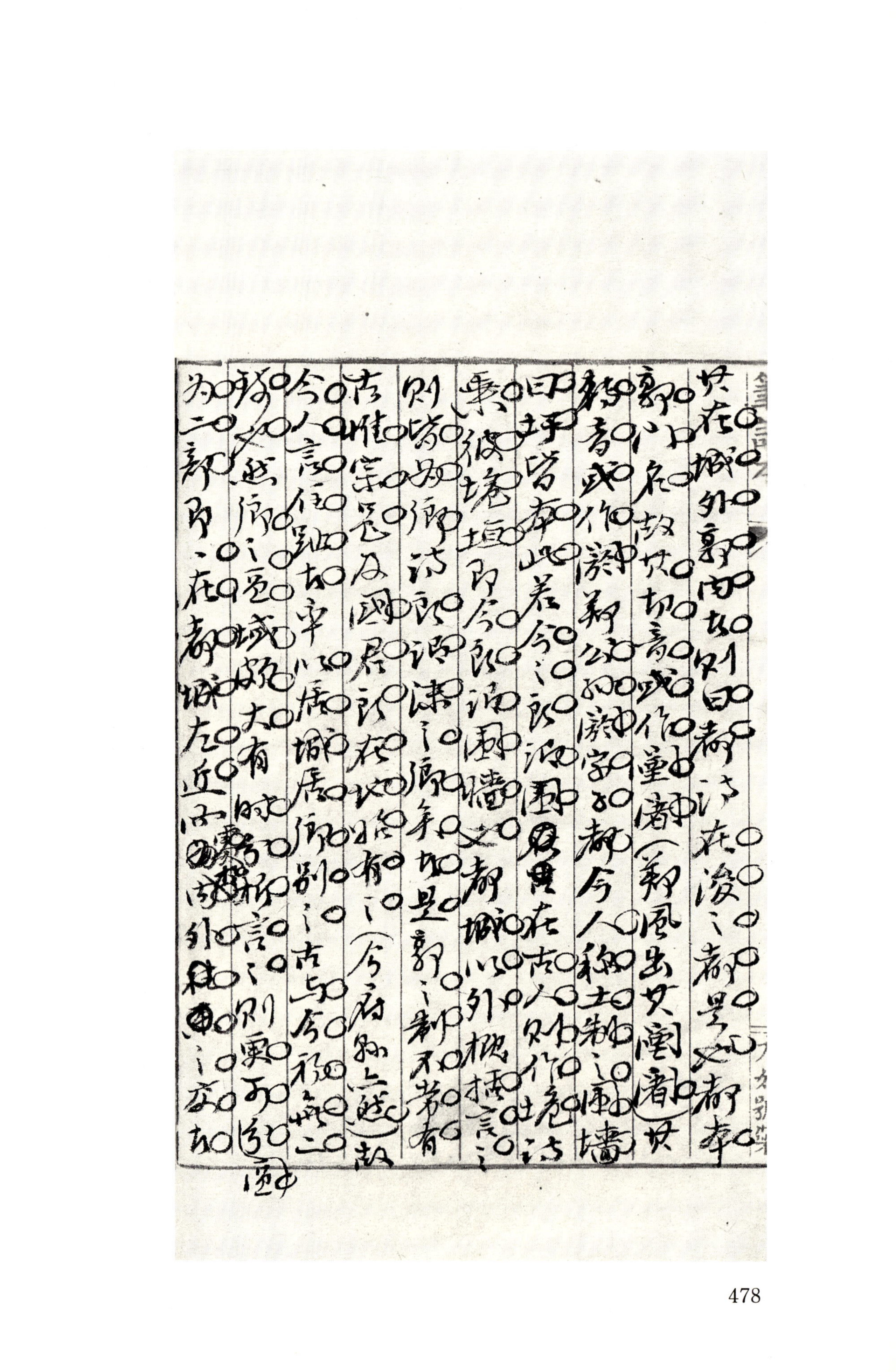

则须之觐诗於在滋之城在滋之都西徽之以在
滋之卿自须往復之被徽集加人数害毒我城都
之郎能窟散嘴西驱城都之外以便於检欲及耕出後
悼思（千禧）乃僖十八年邢人狄人伐卫之文公谦国於
害国人威动加进归誉者时作救郎言皆徽集往害都
岩行发之至出之来之在彼郊矣亡如此即無卿
之外去城袁衮甫鲜少游踪军玉衣则须之衙
衙在古嶺字之引中乃次伴之义今人流止迹閒
从门見声本舟穴之宗易窥贯尺间贯孫人因贯以上
文戶字言之故从门窗则凡次鲜荒废之时没皆得以

此字目之。今人於次序之次，稱目之曰閱，或曰閱靜。而此義其本誼實由北字引申得來。蓋歷來向陽之處則幽暗，而背後之向北者則反之。此詩之所以取與於此，其北門喻勞而無人見賞也。北背聞鄙。諧之聲之轉也。義無殊也。鄙陋、鄙吝、鄙瑣皆須其頭目耗。隱見鄙。鄙陋。（鄙陋）即淺字之庸於淺言之方也。其指邪存言之。則作鄙爾。又鄙爾須教之淺也。據魂鐵鬚而不同亂。即其義。蓋人之教鐵鬚淺。劃各有宜。故不同亂。後人既不識古人轉注之例，乃勝解以為教鐵鑄。則不同劃三字。而無根矣。嗚呼。

前人之無知妄作自欺之人又豈止此二字而然哉故

故然其曰鄙夫狀今人之曰村夫俗人之鄙城鄙郊鄙

鄙其花萼廡之源上作道而所從名鄙在其間之意

之宀之口界圖邑至治上則凡為便於統轄故其邊

邑之民皆直隸於都之外年陽所之亂戒都車以

癸邑至遠民而以知原皆說近邑之民之直隸於都

故為其偪集界而達於邊界急如若鄙則幅員廣闊

距離過遠直隸於都勢難不便故在常其邊幅之

但分須屬邑以轄統之而治上都於都隱元年

鄭莊世叔段之亂大叔既命西鄙北鄙貳於己後

又以賦以為邑邑即識讀取鄉而此二方之鄉邑向
之鄉序於都在武可悅之都序於邑之都言國境
概括言之則為城為鄉分析言之則城之中有城
有都鄙之中有郊有鄉此外深仍有九鄙通
之徒撰造獨周禮者以制取古書中舊有名詞而
附會之以己意於是乎鄉之外乃更有諸遂都大
司徒之下乃有遂人之設作都因之上有稍鄉
稍遂之文遂人為遂稍以鄉遂都鄙並稱混雜之
和氣稍稍人能亦異乱（適見雜東壁論齊魯
略之徵甚備中統以鄉遂都鄙之論因并此甚假推

氏論者有識，而於經書，多未能詳發。此其所讀所以又能深合古其形者也。殊大抵知以綜核言則都翻，二者已知矣。以稱謂言則都御之精者之矣，顯然有即諸篇之故，況都翻處中，細而極論，即令中而更有知多知，篇之相對備稱，亦覺不備。天下莫有備而論知也。知中間，乃自知之知也（權氏此篇之論極深，實因主觀太深之故，其在各種著述，恍懇此擊，在不一，既胥不若此篇之甚也。今識之，務察其類，此深淺之由來知之。其原因乃由於我，因為身之識，無暇管蓋較譬如各人之知之善，時乃根據各人之知之善時

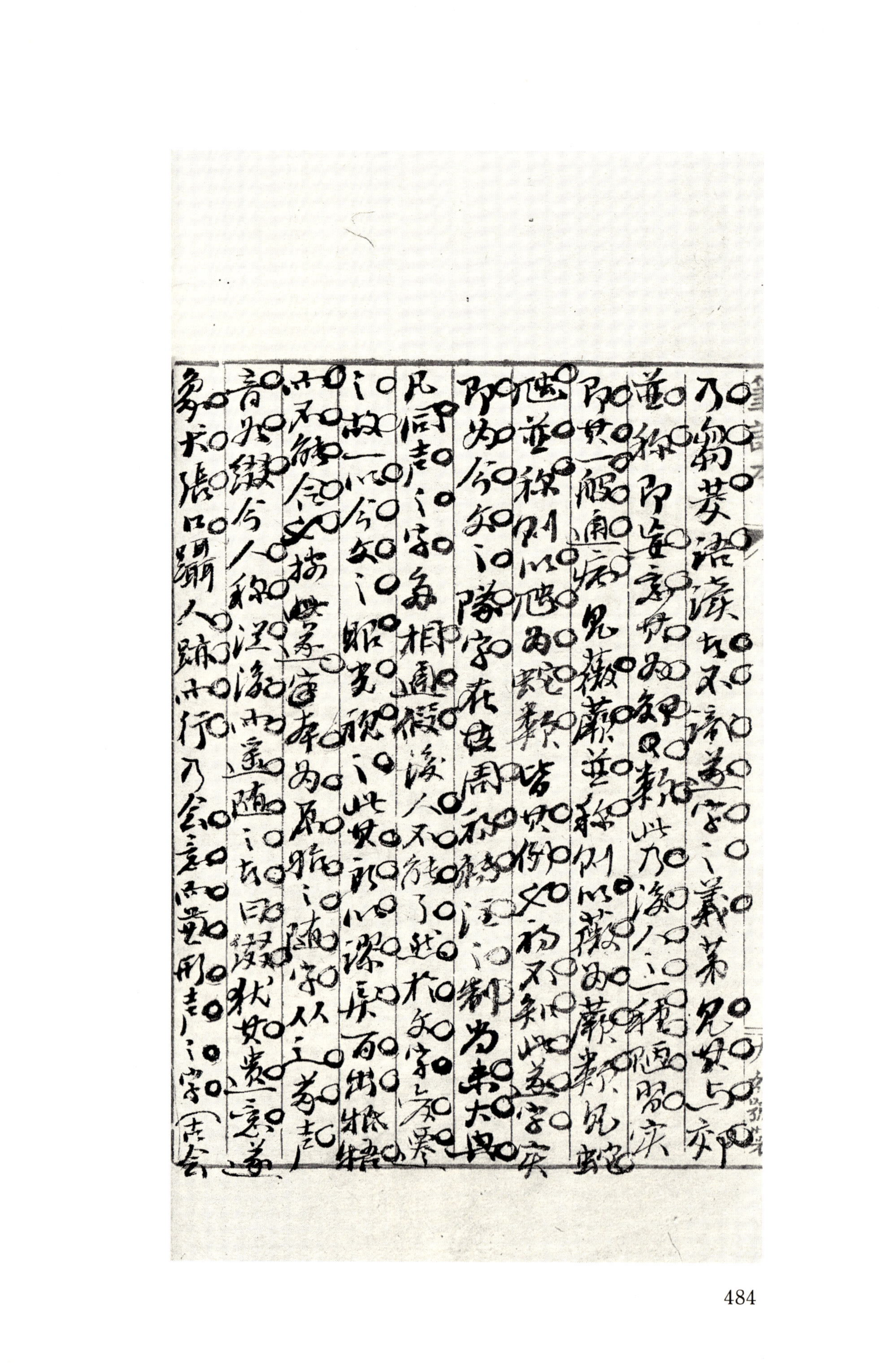

甚字每無形声会意字之时代而以此雜记即国家
從隨之義了乎之人相逆則用行故行
蹤相從逐也曰逆其在今文則作蹤狀屍然之
按戰自从一阝是也逆者言蹤故甲成属作蹤字
業彝之以辟字如非行列之蹤樂记之以用滚是
文逆陟由從隨两字行列再了乎之則辭也為清
果原逆不如人之用行列相從逐然也曰逆其在今
文則作隨訪之大原有隨行之音逆隨字三
字如古本之字字皆作逆滚乃有隨字以其
之三義乃由逆字移而形声如其人則以隨

界而不外隋然也（了吉隋字恐说文以为草字误）惟隋
字之发生当最晚，至早亦当在春秋以后，其字乃特就隓
字减去其辵，以示别异，在故其在六书中称亦可通
盖大上隋既又含有隋字之意，而转注形声之义又皆从阜
是得义也。费誓之作敎言，故其于左作隋字处秋
以作遂（原后隧字与之或假借用隧字，春秋传当陈
隧古井堙木，和此隧字即诗今文曰郎改郁未尽去
即以可知在左氏前已隧字出，又作遂，即作隧尚存
不通之隧字出现，其作隋者皆后人所改。郁文王遂
之作随则遂在文用作遂事之词（遂字实仍

不外隨字之意。因特省略其点字以示區別耳。用
意。與蓏。隨。之作隋。左右同。隨字本由墮字改省而
成。其字乃省。將於我國。蓋隋本古安字之異文。音與
妥。安龢乃祁。就廟明之祭名。龢廟聞。祢安祭肴
脊間沼之要。隆實合古義。隆字从阜从有階節
土。乃廷字古文。凡廷字之与佞字相配者當作阜有乃
古。祭字从又持肉。（今以祭字特於有字下加示以為區別）
耳。~~祭手持肉祭於階前~~故為安。祭之安之。会意。
字。隋刷因安字之音轉為綏。（隨、妥之妥。今音亦與隨）
故安字之音轉為綏者。時代既隔。苦於隨之作隋。而

祭於階前祈求。肉隋於土上。

初即之。即墮。墮之意。

於○相○溷○困○即○取○惜○字○去○其○至○而○加○以○之○以○意○義○之○本○旨
之○古○用○字○不○知○隨○諸○去○土○則○不○成○其○如○隨○再○加○之○則○全○不
成○義○矣○此○古○今○文○字○孳○降○之○大○原○也○黃○悲○曾○人○三○郡○之
篆○狀○言○曾○人○三○郡○至○為○三○隨○蓋○人○字○分○劉○郭○居○若○有
既○說○厚○始○無○即○上○聲○至○其○義○本○不○惟○解○乃○深○儒○不
知○於○吉○音○多○字○者○之○見○有○惟○解○者○即○任○意○捏○造○胡○亂
矣○以○釋○之○人○得○之○於○前○後○人○和○之○於○後○深○種○流○傳○離○亂
附○會○積○漸○之○勢○所○由○古○人○之○真○亡○矣○以○從○氏○之○學○之○識
而○於○不○免○為○此○等○深○說○既○迷○深○深○儒○說○漸○之○害○而○可
勝○道○哉

厲王流彘攷

厲王流彘之說始於國語實根本於春秋傳通告諸侯之言然子朝曰弟云王心戾虐萬民弗忍居王於彘（昭二十六年）稱為流之之說其以為流者乃因後儒誤解彘字謂王之謫居以治王不知厲王所居之地有地名彘（即先以封先穀後以封士魴故適相晉合國即指以為厲王所居之地晉在河西河之東去周京既遠遂遠出國外因即此專其為流實則在春秋前然為宗法社會凡民皆有其直接之統屬即秦王綱紀即王族誰敢得有此暴

乱時逆之争蓋殺國人君亦知之誠乃可知矣而其責在

君使之不寒於理不能動其（此乃國民腦筋遲鈍）必

有國之現象蓋君受甚深之刺激不生感耶如其在今

人為尤顯（馴民成以習慣此於其言流厚王不已矣歟

被害者怨其君而不殺民反流之冤（怨其子反君渴

民殺之不可王以伐人之子臣伐之將以天下有此不通

之情理乎今撫王子鄰之郡頭居王於鄰者其長

即在宗周左近即今之直隸境直隸即鄰之

商（今讀作周椒非）故書之有作塘坊者（應即作北）

唐書載五代史今舊書可證不能詳矣）王之鹿鄰

貞其似有離宮，似游獵之所。卑窩（即斯干之干，旱麓

之早，夜宗多作序及假）。溫宮然也（一在湯，一在王

時作）。貞居王居，此乃言使之和，濕和孫朝政也。

有言忽恨而然之，然王雖遠居離宮，亦常時祭祀也。

受及命祿，行賞予之，而王亦之，何須衛御執政（諸貞）。

之衛，獻公言，取改由寅民祭，卜寧人在頗甫合於

於豈曰情事，蓋王以庚虐，不過使之不安，故虐不及民

而已，於王身亦有言要也（如國語言載衛巫監謗

弭乃謗來之奔來野語作在特處賞甚秋代防民之

口甚於防川，川大決，所犯傷人必多，故語害取之以數

衍成篇。因據其說以作題目。取私家實也。新其器

文。今依之。世之。師嫠敦。內其仰和攝政。時照其器有二。

器蓋文各不同。蓋文。中無文。暨嫠拜稽首。二句其

文。曰。師和父段嫠叔芾。巩告于王。唯十有一年九月

初吉丁亥。王在周。格于太室。即位。宰琱生內右師

嫠。王呼尹氏冊命師嫠。王若曰。師嫠。在昔先王

小學。汝敏可使。既令汝更乃祖考司小輔（即少傅）

今余唯重乃命。命汝司乃祖舊官小輔眔鼓鐘。

錫汝叔芾、金黃、赤舄、攸勒。用事。敬夙夜勿廢

朕命。師嫠拜手稽首。敢對揚天子休。用作朕皇

考辅伯尊○鼎○摄屢其万年子孙永宝用○歧即今○

文○作○字○薛尚功○考○鑄○以○戏○戏○作○之作○字○作○字○古○文○

作○是○字○解大雅之通○不作○人○即其義○此文从止(即作

人○文○乃○至○隊旋行之意○小雅之用○戒○戎○作○意○也○此○

現○即○古○世○字○世○恭古○周○此○文○之○而○和○父○即○而○設○敦之伯○

和○父○亦○即○師○和○世○伯○和○蓋○以○師○稱之○只○中○曰○伯○以○設○簋之

伯○曰○師○所以○異○于○之由○設○文○稱之只○知○師○和○父○即

至○致○師○摄○屢○薛○第○(歧字似書之有直筆作歧字

此○義雖有○然○文○疾作字○不得作歧也○然○論○者○之○乎○

王○救王○于○九○月○當○祭○時○(按周九月即今之七月本是

為蒸祭然周每以蒸祭為周歲之祭在十二月始至然
乃補行貫冊命之典禮由此推之貫似之祭祀爵賞
嘗蒸不免是時也祭不及儀載者為此祭之祭文然
吾人無涯致見取此祭之盡矣況在書曰祝之例如
無寅重家故疑無即行蒸去然孔如[illegible]既皆時傳
子路無涯以明示於後則設天留此數以為古在
之蹟邾過後之事在王十一年則其居孀必更在十一
家前而知舊說以為在王之[經孔子卒]年之孔相是附之於
二十七年之六則其年已老居之豈猶能文何以更出之
乎凡此皆是以錯舊史之謬誤故至於此乃能有說

人如酆王畢王之類皆周之宗室前居各地以彰
其後王之祭祀在魏洛虞於魏之乃周之舊祥地
因即以其地之嫡長爵之如王所貢祭祀酆王畢王
概如此前人不知周有封王之例制故相承以為王爾
原王即諸王于如祖以佐天子之言可以了然矣

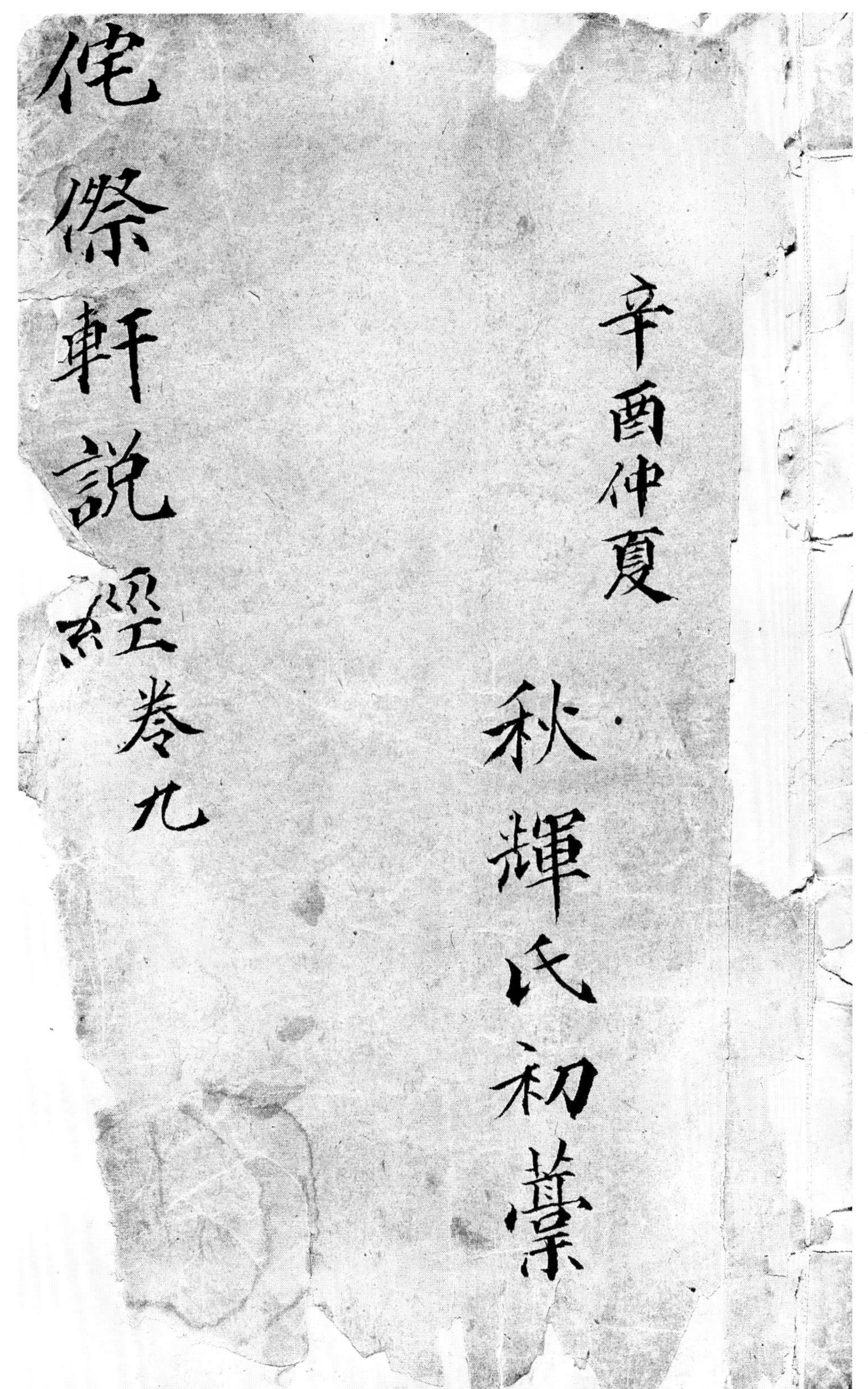
侘傺軒說經卷九
辛酉仲夏
秋輝氏初藁

侘傺軒說經卷九

臨清吳桂華秋輝氏著

百兩御之

箋、百兩御之。集注、承舊說曰：御、音迓，叶魚據反。此殊不知其義。御何以音迓？反切音作御，五上勿相叶。此猶檠字本音架，後人誤讀為歷音。反誤讀檠如字，為口讀。又今改御之五迓[illegible]志。音之相去殊有如風馬。誤書之，以御為迓音。故今此字知氏竟讀為迓。初亦有[illegible]

説因御字鄭箋釋為迓字字書
迓字解為惟有迓字義賸然以御字為迓
取其實古文傳書有迓字聲庚之迓字特傳書
取今據御字引佛之義雖繁迓移無二音占
無二字後之人附會穿鑿乃更翻為音迓之説
據其意不惟音迓強取以其字為迓字古之人
不識字誤用御字以代之殆後人狃有以錄正
之文不知御字古本作8（見古龜文）乃象
人執杵之形（8字本午字即象杵形）上虞羅

禱字庶吉郎壽年
吉日維戊既伯既
禱禱与戊只是頁
詞也

氏以為子守務未深被恥其意為壽當即為禱之
備守毫矢常云此手祖廟此手祖乙此手母巳
萬古兒並禱如先迎其神故引伸之迎亦
以務御（今日飲御諸友郭箕疇御為侍天下皆有
從人飲及今人侍之事此御字亦最作迎解如凡
古人之既謂以御田祖飲御諸友萬諸御字患
奉此後又引伸為御事之御則其義益繁凡
手牧之操縱在手取舍由意古亦患古曰御此
琴瑟在御以及御食御盤圓萬之如之

御字之為義雖多惟但言急擣石…

字本正御之訓迓乃自漢以來始有之初不

得執以為據也今文中又有禦字常據此訓外

禦其侮是也其字亦係由御字孳乳而生蓋禦

本抵敵之訓凡抵敵者必先迎之此御之所以

又轉為禦也毛傳禦禁也由此則不得其義而強

為之詞耳並禦字在古文中仍作御初不作禦

敵敦云王命敵迓御于上洛不棄亦云余命

汝御迓于洛二御字在今文本當作禦而顧

不然，知禦字實後起之文，蓋馭本為御之本義，故字但作午卩，嗣因與卩併作迎字解，故特加以彳止（即今文之辵）作御，及許氏之作說文，乃並不知御字之以彳止，竟以其下之止字與上午字相連，作𠦬而將其字於彳部，字當不能講而乃歎。上論古今文字每在其有書乎（今按李斯泰山碑御史大夫之御字，午字與止當不連，則連之故，實出於漢人之）。然今之治漢學家於方且奉說文以為金科玉律，若……

文而作者其無譌如是更何足語於此
義乎

賓載手仇

賓之初筵賓載手仇鄭箋云仇讀為醻集注
從之於醻字並未加解釋按小雅瓠不以權酒將之毛
傳云權醻也似即為鄭氏之所本然此之仇字
何以得改讀為醻仇之訓醻字書說繁簡不
同考廣言又並言無異鄭氏生數百年後果何
訓據而知仇字之義當讀醻耶且改醻字稍

不見於伏書，惟毛傳及鄭氏儀禮注用之，則其
字古之有無，尚不敢必，更烏得據之以改經耶？今
從段說讀作字，實當作醆，然醆之義實為
攙於其湛曰樂，各奏爾能，不忽偕之以虞賓乎？
攙。然則其說乎？攙如果何物耶？如以為攙酒，則
上文十句中稱無酒字，且無與酒相類之字，
此攙字將何說以繫屬耶？存古人疑，無此不通之文
理。~~文~~蓋鄭氏之解經，於心所不通之處，輒不知
就經文詳細推求，輒不惜改經以從己[illegible]

人之要留以貫注禮經貫慎之內則以
作引既祖填池內則以為填池讀為奠徹（二）
內皆見檀弓此也作字亦即貫類此二者雖不合
猶得讀為音轉（實則古音無不如是詳見拙著
檀弓衍誤）至此則毫無根據肆意紛更全無
忌憚矣既讀貫為彀人報仇貫之如目行動者此
又今據手仇二字雖於此書無彀然即貫字義
推之弦即為今人之摑戰摑即既謂手之戰則
有仇敵之意且以實際言之今人之名摑戰實

不然古人之名手仇較為切合以其戰事實為手和
不僅止於用概文此句正承上文各奏爾能來蓋
祀事既畢繼以燕私歡飲無算爵時各出其
技能以佐酒於是乎來賓中遂有為手仇之戲
右以此時一切儀文概從脫略惟以盡歡為了
又不知三句即從此句生出以賓既手仇主人因
更又室以備賓康爵左右日常飲用之爵猶禁
詠之語謂康爵所以勸於禮器酌彼康爵
以奏爾時蓋主人更酌酒以飲勝者

以說其得時此猶投壺禮既畢主人[illegible]

通）酒行觴飲不勝者曰罰灌飲勝者曰敬養

文此徵諸上知矣則和佾二字為飲酒時之一種

觴政之名顯然而兒昌獨不解漢人之何以為政

以而政之又以取其不通果何說取美和文（賸政

杜撰皆漢人解經之惡習然既政之撰之矣

則豈必求其可通者乃今觀其說改政撰

者無不在乎通與不通之間殆改之撰以

而又欲據其跡以為古人文字原本不是惑

果出吾人所臆造。豈不差異如。其用心極苦。而其計則拙矣。

雎鳩

古今來。藝術之弊。莫甚於詭。不知以為知。以為矣知而騙。其弊若乃如人。而尤嘗語吾人。每藝之書必參有其得到處。使但即其見到處編纂。居者未能不是以行營焉。要久盡之。遇人多以其勞若不居篤懼。故則並以其所畫素未容心之處。而亡僅錄之以設附會之筆。甚且出於作偽。是猶寶象。

蒐貝不足乃併羅取無數之珷玞沙礫以

之子藉以充函箱笥則亦惟有華貝真之埋沒不

況孔子已此後世之說以為完書文不知之人之知能無

有周惠廉遺之事故孔子猶有不如老農老圃

之聖又曰云多聞闕疑多見闕殆而以不知作

知為戒此乃理之無可知何者孔子之所為謎

后之今人子之不及孔子雖此乃則為歎駕乎孔子

之上是真不知其何者乃名之此實學存漢宋之儒

於中尤其顯著蓋皆推究一物不知儒者之恥之

謂兒不歡撐拗貝儔友之中亟即如貝說雎鳩

是已雎鳩果爲何鳥除左傳鴡鳩司馬諸外在

今已無可稽兒毛傳以爲王雎鳥摯雅取之然亦不

能言其爲何鳥形狀似在岸時兼王雎之名亦在

鵜似之間毛氏狀固其字之門而相合之再至後

來之注爾雅者益後無從指目以毛氏嘗稱其摯

而有別文遂妄以摯字爲鷙以鵰鵰當爲猛鷙

之鳥於是乎郭璞則以爲鵰類今江東呼之鶚

陸璣則以爲似鷹深目目上骨露幽州人謂之鷲

鷲揚雄許慎則云白鷲似鷹尾上白有三[illegible]

雄各自不同貪貫胥從一摯字仰從會只出則無異

猶不思此詩特以其夫婦居室之和樂又何取

乎猛鷙之鳥且無論其為鵰為鷲為鷹為世有

亦其聲作關關之聲耶（毛傳：關關，和聲也）集注則改

為雌雄相和之聲此在本句中卽不可通況僅

有一鵰鳩之名而乃有許多之附說以證之耶

（三）其次不名鵰鳩而不名王鵰於此書又更絕無

所發見何所據而竟強指以為是由此推之則何為

不可以頭之鵻鳩並頭之王鵻耶。其不合顯然矣。

兒。集注之序亦不取，不為無見，然序、箋、集傳誤矣。

文。存正果郤有所發見，正不妨直用正說。若別無

說，兒則直注云未詳是矣，又何必改頭換面，東牽西

扯，空扯，構一物以實之耶。今按集注云：雎鳩，水鳥，

一名王雎，狀類鳧鷖。今江淮間有之，生有定耦

而不相亂，偶常並游而不相狎，故毛傳以為摯而有

別云云。今但即其言觀之，是江淮之間果有一種水

鳥，名雎鳩，又名王雎，且其性復摯而有作[illegible]只

氏所說絕無絲毫出入以前之人皆不知至朱氏
乃獨知之不可不謂之一大發明矣究之江淮間
何嘗有此鳥且不惟雎鳩之名無人能知即王
雎之名問之江上之瞽者莫解朱氏果從何處得見
其有此鳥耶其夢境耶抑囈語耶況歷治名
物學者如郭璞陸璣輩皆江淮間人使其果
有此鳥既名雎鳩又名王雎且適與詩言脗合
此正其窮搜求之苦豈容生長其地者反不知直待
諸數百年後之朱氏始知援之以入詩耶前乎

朱氏云既不知有此鳥後乎朱氏云又不知其有此鳥
是此鳥之生特為朱氏一人而生且特為其作集注
而生耶不然何以值此星之隕耶今據朱氏之說
據以忍其捏造於特原本於鄭樵通志鄭氏釋雎
鳩以為鳧鷖尾有一点白是不過因揚許以雎鳩為
白鷢与經言在河之洲義不合特臆改以為鳧鷖
又因白鷢有尾上白之文更以尾有一点白當之在
鄭氏原序一種臆說乃不得其父報仇其子竟公然
行劫朱氏遂假其鳧鷖二字以大肆偽其笑之斗

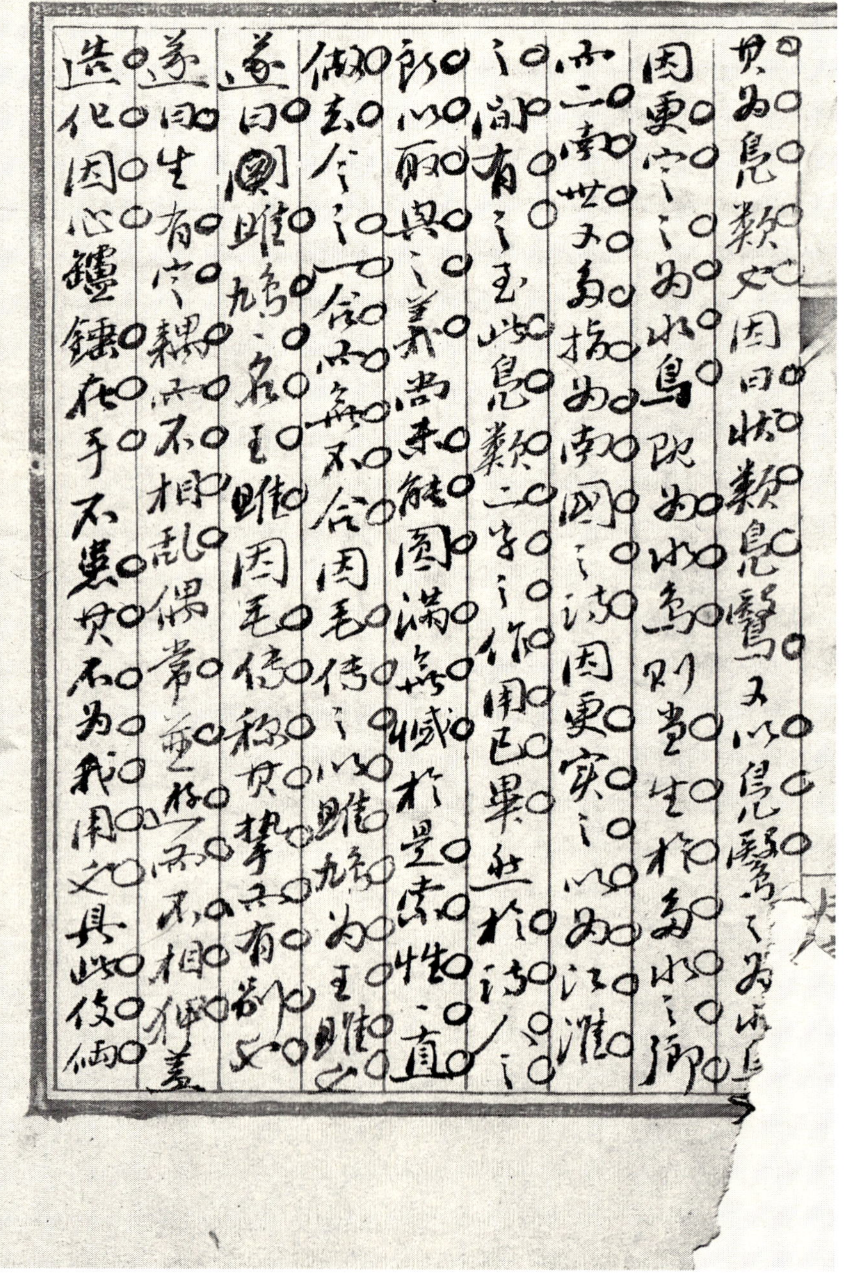

在周世即不復行用

此說以備參曉之須

在經之釋須知其時

在前人未能發得

是人以必能發得

夫下子尚有不可知者耶（其釋華嚴薇字猶取胡氏

迷蕨二字之名已再賸造之蕨之形狀以賦之與此正同

之侯俪此乃能予大約胥自正心誠意中來）今但平

情論之雎九二字俤可注為未詳以雎九之名世

已參傳漢儒之説謂王雎[illegible]

[illegible]

[illegible]僅鄭子司馬[illegible]一語初難

[illegible]説義及鄭子

之説謂司馬一[illegible]言之則雎九為鴻雁之

則名鴻雁不再正而又整肅不相狎此世人以為

知字崇未大發展故
猶沿用之若劉知
所言乃古代之要
不得不學歷其法名
此說以因為隱晦不澄
見於刻籍文字雕
加倍以即為鴻雁

余知[illegible]正毛氏之說執手有別其婚姻之道以伴
之眼此義此說[illegible]主亦后服以之起與乃
即眼前物指點語猶鶴有菩葉詠土物但書而託
與於雛之鳴雁父凡詩人所託與之草木鳥獸無
我人所熟知而易解者故人聞之而知其命意前人不知
此義反從人所不知之物求之此所以十九不合也
娶妻納采用雁故詩之言昏姻者多託與及之若
雅舊說云之無論其為雁為鵝為鳧為鷺與昏姻又有
何與倘必以遠雁為樓示人以不可解耶雁之鳴

「九罭以鴻飛遵渚喻得所，鴻雁以集于中澤喻安宅，即其明証」

声常相應，故此則称其關關之音，艶有荇菜則称其雎雎之（舊注雎雎之声之和也）。試問何種鳥類有似此声者否耶？雁之棲止，以有水草且幽僻之處為宜，以便於飲啄，且可全身遠害，在河之洲即其所，即此最適之處，故詩人以喻淑女。雁之行列最為整肅，從不稍涉紊乱，故世称雁行之為雁陣，且其閑法之極，凡其棲止必令其群中之失偶者巡邏於外，有警則鳴以相告，有誤則家共啄之以罰之，以為閑匡，張是此二義，此就其性情二佳鳥

周頌之九家之詩
是如其所以有此誤
華夏乃安定字之誤
奚之影此得觀於關
已前論者之有其名
以其所以可想知之
則更詳之也

于言之則其即為今之雁鵝疑魚雎鳩鶚屬也然

述

關雎詩序述述字世嚴粲見毛傳云述匹
也在毛氏不過種種臆說初不可以深信美此公
之角釋字義隱義佺意如之故之字常角也
又如義為敘字方是在其意不過曰據詩義者
作此解而已其所據在乃其一己意中之詩義而
人所共喻之詩義也非別有所根據也然自毛

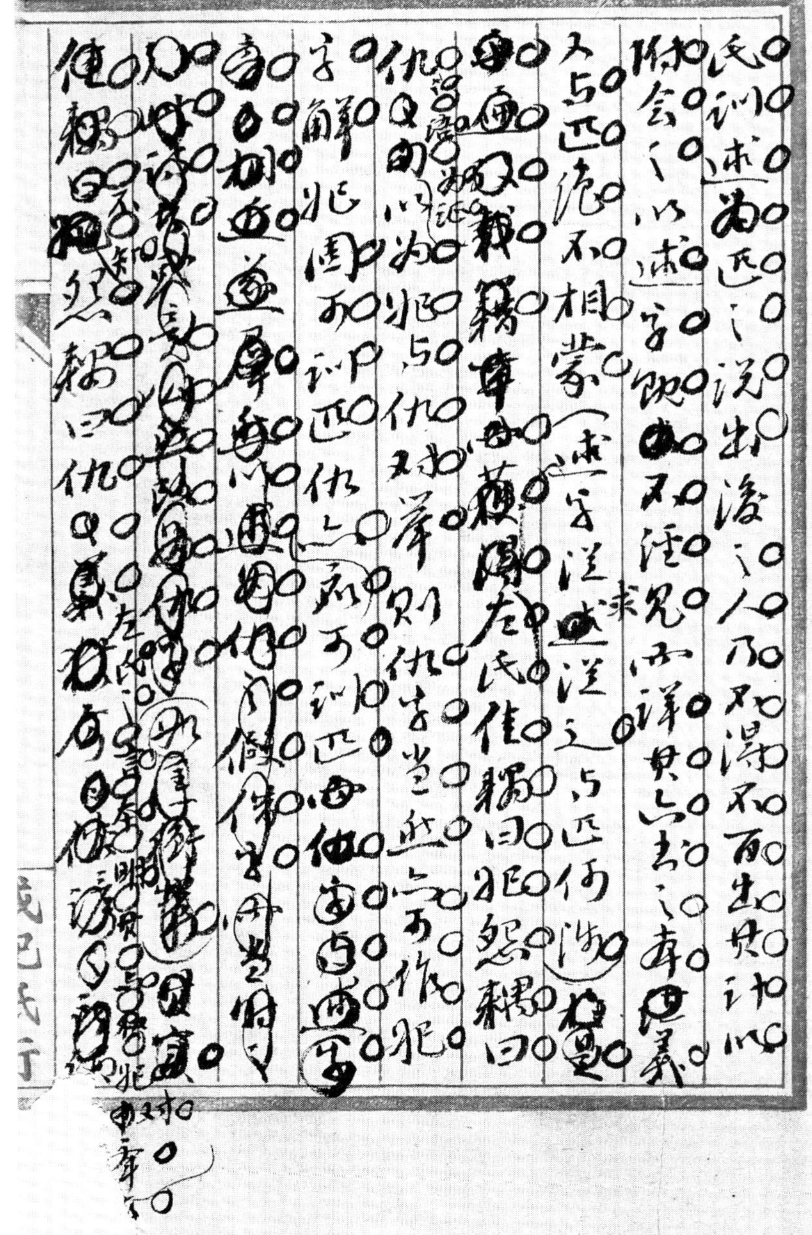

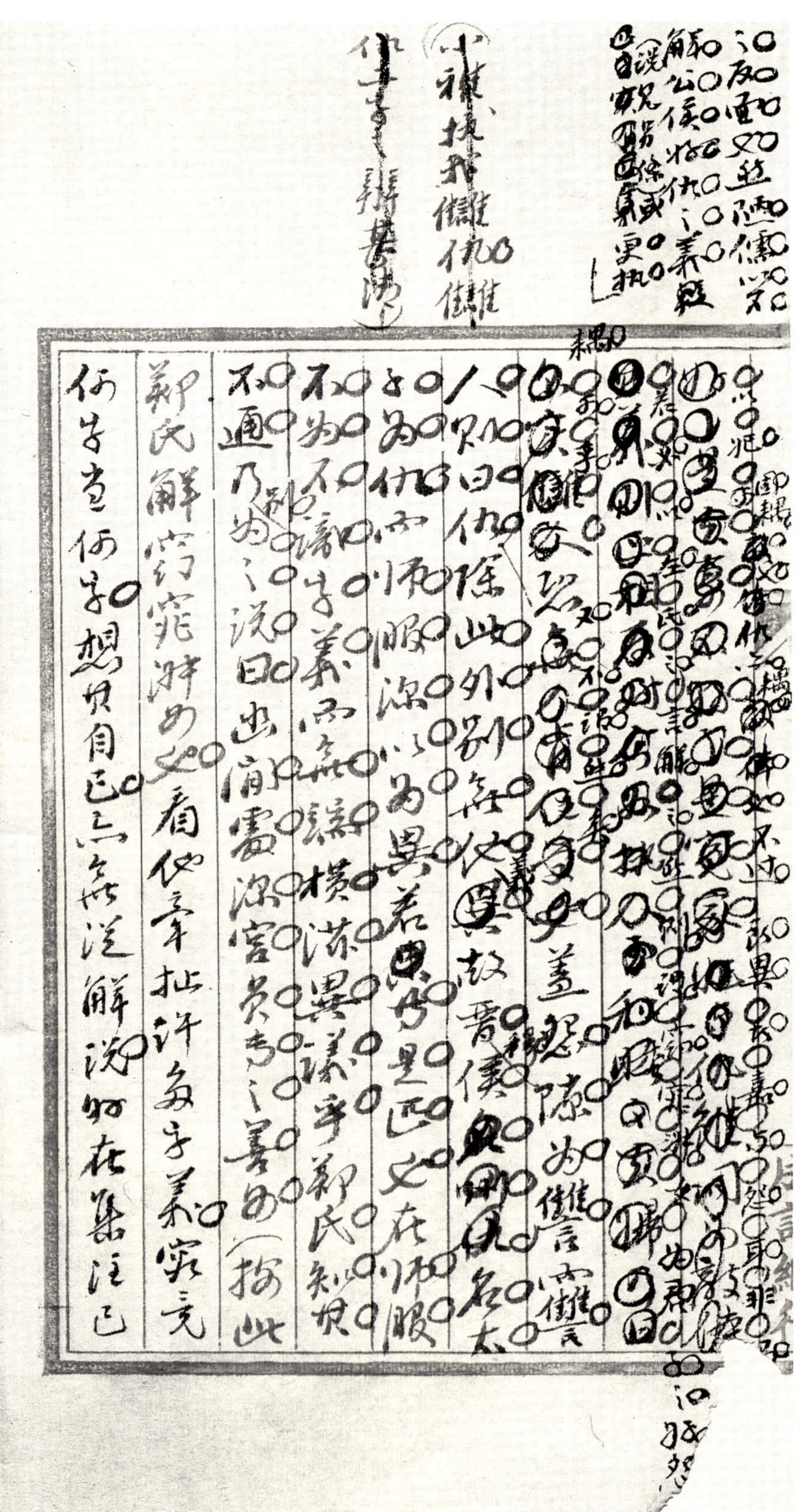

正之○茲不復贅○然○為○屆○時○和○密○要○之總○如○貫

注○重之○時○字○以仍○仍○作○錯○八○解○似較○毛○義○為○長○矣○

然以○文○王之○德○乃今○寫○妄○有○怨○者○又○徒○居○推○有○以○

和○時○之○則○既○混○再○手○之○他○者○果○安○在○乎○且○既○解○者○

仍○仍○年○而○能○求○述○字○文○今○援○述○乃○求○之○怨○文即下章○

諦○審○求○之○求○之○不○得○而○求○字○之○既○自○李○代○字○作○

求○而○此○字○獨○作○述○者○則○以○古○人○之○為○文○（文即字○）貫

對○於○偏○旁○之○加○減○移○易○更○寬○往○之○隨○意○為○之○

求之○加○手○也（即逑○）或○以○求○有○徒○歟○之○義○故○特○加○

徒以明其有動作之意。此御來字本假御字

（來乃麥名）而古[illegible]或作逨（[illegible]）往御

御意字（古文往作𨑒，从止从土。止乃足跡，形土乃

往取人足出，往前而所謂往也（見古龜文）而古文

或作𨑒（見說文）。此乃古文之常，俗为晚近

不学家所[illegible]知者。或又[illegible]此者字有往者之意者

加以徒，其餘二者字乃泛指，故不加徒亦通，然者字

乎者之異文，即御者、若[illegible]而生，其則有所疑言者

述御者以者之，猶左傳之所謂將以逆之也。王民

勞之以為民逝之逝和乃簡儉毛詩為飲鄭

詩為民之所歸往。往歸往也。雅本相通之

釋為衆說文逝以為衆欽皆聽然不通之詞若

如說則是穆公觀屬王為衆飲之時君矣實秩苛

笑之乎和適蓋不足辨矣

左右流之

詩學之晦稍盛於秦以前相傳之說而漢人

指鹿為馬對於毛學乎義隨意解釋必思有

以姗為貴說而識亦不顯不可尸其義蓋說

說之不合尚有穿知附以正之而漢儒則於經

高民有之矣其50旁说不合知因皆同作别

解無请士不識其杜撰及屬書進自奉了此往

學之詞以歷千餘年而猶晦文即如流字凡

猶通字義古書無不知其流作何解蓋其字

為人所習用文今使驟聞其字以問人則必曰流

流動之義作何字解（即名詞）則流動之流

又（如在彼中流之流今方言則讀若溜溜去声）

其之申之義則如說流之流風流之流流傳之

流流離之流若是者正知而起傳則云流求

如左右流之為求然不能相枝古書無說竟見即
求之淑女也亦未見有人敢尊用之者而世儒之解
關雎者則固不冀以流為求如毛氏之以流為
求也謀而難氏則固與解判如為嬪御者乃備
與左右二字而后加以訓解語左右者左右之人
箋云左右助也言后妃將供荇菜之菹必有
助而求之者言三夫人九嬪以下若然則后妃直
一懶婦人矣且求之荇菜猶不可得必仰給於
左右至求助不得乃至於反側不寐由此推之

則貫乎所之深未求得而溯如以前雖曾供荇菜之菹亦無以得其可知大夫妻供宗廟之菹乃有荇菜於禮未聞（孔疏天官醢人陳四豆之實無荇菜亦可見古人已疑之）即云有之乃正主婦之職當為之乎若南之大夫妻當躬采蘋采蘩豈后妃乃竟束手無詞日夜呼篇𥝩惟色是樂假此之助乎且志剩王僕之如乎得於淑僕貫嬪御皆由媵嫁亦素於絕無有助手得以後乃別求嬪御之事（康成並此不知乃竟

注三禮〇則見臥注之禮可知矣〇也〇為〇后妃〇未〇
手〇則〇以〇前〇可〇則〇匹〇常〇未〇有〇女〇家〇乃〇代〇為〇見〇未〇嫁〇
〇之〇女〇旁〇求〇淑〇壽〇天下〇有〇此〇大〇賢〇之〇婦〇人乎今
摘〇流〇字〇自〇仍〇伯〇流〇動〇解〇左右〇流〇之〇言〇其〇流〇
〇之〇系〇字〇之〇文〇此〇章〇之〇言〇荇〇菜〇奉〇廟〇與〇傳〇前人之
不〇的〇與〇傳〇之〇詩〇以〇予〇象〇的〇之〇一〇大〇誤〇不〇過〇傷〇求〇荇〇菜〇
〇故〇以〇喻〇求〇淑〇女〇和〇后〇妃〇之〇如〇有〇須〇於〇荇〇菜〇之〇和
〇文〇王〇之〇急〇需〇此〇荇〇菜〇文〇蓋〇特因〇上〇章〇言〇窈〇窕〇淑〇女〇
君子〇好〇逑〇求〇之〇以〇謀〇室〇家〇之〇媒〇果〇却〇此〇章〇特〇轉

言云文游如流動不動之性為善度難易言
求在如彼參差之荇菜然浮在水中或左之
或右之貝流動無有定之而可以求得之故
此正所以寫起下文之求之不得而輾轉反側
至於寤寐思服也然荇菜雖無定為慎貝
流而求之雾不外於左之右之而餘猶不每
章又言踐左右采之蓋彼雖左右流之而
吾與左右采之則余定於而有定自不是貝
求之不得矣此貝方法張皇自寤寐思服中得

來以後之○左○右○芼之○不○過○承○左○右○采○之○之○如而
暢○言○之○耳○和○芼○之○有○參○差○左○右○文○朱子作
集○注○知○澤○人○訓○流○為○求○之○不○可○通○乃○改○訓○之○曰○
順○水○之○流○而○取○之○也○文此○流○字○訓○因○為○求○之○流○
（即前所云中流之流）而○文○訓○為○順○水○之○流○廑○
牽○強○況○更○加○以○取○之○字○朱○氏○強○有○見○於○此○說○之○
義○而○竟○使○下○文○並○有○采○字○並○采○字○之○義○而
亦○加○入○於○流○字○之○中○（其實則並下文左右之芼亦已）而
加入之○順字○即下文之左右文○如是○則不惟於流

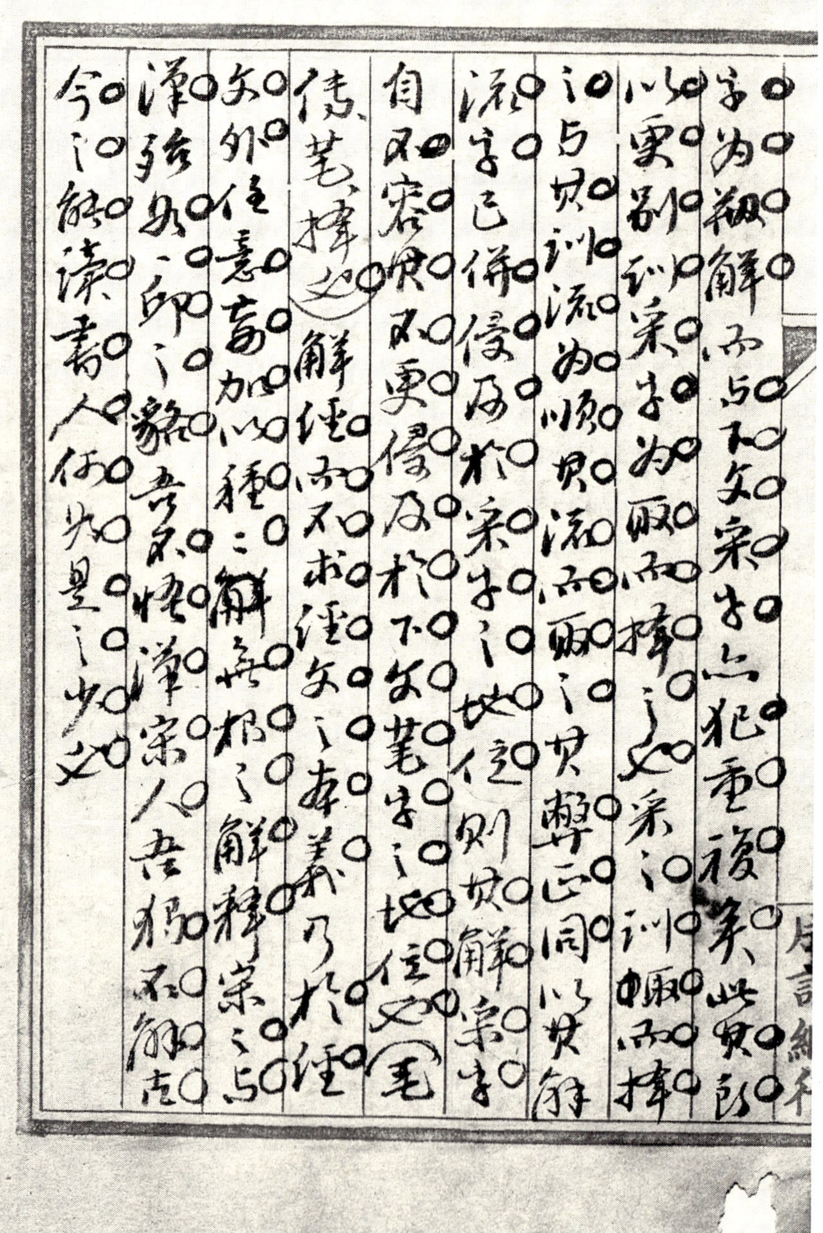

寤寐思服

關雎、寤寐思服。毛傳云：服，思之也。於思字之下又言思之，則又迂回。初不得，言鄭氏改箋之曰：服，事也。言后妃求賢女而不得，覺寐則思己職事，當誰與共之乎。寤，覺；寐，寢。本毛傳文。二字原皆名詞。猶俗言醒着、睡着也。若鄭氏覺寐云云，則直以寤字爲動詞，謂睡醒則求之，思之也。意謂既云寐矣，則不當再云求之、思之也。果如所說，則當云寐寤，不當云

寤寐。猶能言寤覺。不得言覺寤。且世常
言眠思夢。想在鄭氏視之者爲不經之詞
知。以爲此執固不通之人。何解經。又何經求人
之情。有樣言事。其解服。因事猶可。說成更解
爲。已。之。職。事。卷。私。事。之。至。離。喬。故。辛。不知服
之。也。事。乃從。事。之事是動。詞。和名。詞。語。
服。須。有事。只如。弟子。服。其勞。是之。從無。作。名
詞。解。去。（即有物之事）。其作。名。詞。去。特鄭氏之
之。勝。說。耶。（另其解也。說之服。亦云服事之。詳

見之曰蕭集注不從其說（然之曰蕭則又從之
而見朱氏之於有定見致詞如懷似仍從毛義
而精蘊去其字面然思思不成文理思懷即能
成文理草且難書見服字假懷解者耶今按
此服字即衣服之服言服膺弗離思著衣
服而起又經文本至於乃自經注家之注釋
至於此文反覆思詰屢而不可通吾不知其何
善以服而注釋之如
左右芼之

關雎、左右芼之，毛傳、芼，擇也，蓋毛氏之意以爲既采之矣，必豈擇之，故取於者義離不合，然既心中歡和，知文章之次，有次第，至作尔雅哉，似義象取毛傳而此，承乃猶曷之曰芼搴也，是則亂更在毛下，並知理亦不通矣，夫搴之，即采有何分別，竟說云采，後云搴，天下有此重複之歟，序之文理耶，集注之意亦不取，不爲無見，因芼字以草毛聲，絕不見有採擇之義，且貝說又通無根據，故又乃更别爲

○之○洹○回○茎熟○而○巷○之○如則知○謬○以○和○墨○知○矣大熟○
自○熟○巷自○巷之○东○不○必○序熟○即熟○东○上○不○知○皆○
巷○二○东○料○兹稍和○常○相○適○聯○序○之○取○而○得○有○一○
○字○而○黄○此二○義○东○果○只○有○之○則○論○語○居○賜○腥○不○
○熟○而○巷之○但○云○居○賜○腥○必○茎之○足○矣○何○吉○人○之○
不○挽○轄○費○爭○蓋○朱○氏○改○以○宋○字○之○義○併○入○於○流○
○字○之○中○作○流○而○取○之○則○不○得○不○更○以○毛○傳○此○
○字○之○義○併○入○於○宋○字○中○作○取○而○擇○之○以○上○二○
字○改○各○舍○有○取○義○而○此○字○之○舊○義○乃○己○為○上○文○

占○去○則不○得○不○重部○杜○撰○西義○以○酉○之以不○如○
此○則○於○文○為○不○稱○文○又免○舊注○以○薦○為○作○菹○以○
供○宗○廟○論雜○不○可○貝○義○（集注稱無供宗廟之
說）○而睹○則○喜○見○於○將○與○此○處○解○語○以供○宗○廟○
則○如○春○之則○如○先○熟○之○此是○取○以○稱○為○熟○而春○
之○文○今摘○芼○乃○以○菜○和○肉○而○湯○並○煮○之○謂○者
義○曰○牲○用○魚○芼○之用○蘋○藻○是○又○由○是引○伸○之○
則和○肉○之○菜○亦可○稱○芼○肉則○雜○先○皆○（者）芼○公食○
大○夫○禮○鉶芼○牛藿○羊苦○豕薇○是文○二本、一名○

詞○一動○詞○皆辭經○書○之助○之○而○後○如○鄭氏○指○案○

蕨○義○知○了○爾○義○亦○於○此○義○則○定○之○可○識○知○二○

立○不○知○如○知○至左右知○則以上文言之○乃文勢

上之不得不然○前已言之○茲不贅○

又按、瀹○音○之○自○凡○菜○蔬○之○生○食○者○稍○入○水○

煮○之○去○其○生○性○不○使○其○熟○即○取○出○者○則○謂

之○芼○（讀毛）因○了○俾○之○凡○物○之○稍○煮○不○致

熟○者○之○曰○芼○荇○菜○以○草○（取與清聽）其○食○之○流○正

以○芼○爲○宜○故○前○作○爾○魯○方○言○存○古○時○嘗

播及此詩然經傳說外有所文自書仍以
經矣為主方言偶過備說而文

關雎通義

關雎一詩在河洲即有兩說毛傳以淑女為指
后妃或謂則求后妃之書然鄭知王貫說諸者
大姒王鄭氏則大姒貫說國小序言貫為后妃之
德女則直以此詩為后妃作亦以好淑女為嬪
御更憑空憑出三夫人九嬪云云全詩之旨遂晦
今孫貫認以為怪誕之說右國播毛說所而指為

后妃之德，如僅有窈窕淑女以配之，不足以盡后妃之周旋。章言求淑女不得，至於反側不寐，近於狂惑，故之詠為文王。重人不知有此，因疑其曲解。詩之言求淑女，故為后妃之代文王求淑女以此，則既足以見后妃之德，又足以表文王之正。蓋其意周以不近人情為至，人亦歸人，殆如其大屬，置雎鳩即為法文。其識如此，乃竟能嚇退黃巾賊，亦云幸矣。自古婦女無有代丈夫求妾媵之事，前已言之，則其說之無稽，蓋無足深辯矣。

訛錯擬知至如在古人早見及之特後人不善讀
書故終不能破其拘墟之見耳不知小序后妃
之德一篇乃正為此章而發蓋言文王之所以
深求之故慕其德非其慕其色至后妃之德
果何在則以下七篇方且備析言之乃此篇之所
有予不然全詩叢詠文王之求后妃而序乃言
后妃之德總篇之德後及文王如是在子夏並諸
之白知而亦不能通乎（小序皆置身題外論語
題類之知殆孔子夏不能作故後之儒如第獻

此注添云漢下
（蓋如鄭氏及
集注之說是
非不淫直不
能淫矣寧
非冥語）

詩之義重在於不能得其用意之所在乃難取
詩中所有之字面以曲為解說而小序（篇廣矣）
小序又言是以關雎樂得淑女以配君子愛在進
賢不淫其色哀窈窕思賢才而無傷善之心焉
是關雎之義也其義本甚明了蓋子夏所承
受之習關雎樂而不淫哀而不傷之旨（序言所注
孔子之言但出於其口言之深切甚明若此奈何世
猶不能領會之乎今試更以淺義言之無他
西洋男女居室本人生之大倫而男之求女

夫古今之通義此何庸諱言之而且置其言求之
不得又不得過自寤寐思服輾轉反側而已此心
以形容其思慕之誠已極為所掬為徬徨狎褻
之處推倡儒之意是矣之於歸必從之然若萍
於江湖而適相值方足如盛德乎況其於閨
渴之後亦曰琴瑟友之鐘鼓樂之閨門之
內相敬如賓（左傳此語務乃從此詩友字生出）則
其意自之所以寤寐求之者惟慕其德而慕其
色已顯然可見是詩言奉御的了孔子不廢之

再申明之，亦僅隱括詩義以為篇名，為豈附之不甚讀書者說法以隨其誤，會經此重規疊矩，而世人滋疑，不能脫吾縛，不能知為古人之文。集注既不道，鄭說却又不道，毛義乃反其說為宮人之求后妃，故其於首章則云宮中之人，於其始至見其有幽閒靜之德；於次章則云此德此人世不常有，不得則無以配君子，故其憂思之深至於如此；於三章則云幸而得之，則有以配君子，而成其內治，故其喜樂尊奉之意不能自已。（按此詩本五

箴己氏丁

章宋氏蘇併為三章實則宜從舊説是則全

義長鄭説兩存用之其異處與鄭氏同不畧

鄭氏之言據御已廢[illegible]後為楫然後可强指

淵如曰以豈之正后非則[illegible]證言如今跳合后

非淵如為一則更從何處尋出處已可指為害

人者寺如説宮人即作説者即作説者固可以通

言寺指寺且説此宮人為王寺之宮人即則其

又之稱侍不得稱作其稱宦之長于[illegible]説

為內文王之宮人即巷矢生[illegible]要[illegible]乃先

備○高○腰○此皆○只說○之○如○又○而○通○去○在朱○氏○移○私○
於○義○理○上果有○所○得○不過○故○為○異○篇○說○與○謝○鬼○
以○為○己○之○名○於○耳○今指○此○說○之○為○矢○王○之○求○書在非
在古○人○初○無○異○說○故廣○私○言○為○人○倫○之○正○王○化○道○之○基○
若○累○得○過○矢○王○而○去○言○后○非○尚○湯○為○人○倫○之○正○而
且○不○惟○說○言○求○淵○如○在○為○知○王○即此○說○亦○以○為○知○
王○作○以○為○篇○章○說○對○照○而○知○之○詩○像○人○不○解○篇○
章○說○義○因○之○不○明○此○說○之○義○此○國○勢○之○所○以○
至○又○（譯下篇）故或○相○論○如○過○為○知○王○作○何○而○堂○

自稱君子不知首章之君子乃泛指者爲我矣也自
詞文全說男詞彼關關然之雎鳩則在河之洲矣
其湯詞甚是樂文然則詞以湯詞者則以雎雄
互相呼雅樂之故（叫詞關關之文）爲嵩取此則世有
窈窕之淑女如凡爲君子者其可不將以往求以
世之漂宮家之樂乎然淑女如是爲言求者求者
限身其身大無所係康於其即解康之於我
此彼參差之荇菜然其在水中或左之或右
之隨流盪漾至無定之其果則彼窈窕之淑女

求其○欲○而○雖○寤○寐○其○能○已○乎○至○於○求○而○不○得○則○寤○
寐○不○能○安○所○思○撥○服○而○起○雖○未○得○果○起○而○寤○寐○
則○悠○悠○哉○悠○哉○之○長○夜○也○惟○有○輾○轉○反○側○而○已○
然○因○流○思○至○極○而○求○之○之○道○得○矣○彼○美○秀○之○
荇○菜○雖○潔○源○流○之○需○與○乃○左○右○二○方○而○已○哉
但○隨○其○左○右○而○采○之○豈○無○不○得○矣○果○如○彼○窈○窕
之○淑○如○吾○得○而○琴○瑟○友○之○矣○然○與○見
曰○荇○菜○者○既○奉○以○為○宗○廟○之○祭○而○得○賢○后
既○采○之○則○必○薦○之○而○彼○窈○窕○之○淑○如○果

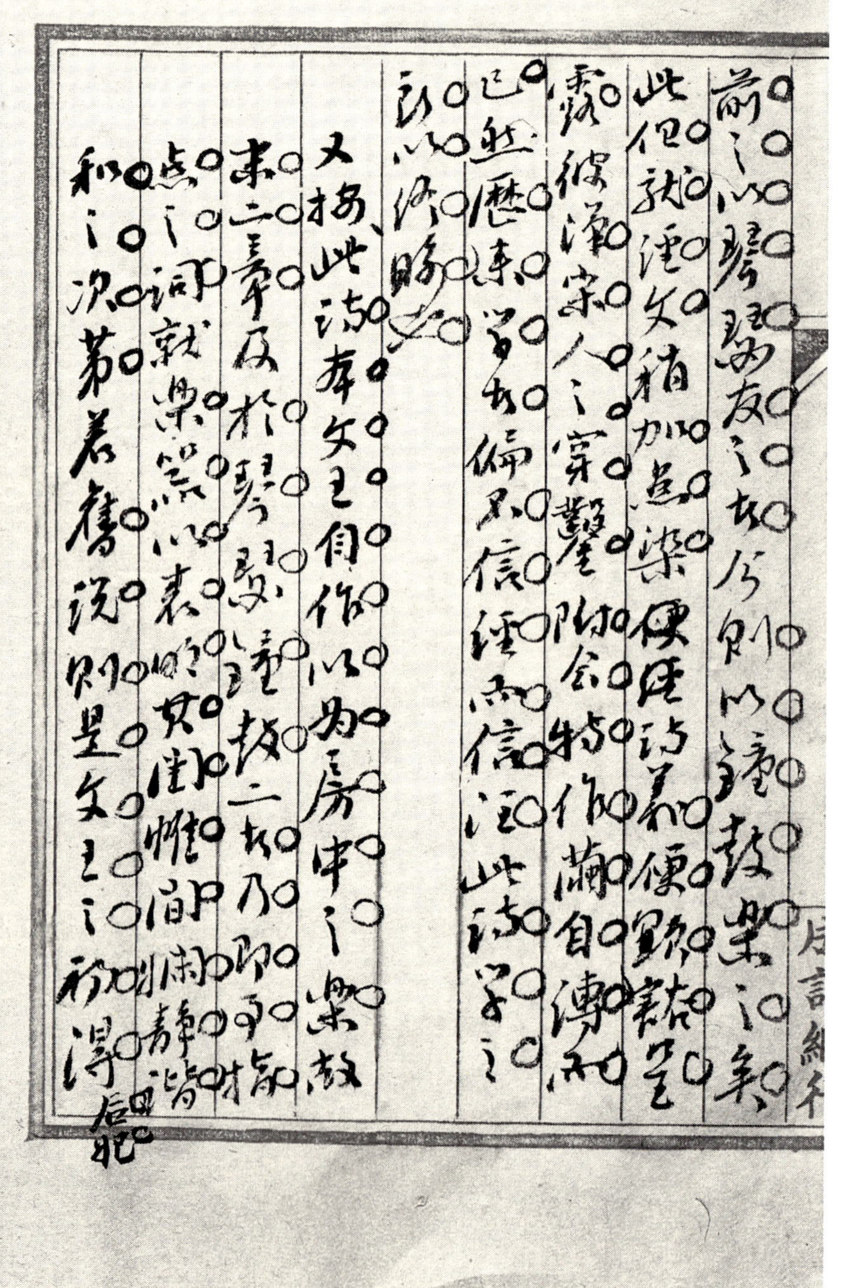

前之以琴瑟友之，后則以鐘鼓樂之矣。此但就淑女猶加造染，便臣詩易使賢豁之處。後漢宋人之穿鑿附会，特作滿自傳而已。然歷來習文偏不信經而信注，此詩學之所以終晦也。

又按此詩本文王自作，以為房中之樂，故末二章及於琴瑟鐘鼓二者，乃即可樂而點之詞，就樂器以表明其閨帷間閑靜和之次第，若舊說則是文王之所得后妃

日○從○和○柏○琴○琵○治○免○添○又○日○酒○和○柏

鐘○鼓○矣○此○萬○和○亦○合○人○言○

施于中谷

葛覃、葛之覃兮○施于中谷○毛傳、覃、延也○施、移也○

玉○今○從○此○以○施○為○移○不○惟○柏○舌○無○徹○即○浸○人○

亾○絶○[illegible]○敢○據○用○[illegible]○去○詩○[illegible]○言○施○[illegible]○不○[illegible]○家○施○于○

和○子○施○于○松○柏○皆○同○此○施○字○毛○氏○於○彼○施○字○亦○

言○移○稍○別○此○施○字○為○移○去○果○何○所○見○而○知○

此○施○字○為○有○所○異○乎○彼○施○字○耶○且○萬○乖○可

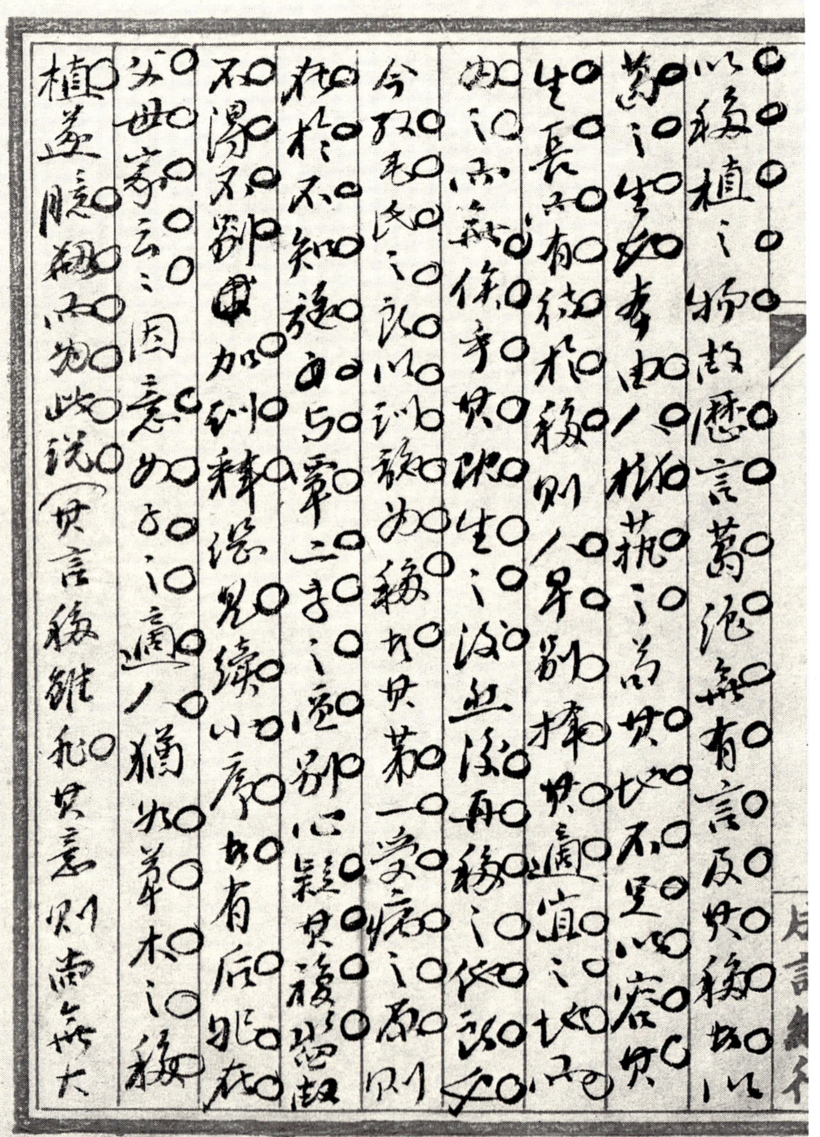
以稼植之物故歷言苗槁無有言及其稼如以
苗之生如李由人栽培茁之前其地不足以容其
生長而有欲抑稼則人異勤捧其遍宜之地而
如之雨露保育其根生之後無深再稼之作說之
今孜毛氏之說以訓稼為稼於其莠一受病之原則
稼於不知穡[illegible]五罪二字之過歸心疑其後[illegible]
不得不歸罪加以釋揠苗緣以序如有所非在
父母家云云因意如今之適人猶如草木之稼
植蓋勝穡而物此說（其言稼雖非其意則尚無大

誤毛鄭箋孔疏則並此意失之君集注則並不

是論匹後之雖不主其說然於此亦終不敢

不從之也則以雖明知其非而牽合說以為之

文蓋牽匹文從之匹文二字相本能複且二字

為果之義又不甚妙備兩字以代之此其所以雖

明知說字之意義如匹而有所不敢文紛毛氏

於說于繹字下特傳云說匹文說于桃椰下並不從

而注（毛傳凡前已有傳者例不復注其復注者則

以前說之不可通者也）是說之本義毛氏初亂

不知此之段所以特提其與靜字相後耳不知旋之
靜字同為止而其用則有動詞與動名詞之異
靜止之動詞也猶云止其長也止之也其用為主動
故靜之篇云靜及鬼方靜之不也着一及字而不
得云靜乎鬼方也若說則為止之動名詞猶云
止及也（鄭箋）於旋字釋乎字為使止字之後後釋云
止及也鄭是鄭氏豈自己知旋於止字外後言
有及字意於靜方是矣說旋即可作及字用也
其用止由動而轉靜故著之靜字必不得已為

之旋弟而旋手之下其所摽如象為和家盖所正

及則如有其正及之所在如旋于所於即正及于

所之旋于松柏即正及于松柏其不復言及於以

及手正具於旋手中如此旋手正即其例盖上

文方言正故此句即後言其正之所及之地此

正其上下文自相呼應處猶加言黃鳥于飛即

後言其飛之所集之處如集於飛之所止猶

旋於處之所至集於之中具有飛於

喜（集于灌木）鳥止木上故其鳴聲飛之所終

了○餘義皆由此引伸如○而不○得○訓○集○即○先○

猶旋○字○之中○具含○有○常○意○而不○得○訓○旋○即

帀○如此數○參○觀○帀○五○旋○饋○同○為○匝○貫○匯○卷○

匹○朗居○行○肩○不惟○不○患○貫○旋○且○[illegible]○匹○相○

呼和○若依○舊說○因○行○旋○為○旋○則上○內○方○言○

為○之○匹○下○內○君○五○持○言○貫○旋○手○中○合○匹○五○旋○

截○然○兩○事○子○不○相○涉○在○上○內○為○未○果○貫○所○在○下○

內○如○答○船○所○同○尚○何○關○於○理○耶○至○旋○未○奉○於○

匹○及○今○左○氏○貌○類○考○特○奪○貝○母○旋○及○莊○公○

左○以後○之○之○行○用○現○久霽之○至○此已不○微○行○

用○甚○通○行○乃備○用○後○之○以○代○之○此作知○之○之○

還○源○轉○象○使○此○未可○一○概○論○也○

無數

無數○二○之○在此○中○最○多○之○或○作○射○如服○之○無數○

古之○人○無○數○無射御○無○數○射○且、保在此○無數○無射○亡○保○

無射○於○八○姑○剝○可○射○丸、思○之○數○不西皇○遂徐○求○毛於○

萬○羅○萬○律○云○數、厥○文○於○義○雖○無○甚○大○得○然

直○以○數○之○厭○字○則○是○文○無數○二○字○在○當○代○及○

周初时流用最广，实如当时之一种习用名词，相从既久，故其异体最多，而其义意与之广泛，读其本义，则知通人之训诂，不觉扞格难通。今若知广义，则无差失，如无障碍，如无挫折，如无患害，如无咎，如无云翳，如无不适，如无不美，如皆是，要言之，则平和，如顺适而已。至厌之义意，初未见其有此，如毛氏之训以为厌，不过以其习之恶字为比，如在彼无恶，在此无斁，又以其音之厌字同广，一毋疑其

為一書之轉因篆隸如此説取飛篤許久蓋
數字在最初時本以作文象以手揚枝下
擊之形（今傳世之古龜板及西清古鑑之
形侯彝骨用之知周之前彝尚相沿未改也）
實即今文之指字亦即今文之楷字蓋三者
原本一書實即之字文文字所學亂之字甚
多胥用文字為偏旁所以標示其為打轉之
母字之意而文字上屬實出於借作殊
不便於是有處其枝向左則為多數殊

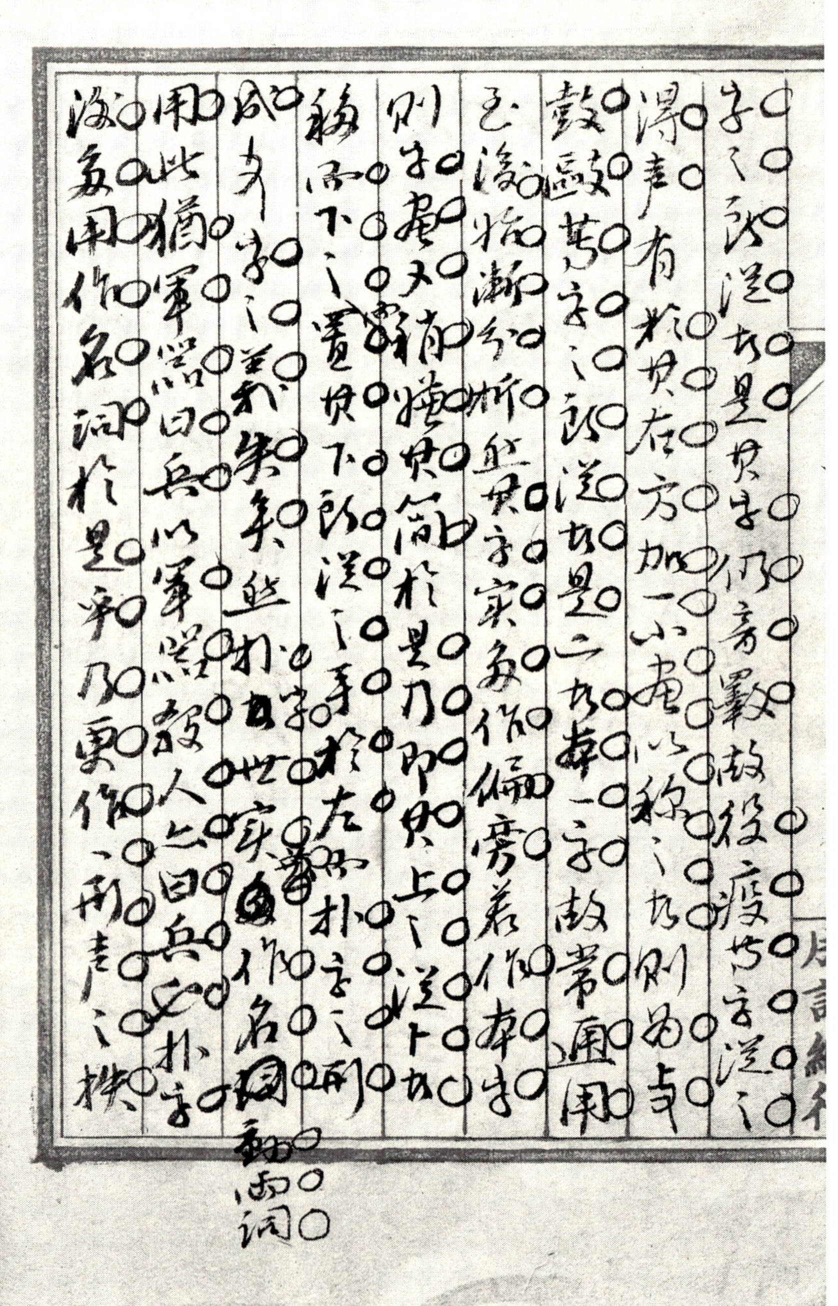

字用代表詞語之字遂成為二字矣然此乃就
文字之通用而言之若僅字但已習用
須用一名詞則其字又別為一種較為困難
字之符號太簡之於是乎更於其左作一八卦
背字擊之形乃戰是也（字見前田輩）啟後
屬理為樣其右之加字有作手者有作刁者
其左之甲有作彳者有作又者有作甲字者有作
呆者黑條樞為字究之其左方既作之人
形本不同字不過聊以示意至於造字之久又以其

○○○○○○○○○○○○○○背○中○○○○○○○○

不成字之乃得貫上之作酉形亦路作凹字貫

下之作弓身形亦則路作弓形於是弟乙文

又字不成罗矣甲路成罗而又知道字成弓

以便5罗和德合文於是有從西手亦則罗

是有從一手知則罗是又久之後將貫上之目

橫目有去而獸又轉而為射矣以射字圍從手

從弓文此又無文之單獨結合者之無獸二字在

古器中絲不勝僂述有云告無獸者有云休無

獸者有云得四純無獸貫者大抵皆頌禱之詞

乃無謔無競無怨無畧恨也弦猶今人之言無窮

也出知以為解字則胥不能通矣此之言涇字也

既又可不知也

葛覃通義

葛覃一篇舊說對於害澣之訓釋除彼字外尚無甚

大謬（舊說解私為燕服衣為公服毛氏蓋曷澣曷否

即謂私服可澣公服不可澣之類皆以訓以何害辭以

亂害志也衣則又可澣然則詩人既謂於匪澣衣都不目

為害語然此小疵不足論也其實私衣服衣外服耳）惟

其解說詩義則焦氏謂不同詩蓋由前人初不知於
經知人論世之術義理乃專於經文外求之文今按小序云
篤實后妃之本文此本字實從千錘百鍊中來
全篇大旨無不賅括靡遺真所謂一語抵人千百也乃
後儒不足以知此讀小序者見詩中有女母字者
遂覺斷加以后妃在父母家一語推其意殆猶是而
本旨上因意以為其在母家即以此當是其本性然
又不知固有此語而全篇之詞意遂不可通其失
可笑如即其一已亦能自圓其說而不得不出於

前後因緣如斯之一念此種若偏在於今家人中

實為罕覯亦流於天下後乃遇此人真諸子之風

章文今觀其言云辰非在父母家則志在女功之

予服躬修節風服瀚灑之風緣而師傳則可

以歸安父母化天下以婦道云云擇據全詩中子

循隨其亂行摧殘食其果德然無絲毫知理則

西鄉家已廢而笑乃止方言有在父母家不忽文

云歸安父母然則后非華來出嫁從何處歸耶此

在猶通文理者豈無不共知其深乃輕儒見是耶

又

之徒竟習俗之，以之說，則其去衛而不能成理，更何

論言耶？朱氏之說，掃除漢說，其說見本為不是，即

其以濫序之故，併廢序而掃除之，亦當不為推

是即舊業舊說矣，則盡就詩言詳考之，而別

求其命意之所在，庶或於詩義有合，乃今觀其

用中之說最為耳，黃為耳，為漁俗耳，但道耳

等凡詩中之說，詩中若如灌木，如萬之，如喈喈，如英

之如之切實詩，不可講無寄託之處，義意試問天下

有此無味之極而同嚼蠟之詩乎？而況其在所犯

聊玉貝解首章云追叙於夏之時葛葉方盛而有

黃鳥鳴於其上也是直以黃鳥之集於灌木為集

于葛矣前言釋葛為草名至此乃又訓之為

灌木是此公於葛之如葛為木嘗不能分別葛之郭注詩

乃若即其能大遠於漢人耶蓋此公生平以自知

見集注之外而已此實亦未嘗加求其是故於

說但求其為異於舊說至已說之果否能通則

非所問此正所謂敢自高而厚責於人者余嘗

謂漢宋人之於詩乃以晷易晷而後世尤甚已見

亦甚於此（紀大宗伯謂宋人之攻漢人不平漢人而已
後人之攻宋人不平宋人之攻漢人而已實洞見癥結
之論）凡昔論文家師此語之旨並非溺略（得）小序底
蘊之本之語尤易了解特此人多沉溺於注之中
未看經先看注是以經文雖極（至）顯明亦無人解
靜心領取耳（吾謂經書若自古無注決不至沉
晦至今以今人若專就經文而求之自不難有得也）蓋
此論所謂譜書者實如中谷二字灌木二字物而以爲
中谷之配其餘不證篇之類以極其功用耳至

来○章○則○周○觀○篤○跏○風○而○以○寓○中○舍○有○公○子○果○然○後○敢○

從○私○子○意○亦○舍○有○功○而○身○近○意○通○篇○皆○新○脱○前○之○予○

物○以○寓○意○寫○出○比○倖○淳○儒○以○出○與○周○孔○宋○人○以○出○賜○

則○大○淺○之○今○試○即○訪○言○臨○解○甲○徹○述○之○猶○或○為○之○延○

文○覃○延○及○於○中○谷○之○內○（中谷即谷中○源詳察之○以○）

葉○萋萋○然○其○貌○盛○黃○鳥○之○飛○文○乃○飛○集○于○灌○木○

之○上○故○其○鳴○得○喈喈○然○而○和○暢○焉○周○解○延○焉○國○風○知○

集○然○使○其○不○得○寧○中○谷○灌○木○如○來○以○其○萋○萋○是○

○○○之○萋萋○喈喈○然○此○萋萋○之○思○想○得○此○中○谷○是○惟○是○之○

所以祀其製蓋
渴於是

萬之然而已哉未敢其業已莫之矣則為之均用已
成知音乃渴外之藩之而為體為倫服之固和存無不
安樂順適推原其本務無不自為之旋于中谷來
者蓋亦是而為之功用能而音之公于已果於是
乃言告別氏直告之以歸則已意之法者去之外
祀之病瀞者將且瀞之審視其所者病瀞何者
不須瀞而音則則而安盪音之父母矣此說乞為
自喻而以中谷命文王言已之所以渴行其志而祀
祀天下於胥由於渴適文王而然至後則因極言

小序之說[?]後[?]
之本知今將此而記

葛之功用乃不得不説到己之製葛説到己之製
葛乃不得不備説到己之製葛已畢而歸寧以作
餘波此段文勢上之不得不然却仍是喻意蓋當時
嘗實有其事故託之以如喻之細説此詩之意始
全由卷前篇而作關雎后妃之樂得后妃而此篇
則后妃自章其得適之主二詩之相次如此以此猶
以葛覃之下即係以采蘩又小序以周南召南正
始之道王化之基實其所始自二篇言之耕南樛
關雎葛覃之后語言全屬此詩之次第在何全

孔子正乐之志实言
而未行故雅颂云今
别种读乱此注不用

无义意而二南以南（系）係不（乱）属不惟其风具有係
理即二南与系不互相（関）（照）属此弦管经重之矣
字之也（吾）观自衛返魯然後樂正雅頌各得其所之
言以考之於雅頌稱未暇遑多何旦故其所謂返
魯以後若國風則其正有所所正自在於言外得
之惟其所何正者實正例然（當）（難）（勝）（擾）王正南則必
為其正字之（作）則而新言之文早善讀書者即各
詩此類觀之豈有以知余言之不誣矣

谷

谷如兩山間空曠之陸地乃田地中之最美者也
作谷（見樓氏盤銘字偏旁）其於文為象形兩側
象山形重疊中則象其地形其下之溝江乃古
文溶字（薛尚功鐘鼎款識法帖以乃薛畫手跡毛公鼎則於
谷旁更加人字作裕乃其象人安居各家謀認為裕字也
文）乳谷字文山為谷下凡山巔肥沃之泥土衝為雨
滲於沖刷淬瀦積於是故其土最肥饒衍而為一
切植生草木故最宜（蕃育）滋生之地為衆之根乎中谷
白駒之在彼空谷（空谷單見深多興之萃白駒故最

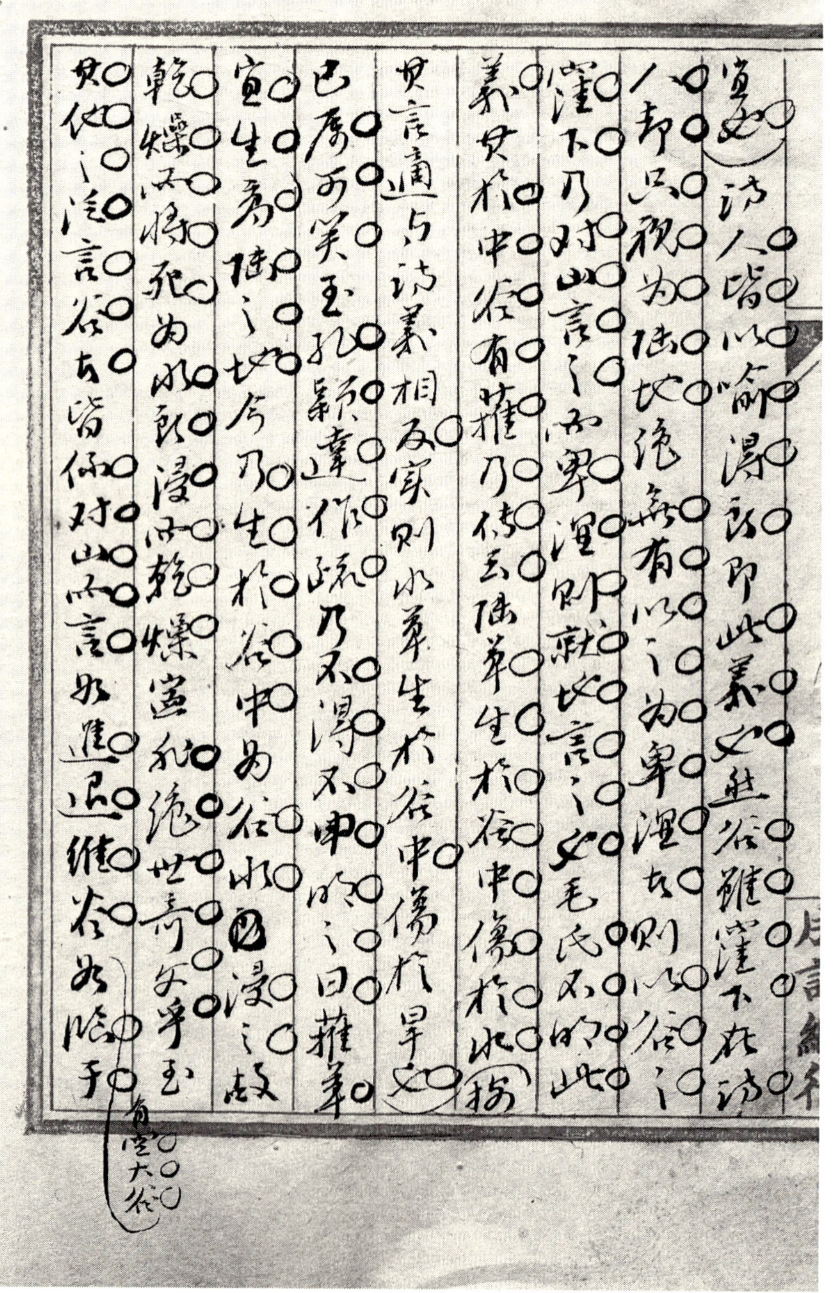

賓之詩人皆以喻渴即此義也谷雖灌下在詩人者只視為陸地絕無有水之為卑溼者則以谷之灌下乃對山言之而卑溼則就地言之也毛氏不明此義且於中谷有蓷乃傳云陸草生於谷中傷於水（按此言適與詩義相反實則水草生於谷中傷於旱也）已屬可笑至孔穎達作疏乃不得不申明之曰蓷草宜生高陸之地今乃生於谷中為谷水所浸之故乾燥而將死為水所浸而乾燥豈非絕世奇文乎至其他之注言谷者皆係對山而言非進退維谷之谷非險乎

有空大谷

谷，岩山岸为谷，出自山谷之類，皆是盖窟下出之字，卑
濕之為字，然今人不知於字義，詳加體察，乃或是溪以
谷為山洞，或直謂以為溪澗之通稱，則更失之遠矣。
又按谷字近，皆讀如穀，以其常與禁木穀鹿等字為
韻，故其字本為入聲，故名也之轉，音不同。今觀
於裕、浴、綌、鵒等字，皆從之得聲，曾字皆音玉，而
白駒之詩且以之與玉字同為韻，似其字本音固
玉。而音穀者，乃其後也。今山東以語上尚讀為玉，特
因其音與矢言不合，乃於其字之旁別加之山字以

…巳氏行

別之如今之所謂佛峪、經石峪、黄峪皆是也，其實谷字本音玉，初不必別有所加，玉其所指為峪者正古之所謂谷，北都口語中多存古音，而呈以矯正歷來文言中之謬誤者，此亦其一特，人多不甚致察耳。玉谿真之谿，容多作入聲者，大抵以其發音太促之故，在北省亦因緣於各地不同，彼讀吳記者輒斥之，以人讀滑稽作如字，讀者為誤，殊未嘗於音韻之學觀其通也

周行

周行二字，在古人已有训释。襄十五年左氏引此诗云：
王及公侯伯子男、甸采卫大夫，各居其列，所谓周行也。
左氏亲见孔子之说，虽不无疑义，然其人自当与孔子
同时，其时诗尚未亡，所言自为无误。今观左氏于此
二字特别加以解释，且以其实指之，则是此二字之义，
在当时已有不解者了。然如此，故不惜详晰若此。然自
经有此解释，在宋以前，人对此虽深解百出，而其
于此二字大致尚不甚背谬。故毛传亦训行为列，训周
为列位，郑氏又从而笺之曰：周之列位，谓朝廷臣也。

只說周字雖佳。而只說行字則是。且與詩之大旨背
無甚大不合處。殆至朱氏作集注時。舊貫通世之
眼光。強欲取唐人提籠忘採葉。昨夜夢漁陽之
意。以解說此四詩。遂妄改舊義。毅然亦注周行
二字為大道。而本義乃全失矣。夫周行二字何以能
訓為大道。於古絕無所依據。且彼詩之所謂大道實謂大
路。只將取周之道字。不過因鹿鳴之示我周行。
而不得已再釋大路。頗倫彼處。將另改作道理之道解
耳。彼於此二處。俱改訓為大道。則只於大東之佻佻

其意即本於周朝二
字之向

公于行彼周行之周行，亦不得不释为大道，此由驟
视之，尚不觉其可笑，然细思之，以之公于行于大道之
上，有何可异而特晒之，岂因其能之，即岂不许其行
路耶，此尚由牵合此说之人，致文今致此周字实为
朝字之假借，周行二字，若以今文书之，则当作朝行
人若能知其本字，则其语不待注而自明矣，盖古
时周朝同音，故常通假，论语虽有周亲不如仁人
之周字，亦即朝字（二语本见泰誓，然实伪书不足
为据，前人之论之者已详，其据论语填却此二句其

心本不知其真偽，故竟列之於前。有亂臣十人同心同德下，彼若於今日，亦自笑其作偽之不通。朝字除假此周字外，或更假用舟字，如舟人之子何以舟之字是。（朝之作舟，更有別，故乃字形上之關係。二句解下）以其同音故。又古人之字只讀一音，初無以音別義之例。故朝廷之朝音周，乃朝夕之朝音周。汝墳怒如調飢，朝字假借作輖，即其證。（輖字以此書推之，即與梁輈之輈字古文於形）古之字，其主音之字，常可同音代易，其例甚多。

了
观於風義衰。朝字已
与道切為韻，可見。左
氏之解説甚誤。然
其时。言讀已然。亦不
於其本義。故時詳説
。情多其本即文字
語者之轉變中。於之
文。以上添於潮下

如錄飢躍蜀寔宜皆是。朝字原本讀周以其實
由舟得義也（孔以説文之説説文。説為誤）直至戰春秋
國。朝。始轉讀如潮。朝廷之朝则轉。則朝夕之
朝亦隨之而轉。故於之詞於朝夕之朝。常假用鼂
。即以此故。迨秦漢以降。以為別義之別。而後人
乃據以朝廷之朝讀潮。朝夕之朝讀朝。然此乃後
世。於古義無當也。朝行而以為假作周行誥。
凡數見。亦無一作本字也。此則由於當時之習慣
蓋古人於假借、假用之。每遇其字則必作假文雖

有本字亦不後用。即或本字較假字。極形簡易亦後出。此乃毛本麃隱之隱字。本作暇字之假字。二字之繁簡迥異。然詩人較經引用。皆作隱隘不作暇文。若此者。則此處文皆作暇。此猶周朝行字則必作周。而此處則仍作朝文。此亦可以知見古時文字之氣象也。

卷耳通義

大凡古人之引詩。多係斷章取義。其所引之詩。雖以是以證明其言為是。非為全詩作注疏。此義甚明。

即前人亦無不知之乃楊氏說詩則有大謬不然者如
卷耳之詩左氏嘗引用嗟我懷人置彼周行二語斷
之曰能官人也左氏以周此詩本謂此詩上句之所指者
實為文王得賢之不置之朝行故謂之能官人也
謂此詩為官人而作亦能讚美紂之能官用其賢人也乃後
來之說詩者因左氏有官人之記遂不顧詩之原本
義若何之言即以為官人上說之者（比本詩）以救闡
成此許多笑柄而全詩亦遂支離滅裂而不可復通此樣
小序云又當輔佐君子求賢審官知臣下之勤勞

内有進賢之志，而無陰附私謁之心，朝夕思念至於

憂勤之（看作东牵西扯，上句不接下句，欲其辭漢，

以衛言，病人讒諂，末句見至於憂勤之主，未免終篇

尚語，此公並不通文理，殊不知以保言其河漢之

進取，此公之生實生在秦漢前，由此可知其傳雖說出

而觀國時習故，實無不知，但亦不得與公穀二家概論

之。竊其言本在推重后妃，乃竟將后妃說成非

難同晨，且雜耳聖一流人物，后妃自在宮中，何以

能求賢？又何以能進賢？是后妃之所今日之文明如于？

寓於外，故其所知，容有為今之所不及知者，其
説正極可笑。如毛鄭諸儒，因此乃無覺隱於困境，以
彼更須逐句訓説之文，其悖謬[illegible]每[illegible]偽述[illegible]
毛詩注疏[illegible]無殊於笑林。此須由明白人現之，庶
訓詁漢學家者，方將以為在爾之源，崇拜擁護之
不暇，初無此膽量也。今特就其至顯著者言之，如鄭
箋我馬虺隤之我，我東曰歸之我，我之使臣也。又箋我姑酌彼
金罍之我，言曰我，我之君也。以今人用以自稱之我字，猶
可用以隨意亂指，則其他概可知矣。宋儒見其不

通篇之筆而推翻之，故不為過。然其所以易之，則較之舊說於無以遠勝。蓋漢儒以后妃為牝雞，而宋人則又以之為篇歸之。集注云：后妃以君子不在而思念之，故作此詩。其於首章則曰：方采卷耳，未滿傾筐，而心適念其君，故不能復采，而置之大道之旁也（之旁二字，不知何據）。其於二章則曰：欲登此崔嵬之山，以望所懷之人，而往從之（此二句亦不知所本），則馬罷病而不能進，於是且酌金罍之酒，而欲其不至長以為念也。三章則並不置辭，其意殆曰義猶前章。

不过画马数字。以为且支撑篇幅耳。若求章则

言文俱完。势必须有说以尽之。新乃彼亦一辞莫

赞。全篇既无结。蒙穷于辞。如。亦不得不藉此以藏拙也。盖彼

前既以为后鞭飘策马尽此。以理贯所怀之人而往从

之。此章不幸。所用者俱系实指语气。乃矣字也

仍本前章而申言之。则必须云。后鞭既尽此山。理鬼贯所

怀之人。策马而往从之。因趱行过急。致马瘦病而

不能前。所随之仆亦劚劚而不能行。而后鞭仍思念

不已。如。天下有如此之事乎。无论尽山者初不知策马。

更無論其必策病馬。乃更因以望君子之故，而無至馬瘏僕痡，尤悖情理之說。必無如此詩中語之呆實，又不可以指為託言。此朱氏之說為顛覆戲而謬莫之甚。此不具論。即但就其說注之首二章言之，（全詩別無此義）無義意。惟后妃（有言貞）以思念君子之故，置之於頃筐耳，而置之大道。又策馬登山，傷懷對酒，然則后妃果何如人耶。此種毫無意味之詩，乃後世詩學失傳，後此一道無人能解。角臨不得不（考注）至於細，轉而求工於字句之間，如元微之、崔國輔、黃之說，如古人初無是也。今按小

（又按此詩首章為

與。下三章則皆比。朱氏說舊其私勝通。如为賦乃又房秘託記。然則託言也。此亦可指为賦。想此公自己亦莫知所云。此注添今於上

序云后妃之志也。此之志字。頗具斤兩。蓋謂此詩即可以察知后妃之志。觀其夙夜憂勤惕厲。常恐其君子之不能勝任。則其夙夜之思。所以輔佐之者。自不難想見。王化之成。論其身歸功於后妃。殆謂由此之意甚之也。小序之論此詩。本序賦先四類。此矣之志字与前二章之法字本詩。而後此之章下三章家身美字作字也。俱有興旨。蓋后妃惟專關雎之法。甚爲渴寫之本。而又具卷耳之志。是以能成種之法作也。此其眼光也。陋儒局見以知之。其鑿空亂道。亦其勢之所

故后西伯之名扩本
国（其身）需肯离之王朝
者，乃窃其名而自振
其利乱吉制之（添）
即以此

無王如此，诱之作弦在羑里，既释，付命文王为西
伯，得专征伐，时故后非隆于前，此之因，厚亦深以为忧。
盖古之为伯者，须常（左在）于王朝，不得（离越）常居本国，周公终
身在封，召公虽封燕而终身未之国，即以此付之无
道，岂可以常理论哉，则后非之引为重忧，亦当然之
事也。不然，文王（世守）本为侯封，久列周行，亦何忍又以置被
周行为忧乎。（后文王之返国，张制有故，意者其时周
势已强，遂托故之国而遂不返耶。观西伯戡黎而祖已
奔告，则当文王时，周与商已俨成敌国，则文王实未尝（敢）

（付之）久於朝行文。今即詩之大意言之。累測宗旨耳如。雖然而不棄。（凡詩中疊字。除刑容詞外。無從用者。設人多以消之讀之。此亦詩學不明之一大原因也。）即觀置之崖。（崖觀則易蠱。亦不能蠱。何者。物小而眼大也。）然則以我所懷之人。而充置之朝行。覺其易能勝任而快愉者。豈非平之所謂嗟歎者耶。我儀圖之者。以我所懷之人。不置之朝行。覺其不能勝任。祇僅若卷耳之不能傾筐然也。彼猶策瘏隤之馬。而上陟崔嵬之山。則其不能勝任。有如然者也。然我雖處之。而無可奈何之。我姑酌彼金罍。（罍、酒器之大者。乃美屬。蔡荻所頌錯之罄矣。維罍之恥也。）惟求其不永為懷思而已。其云不永懷。乃（以）見其不能不永懷也。抑退一步言之。今之朝行。不同於崔嵬之山。即我所懷之人。亦托為虺隤之馬。（虺隤、臥病也。）然其不為山者。亦為一高岡。其不為虺隤之馬者。亦為、玄黃之馬。（玄黃、馬之病色也。）則無可諱言者也。其即能勝任。彼亦未必然也。然我何無可如何也。我姑酌彼兕觥。（兕觥、角爵。乃酒器之小者。）此亦處雖無關大義也

古人言之，必有次第。今人之概括錯之，此之何其能
讀書也。惟求其不求傍而已。其云不求傍，正以究其
不能不求傍也。而今果然矣。以遺書不必其為難巍
之山也，亦不必其為高岡也。乃使之陟彼砠矣。（砠，小阜
也。）阜矣，高矣，皆其難者。而我馬則已瘏矣。
（瘏，病而但甚也。）（而如之邪，蓋係平日之座右也。）而往隨我馬之僕，則亦痡矣。
（痡，病也。）太甚、毒痛，曰海此。語弦指教宜生慮夫
甚也。至此更深云何，則惟有長歎而已。（吁嗟，吁字、差以
何人所著也。云何其盱矣，向語之，則字當作盱。盱泉雖

引之亦作眝。矘目直視也。義亦通。今俗諺猶爭
雖無可比何處。曰矘眼。即此義。然與詩之大旨。無甚
出入也。繞觀全篇。其低徊往復。周章警惕。憂思
之深。至今躍然紙上。而領情深不知於此者。惟此詩
詩足以當之。而二千餘年來。世人竟無識者。無則無
以言委世。亦覺易言耳。

南有樛木

此語本無甚深義。且極易了解。乃自一般迂儒言
之。則頗有足資噱嘆者。如。南。字。毛傳則曰南土易

若驕則馬之高大且壯
者驕是也。載檢駁，
驕之類，但使木稱

藟戕賊。則是此南子私曲就樛木說。乃為葛藟言
之矣。已涉牽強。而朱氏則又從而易之曰南山之文。尤
屬誕妄。詩僅言南有。何以即知其為南山。其云以下
言樛木知識。然則樛木即不許其生於水旁乎。豈
私情乎。耶。又樛即喬之異文。喬乃樹木高大之
通稱。與漢廣正同。文同義異。實之廣木稱喬。孟子
之故國非喬木之謂。皆是。故引伸之凡人之狀自高
大者亦曰喬。即鐘余不敢為喬矣。清鄉氏謂喬為
古之驕字。是也。此詩則因其係指木而言。故特改

大便馬渴資休息。耶。後多假之以喻人。遂以今義而古義參湮耶。此注添是名下

其文為形声字。此乃古文所常有之事。一般近儒因誤解（不明）漢廣之義。毛氏則釋喬為木上竦。臣不成語。竦乃屈主觀。何以謂之上竦。殊難索解。作爾雅者不敢用其語。特存其意而省通之曰。句如羽喬。[illegible]羽乳句如。不知句何以如羽。又曰上句曰喬。又曰如木楸曰喬。又曰小枝上繚為喬。蓋其心牽於毛義。既不便言其有枝。而又知其為大木之通稱。又不便言其無枝。而此篤有枝無枝之所狀。實難描寫。故再三曲繪之。而終不通。因天下祇無此篤之木也。朱氏則不顧一切。翕然於毛氏之上竦

下添以無枝二字。其於解說尚可休思之義。則曉快（痛）矣。

然如是則揚州之木必皆先幹。故國之木必皆豎欄矣。不尤異乎。乃該公因此之故。遂不敢認樛喬二字之為一字。是雖不敢以為一字。且直謂二字之義實相反。故毛以喬為上竦也。則以樛為下曲。果雖之以喬為上句也。則以朻為下句。（朻字乃漢儒所擬妄改之樛字。因樛以喬音（亦讀作）近。恐人誤知其為一字。改從朻字。則人將讀此求。不必再塞其露出破綻。如此公之於今字。本係可以隨意捏造者。故其書中。前無古人後無來者之字。極多。說最可憐者。此公翻造此許多之怪事。其在人書中。乃以合得一形者。再則改古文之注佳者作鳥旁。遯。特不知其改改之者。書皆不見。彼果從何處得來文。朱氏於喬字毛傳上添之下。添以無枝二字。而於此字不知於毛傳下曲二字下。添以有枝。是其心尚不及作尔雅者之細。究之南方為大木滋生之地。故後世於猶梗柟枳棒之流。木之高大者。其枝條自掩翳四覆。長垂以下垂。人得藉之以休息。亂之得依之以滋蔓。斯自乃自然之勢。猶不曲折代為附會。于儒於大義不求其明。而於此等無甚要